Friedrich Wilhelm Hackländer

F. W. Häckländers Werke, erste Gesamtausgabe

Vierundreißigster Band

Friedrich Wilhelm Hackländer

F. W. Häckländers Werke, erste Gesamtausgabe
Vierundreißigster Band

ISBN/EAN: 9783743366305

Hergestellt in Europa, USA, Kanada, Australien, Japan

Cover: Foto ©Andreas Hilbeck / pixelio.de

Manufactured and distributed by brebook publishing software (www.brebook.com)

Friedrich Wilhelm Hackländer

F. W. Häckländers Werke, erste Gesamtausgabe

F. W. Hackländer's

Werke.

Erste Gesammt - Ausgabe.

Vierunddreißigster Band.

Stuttgart.

Verlag von Adolph Krabbe.

1860.

Der Neue Don Quixote.

Fünfter Band.

Zweiundfünfzigstes Kapitel.

Vor dem Spielwaarenladen.

Während sich Eugenie und der Neffe des Jägers im Zimmer der Großmutter befanden, Beide mit eigenthümlichen Gedanken beschäftigt, und Beide so schweigsam, daß die alte Frau die Kosten der Unterhaltung fast allein zu tragen hatte, ging der Armenarzt, Doktor Flecker, neben der langen Gestalt des tapferen Don Carlos über den Blumenmarkt nach derselben Gasse, in der sich das Haus befand, wo wir den geneigten Leser eben verlassen.

Der Doktor, lebhaft und beweglich wie immer, focht mit seinem Stocke in der Luft herum und sagte: „Sie werden mir zugeben, mein lieber Freund, daß dieses der Weg ist, auf dem Sie sich edelmüthig und glänzend au Ihrem ehemaligen Prinzipal rächen können und nebenbei feurige Kohlen auf die Häupter sämmtlicher Angehöriger der Familie Weibel zu häufen im Stande sind, indem sie diesen Czrabowski entlarven und ihn zur Anerkennung zwingen, daß er es gewesen ist, der das Concept des Testamentes entwendet und damit seine Allotria getrieben."

Don Carlos schritt würdevoll wie immer einher, und auf seinem ruhigen Gesichte sah man während der Rede des Anderen keinen Muskel zucken; er blickte tief nachdenkend gerade vor sich hin, und sprach, als der Armenarzt schwieg: das alles ist nur durch einen ehrlichen Zweikampf zu erreichen."

„Auch das, wenn Seine Erlaucht damit einverstanden sind," erwiderte hastig Doktor Flecker. „Im Falle des Gelingens aber werden
Sie mir zugeben, daß man sich in dieser Sache genau nach den
Wünschen des Herrn Grafen richten muß. Das ist ein mächtiger
Herr mit einer langen Hand, der allein im Stande ist, den Weg zu
ebnen, auf dem Sie zu jenem theuren Czrabowski gelangen können,
um ihn — so — nun, Sie verstehen mich schon."

Der kleine Mann machte bei diesen Worten auf höchst komische
Art einen so kräftigen Ausfall mit seinem Stocke auf einen unsicht-
baren Gegner, daß er einen solchen, wenn er wirklich da gewesen wäre,
nothwendiger Weise durch und durch gebohrt haben würde.

„In früheren glorreichen Zeiten," sagte der edle Spanier, nachdem sie ein paar Schritte weiter gegangen waren, mit wahrhaft hel-
denmäßiger Ruhe, „hätte ein einfacher Gotteskampf die Sache so schön
arrangirt, als man es nur wünschen könnte."

„Ja, in früheren glorreichen Zeiten!" warf der Armenarzt ungeduldig dazwischen. „Aber jetzt ist das was Anderes!"

„Damals," fuhr Don Larioz fort, ohne sich im Geringsten beirren
zu lassen, „hätte man die Schranken aufgerichtet, und wir wären ein-
geritten, der Graf Czrabowski und ich, Beide unter Vortragung unserer
respectiven Wappenschilder."

„Ja, damals, bester Larioz!" sprach dringender der Doktor und
schaute fast ängstlich in das unbewegliche Gesicht seines langen Freundes.

„Allerdings damals," fuhr dieser fort. „Wir hätten mit einander gekämpft, wahrscheinlich höchst glorreich gekämpft, und wenn ich
diesen Czrabowski niedergeworfen hätte, so würde ich ihm die Spitze
meines langen Schwertes auf die Gurgel gesetzt und zu ihm gesprochen haben: Unglücklicher, gib der Wahrheit die Ehre!"

„Sie werden mir zugeben, wenn ich Ihnen sage," versetzte der
Andere ungeduldig, „daß das damals alles sehr schön, sehr nobel und
sehr rittermäßig war, aber —"

„Andere Zeiten, andere Sitten, wollen Sie sagen," fiel ihm Don

Larioz kopfnickend in die Rede. „Bleiben wir also bei dem gewöhnlichen Zweikampf."

„Nach Umständen, sehr nach Umständen, lieber Freund; vor allen
Dingen dagegen, wenn Sie uns und sich nützlich sein wollen, müssen
Sie sich streng den Anordnungen Seiner Erlaucht fügen. Sie werden einsehen, daß das nothwendig ist. Item nur so kommen wir
zum Ziele."

Bei dieser Unterredung waren die Beiden dem Hause nahe gekommen, und während der lange Schreiber gleich darauf mit einem
großen Schritte unter den weiten Thorbogen trat, blickte der bewegliche Armenarzt nach allen Seiten um sich, wie er gewöhnlich zu thun
pflegte, ehe er in ein Haus ging. Da sah er denn, nicht viele Schritte
entfernt, vor einem kleinen Laden einen Herrn stehen, welcher die dort
aufgestellten Waaren zu betrachten schien, in Wahrheit aber bald die
Gasse hinauf, bald hinunter blickte. Dabei wäre nun an sich für den
Doktor nichts Auffallendes gewesen; doch als er diesen Mann genauer
betrachtete, erkannte er in ihm den Herrn Baron George von Breda,
und wunderte sich nicht wenig, denselben in dieser abgelegenen Gasse
zu sehen. Ohne aber weiter darüber nachzudenken, stieg er in Gesellschaft des Spaniers die krachenden Treppen hinauf, und Beide erreichten in kurzer Zeit ohne irgend ein Abenteuer die Wohnung des Jägers Brenner, klopften dort an die Thür der großen Stube und betraten dieselbe, nachdem von innen „Herein!" gerufen worden.

In dem Zimmer war die Frau des Jägers, der kleine Palmarum mit seinem hölzernen Pferde, und gegenüber von Madame Brenner saß der Jäger Klaus, dem der Doktor auch schon Hülfe gespen-
det und der sich nun ehrerbietig erhob, um dem freundlichen Arzte
eine Verbeugung zu machen.

„Ich dachte, wir würden Vater Brenner hier treffen," sagte der
Doktor, nachdem er die Frau und den Jäger mit der Hand gegrüßt,
Palmarum auf den Kopf gepätschelt, und um Keines zu vergessen,
auch an die Stäbe des Käfichs geklopft hatte, worin sich der Kana-

rienvogel befand. „Wir kamen in der Absicht her," fuhr er fort, „den würdigen Jägersmann nicht nur zu begrüßen, sondern auch Einiges mit ihm zu besprechen über die Zukunft des kleinen Gottschalk, den wir wohl nicht beim Herrn Plager wissen wollen, nachdem unser Freund Larioz das Bureau verlassen."

„Das Kind hat doch rechtes Unglück," sprach Frau Brenner betrübt, wobei sie kopfschüttelnd von ihrer Näherei in die Höhe sah.

„So großes Unglück — das wüßte ich gerade nicht," entgegnete der Armenarzt. „Der Bube hat sich im Schreiben recht vervollkommnet, rechnet unter Anleitung unseres edlen Freundes wie ein alter Mathematicus, und muß nothwendig was Rechtes werden, wenn er zwei solche Helfer an seiner Seite hat, wie Don Larioz und meine Wenigkeit. Sie werden mir zugeben, Frau Brenner, daß das wahrhaftig keine Kleinigkeit ist."

„Gott soll mich bewahren, das nicht anzuerkennen," erwiderte die Frau mit ihrer sanften Stimme; „das ist auch ein rechtes Glück für den Gottschalk, wogegen es aber gewiß nicht gut ist, daß er wieder sein Geschäft wechseln soll, und das wird er doch wohl thun müssen, wenn er die Schreibstube des Herrn Doktor Plager verläßt. — Ich hatte mir das schon so schön vorgestellt," setzte sie leiser hinzu, „da wäre er ein Schreiber geworden, hätte was gelernt, viel Geld verdient und könnte alsdann den Kindern etwas von seinem Wissen abgeben."

„O, lieber Gott, Frau Brenner," antwortete der Armenarzt, „nur keine Luftschlösser! Vorderhand muß der Gottschalk lernen, und daß er etwas Tüchtiges lernen soll, dafür will ich schon sorgen. Und über den Punkt hätte ich gern mit dem Vater Brenner gesprochen."

Die Frau schüttelte mit dem Kopfe und sprach mehr vor sich hin als zu den Anderen: „Ihnen wird er alles thun, was Sie wünschen, und es ist mir auch schon recht, wenn Sie nur nicht die Absicht haben, einen Jäger oder so etwas aus dem Gottschalk zu machen. Das ertrüge ich nicht; der Knabe soll was Rechtes werden."

„Wenn das Vater Brenner hörte!" meinte lächelnd der Doktor.
„Doch Scherz bei Seite! Sie werden mir zugeben, daß ich, der Doktor Flecker, freilich nur Armenarzt, dafür bekannt bin, daß, wenn ich
einmal A gesagt, ich fortbuchstabire bis zum Z; und das wollen wir
auch redlich mit Gottschalk thun. Verlassen Sie sich darauf, Frau
Brenner, wenn der Junge selbst will, so soll er, wie Sie sagen, was
Rechtes werden. Da nun aber Vater Brenner nicht zu Hause ist,
worüber ich in diesem Falle auch nicht besonders traurig bin, so will
ich hinein zur Großmutter und mit ihr ein paar Worte über den
Jungen sprechen; Großmutter versteht mich und ist eine resolute Frau,
die ihre Ansichten schon geltend zu machen weiß. — Don Carlos, thut
mir den Gefallen und unterhaltet Euch ein bischen mit unserer guten
Frau Brenner; ich werde gleich wiederkommen."

Damit wollte der Arzt ins Nebenzimmer hinein, doch trat der
Jäger Klaus an seine Seite, indem er sagte: „Verzeihen Sie, Herr
Doktor, würden Sie nicht die Güte haben, noch ein paar Augenblicke
zu warten, es ist Jemand da drinnen, der —"

„So, so," machte Doktor Flecker mit einem pfiffig lächelnden Gesichte, „es ist Jemand da drinnen, der — am Ende der — der — den
den — nun Sie werden mich schon verstehen, theurer Freund Klaus."

„Ich verstehe Sie in der That nicht," gab dieser sehr ernst zur
Antwort. „Gewiß, Herr Doktor, ich verstehe Sie nicht."

„Es ist am Ende gar Ihr Neffe drin, he!" lachte der Armenarzt, indem er sein linkes Auge gegen den Jäger zukniff, „der schmucke
Neffe im grauen Rocke und im Jägerhute. Habe ihn schon einmal
hier gesehen, den Neffen, und wenn dem so ist, so muß ich schon einen
Augenblick warten. Aber lange nicht, dazu habe ich keine Zeit. Oder
ich kann ja auch wieder kommen; das ist am Ende besser, denn Sie
werden mir zugeben, daß es mir nicht einfallen kann, Seine Er —
den Neffen, wollte ich sagen, zu stören."

„Woher vermuthen aber der Herr Doktor, daß mein — Neffe
da ist?" fragte schüchtern der Jäger.

„Woher ich das vermuthe? Sie werden mir erlauben, Ihnen zu bemerken, daß das ungeheuer einfach ist Erstens sah ich Ihren Neffen schon einmal hier, und es hat mich recht sehr gefreut, daß ich ihn hier gesehen, denn er kann von der Frau Großmutter nur Vortreffliches lernen; und da nun Sie, mein theurer Klaus, mir so eifrig sagen, es sei Jemand da drinnen, so braucht's keine große Combinationsgabe, um sich zu denken, was das ist; dann aber auch wartet ja da unten wenige Schritte von hier ein Freund Ihres — Neffen auf Hochdieselben."

„Ein Freund meines Neffen wartet da unten auf ihn?" fragte bestürzt der Jäger. „O, Sie machen einen Spaß, Herr Doktor; es ist gewiß kein Freund von ihm da unten, der auf ihn wartet."

„Doch, doch!" sagte laut und bestimmt der kleine Armenarzt. Dann faßte er den Jäger vertraulich am Ohrläppchen, zog ihn näher zu sich und sprach sehr leise: „Es ist der Herr Baron George von Breda, der da unten rechts an dem kleinen Spielwaarenladen auf Seine Erlaucht wartet. He, mein Freund?" setzte er fragend hinzu.

Kaum hatte der Doktor den Namen des Barons von Breda ausgesprochen, so fuhr Klaus im höchsten Erschrecken zurück. „Um Gottes willen, Herr Doktor!" sagte er, „ist das wahr? scheint der Herr Baron wirklich da unten auf etwas zu warten? — Das wäre mir entsetzlich! Oder spaziert er nur so zufällig am Hause vorbei?"

„Vom zufälligen Vorbeispazieren habe ich gar nichts bemerkt, lieber Klaus," versetzte Doktor Flecker, indem er mit Verwunderung die erschreckten Züge des Jägers betrachtete; „er hat vielmehr in der Nachbarschaft dieses Hauses, wie man zu sagen pflegt, Posto gefaßt und scheint sehr auf etwas zu warten."

„Dann müssen Sie uns helfen, Herr Doktor, augenblicklich helfen!" rief der treue Diener in höchster Angst.

„Teufel auch! wer ist denn krank?"

„Niemand, Niemand!" gab der Jäger hastig zur Antwort. „O, hören Sie mich einen Augenblick ruhig an." — Damit zog er den kleinen Mann ohne Umstände in eine Ecke des Zimmers und fing nun an, gegen seine sonstige stille Art recht lebhaft in denselben hinein zu sprechen.

Der Doktor zog, nachdem er die ersten Sätze vernommen, seine Augenbrauen hoch empor, legte die Hände auf den Rücken und drehte seinen Stock wie die Flügel einer Windmühle zwischen seinen Fingern; er ließ verschiedene Oh und Ah! hören, auch: „der Tausend! — nicht so übel! — das gefällt mir!" — worauf er, nachdem er viele Donnerwetter passirt hatte, seine Ansicht dahin aussprach, „das sei eine verfluchte Position und schwer, einen Ausweg zu finden."

„Man muß den Herrn von Breda von der Straße zu entfernen suchen," sagte Klaus.

„Kennen Sie den Herrn von Breda?" fragte der kleine Mann mit einem bedeutungsvollen Kopfnicken; „das ist keiner, der sich von einem Platz entfernen läßt, wo er sich einmal vorgenommen hat, stehen zu bleiben."

„Ich weiß, ich weiß; aber, Herr Doktor, Ihnen ist viel möglich."

„Ja, wenn ich mein College Figaro wäre," lachte der Doktor, „und er ein Basilio, da könnte ich ihm allenfalls weiß machen, er habe das gelbe Fieber, und ihn so nach Hause schicken. Aber dem da — da weiß ich kein Mittel."

„Es muß aber eins geben," sprach der Andere dringender. „Gewiß, Herr Doktor, Sie müssen eins auffinden, es gibt sonst das größte Unglück. — Das arme, arme Fräulein! — Und ich, der sie überredet! Und die beiden Herren, sonst so gute Freunde, die, wie die Sachen stehen, Todfeinde werden müßten! O Herr Doktor!"

„Ja, da hat sich was, o Herr Doktor! nehmen Sie sich eine Lehre daraus, Freund Klaus, schießen Sie ihre Rehe und Füchse und lassen Ihre Neffen thun, was sie wollen. Erlauben Sie mir, Ihnen zu bemerken, daß Neffen schon manchem Onkel graues Haar gemacht haben."

„Aber — —"

Der Armenarzt war in tiefes Nachdenken versunken und machte eine abwehrende Bewegung mit der Hand, worauf der Jäger plötzlich verstummte. Darauf hatte Ersterer seinen Stockknopf zwischen die Lippen genommen, und wenn er auch, sich über etwas besinnend, seine Blicke auf den Boden heftete, so erhob er sie doch zuweilen, um einen Moment den edlen Spanier zu betrachten, der in harmlosem Gespräche mit der Frau Brenner begriffen, für nichts Anderes Augen und Ohren hatte.

Der Jäger blickte in größter Spannung auf den kleinen Arzt, der nach einem, ihm unendlich lange scheinenden Stillschweigen endlich mit den Achseln zuckte und dann mehr zu sich selber als zu dem Anderen sagte: „So könnte es vielleicht gehen; es ist aber ein verzweifeltes Mittel, muß dagegen, wenn es gelingt, den Grafen zur größten Dankbarkeit gegen Larioz verpflichten. Versuchen wir es in Gottes Namen.‟

Damit ließ er den Jäger stehen, trat mit raschen Schritten an die Seite seines langen Freundes und bat denselben, einen Augenblick mit ihm das Zimmer zu verlassen. Vor der Thür angekommen, sprach der Doktor zu Larioz: „Sie müssen mir einen Gefallen erzeigen, bei dem es Muth und Entschlossenheit gilt; es ist also vollkommen Ihre Sache.‟

Der Spanier machte eine leichte Neigung mit dem Kopfe.

„Sie setzen Ihren Hut recht verwegen auf, drapiren sich wie gewöhnlich malerisch in Ihren Mantel und nehmen Ihren Stock so in die Hand, daß man deutlich sehen kann, es sei Ihnen etwas Gewohntes, mit einem Stoßdegen umzugehen. — Verstehen Sie mich?‟

„Bis jetzt — ja,‟ antwortete der lange Mann nach einigem Besinnen.

„Gut. Sie gehen die Treppen hinunter, wenden sich vor dem Hause rechts und sehen da an einem Spielwaarenladen einen großen und schönen Herrn stehen, den Baron von Breda. Kennen Sie ihn zufällig?‟

„Nein, ich kenne ihn nicht."

„Auch gut. Mit dem Herrn suchen Sie ein Gespräch anzuknüpfen und ihn auf irgend welche Weise zu vermögen, die Straße
zu verlassen."

„Wenn er aber hierzu keine Lust bezeigen sollte?"

„So müssen Sie — so müssen Sie — ja, was denken Sie selbst,
was Sie thun müssen?"

„Hat der Mann kein Recht, da unten in der Straße zu stehen?"
fragte ernst der Spanier. „Oder ist es Jemand, dessen Anwesenheit
Ihnen Schaden bringen kann?"

„Allerdings ist es so. Ich sehe, Sie verstehen mich. Mir kann
es Schaden bringen, wenn er da bleibt, namentlich aber jenem liebenswürdigen Grafen Helfenberg, der Sie so freundlich aufnahm. — Lieber
Larioz, zu einem gescheidten Manne wie Ihnen, der in ritterlichen
Händeln wohl bewandert ist, braucht man nur mit halben Worten zu
sprechen. Graf Helfenberg, der eine junge Dame liebt, befindet sich
hier im Hause; der da unten will ihn erwarten, um ihn und die junge
Dame zu compromittiren."

„Also ein Eifersüchtiger?"

„Wohl möglich; Graf Helfenberg ist unser Freund; was man in
Spanien in ähnlichen Fällen thun würde, brauche ich Ihnen wohl
nicht zu sagen."

„Gewiß nicht," erwiderte Don Larioz mit bestimmtem Tone.
„Sie sollen sehen, wie ich für die geliebte Dame eines Freundes handle;
Sie werden mit mir zufrieden sein."

Damit hob er den Stock gegen sein Gesicht, als grüße er mit
dem Stoßdegen den Feind auf der Mensur, und schritt der Treppe
zu. Auf der ersten Stufe aber blieb er stehen, wandte sich rückwärts
und sagte mit feierlicher Stimme: „Es könnte vielleicht sein, werther
Freund, daß wir hart aneinander kämen, wer weiß, ob der fremde
Cavalier nicht unter dem Mantel ein paar Degen führt, von denen
er mir galanter Weise einen anbietet. Es ist das bei ähnlichen Ver-

anlassungen schon häufig vorgekommen. In dem Falle nun wäre es
möglich, daß mir etwas Menschliches begegnete, und habe ich alsdann
nur eine Bitte auf dem Herzen. Sie werden in einem braunen Kästchen auf meinem Tische ein weibliches Portrait finden mit der Adresse
einer Dame; stellen Sie derselben in einem gewissen Falle dieses Bild-
niß zu und sagen ihr, Don Carlos sei aus der Welt gegangen mit
dem Gedanken im Herzen und dem Worte auf den Lippen, daß Dolores das schönste Weib auf dieser Erde sei."

Mit diesen Worten schritt der lange Mann die Treppen hinab,
und der Doktor, der sich über das Geländer gebeugt hatte, blickte ihm
lange nach, wobei sein Gesicht einen sehr ernsten Ausdruck annahm.
„Es ist eigentlich Unrecht von mir," murmelte er, „aber es gab kein
anderes Mittel, und ich will schon auf der Lauer liegen, um im aller-
schlimmsten Falle mit einem ärztlichen Atteste, das in gewisser Beziehung
leider nur zu viel Wahres hat, dazwischen zu treten."

George von Breda war unterdessen in der engen Gasse mehrmals
hin und hergeschritten; wenn er sich auch in Ungewißheit befand, ob
Eugenie dieselbe betreten, so war es ihm doch nicht möglich, den Ort
zu verlassen, es hielt ihn mit einer unerklärlichen Gewalt hier zurück.
Schon oft hatte er sich Mühe gegeben, sich das Ganze wie einen Traum
vorzustellen; wenn er sich aber mit allen Künsten der Ueberredung so
weit gebracht hatte, so brauchte er nur die Hand auf sein Taschenbuch
zu drücken, wo er jenes Geldstück verwahrt hielt, um beinahe laut
hinaus zu rufen! „Nein! nein! es ist so, sie hat mich verrathen, sie ist
hier, vielleicht dicht in meiner Nähe!" Darauf wallte alsdann sein
Blut so heftig empor, daß ihm die Augen schmerzten; er vertiefte sich
in die wahnsinnigsten Grübeleien, Gegenwart und Vergangenheit betreffend, und endete gewöhnlich damit, daß er mit den Zähnen knirschte
und hohnlachend ausrief: „Auch Eugenie! ja auch Eugenie!"

Glücklicher Weise war die Straße gänzlich menschenleer und die
Leute in ihren Häusern so beschäftigt, daß sie dem unruhig hin und
her Gehenden wenig oder gar keine Aufmerksamkeit widmeten. Jetzt

war er wieder einmal bis auf den Blumenmarkt gegangen, und kehrte nun zurück, um seine Stelle bei dem kleinen Spielwaaren-Magazin wieder einzunehmen.

Wenn sich aber die Bewohner der Straße um das sonderbare Benehmen des fremden Herrn nicht kümmerten, so war doch ein anderer Fremder in einem der Häuser hinter einem Fenster versteckt und schaute nicht nur neugierig, sondern auch sorgfältig beobachtend auf die Straße. Dieser Fremde aber war Niemand anders als der Kammerdiener François, von dem wir nicht genau wissen, ob er sich zufällig oder absichtlich hier befand. Doch glauben wir das Letztere annehmen zu können.

In dem Hause, wo er sich aufhielt, war eine kleine Restauration, in der er ein bescheidenes Frühstück eingenommen hatte und darauf, die Zähne stochernd, verdaulich und beschaulich am Fenster stand. Leider hatte er von hier aus alle bemerkt, welche sich in die Wohnung des Herrn Brenner begaben: den Jäger Klaus mit Fräulein Eugenie, kurze Zeit darauf den Grafen Helfenberg, und nun sah er den Baron von Breda, ihn, den er nach der jungen Dame am bittersten auf dieser Welt haßte, in gewaltiger Aufregung da unten auf und ab gehen. François, der genau wußte, um was es sich handelte, verstand alle Bewegungen, alle Mienen und Geberden des Herrn von Breda, und freute sich über alle Maßen, als er aus der entsetzlichen Unruhe desselben abnehmen konnte, wie sehr dieser sonst so ruhige, kalt scheinende Mann leiden müsse.

Nachdem der Kammerdiener außergewöhnlich lange in seinen Zähnen gestochert, ließ er sich hinter den Fenstervorhängen nieder, doch so, daß ihm nichts auf der Straße entging, wobei es ihm gerade vorkam, als befände er sich in einem Schauspiel, dessen Ausgang er gewissermaßen in Händen hatte; konnte er doch ein Lustspiel oder ein Trauerspiel daraus machen. Wenn er das Letztere wollte, so brauchte er nur auf die Straße zu gehen und dem Herrn Baron von Breda zuzuflüstern, wer sich alles da oben in dem Hause befinde. Aber er

verwarf diesen Gedanken als unüberlegt und voreilig und dachte bei
sich: Je mehr das Gift im Herzen des starken Mannes da unten um
sich frißt, um so verderblicher wirkt es und verursacht zuletzt eine un-
heilbare Wunde, in welcher dann mit ruhigen, kalten Worten herumzu-
wühlen für mich ein außerordentliches Vergnügen sein wird. — Warten
wir also ab.

Und er wartete geduldig.

Auch Herr von Breda wartete, aber mit wenig Ruhe und Geduld:
er preßte vielmehr die Lippen heftig aufeinander; er ballte seine
Hände; er trat hart auf den Boden vor dem Spielwaarenmagazin,
wo er, ohne Aufsehen zu erregen, am längsten bleiben konnte, dessen
Gegenstände er aber schon alle der Reihe nach angestarrt und dies,
sich unbemerkt glaubend, immer wieder von Neuem thun zu können dachte.

Um so unangenehmer war es ihm daher, als er mit einem Male
einen Mann bemerkte, der aus einem der Häuser der Straße kam,
sich neben ihn stellte und die Spielsachen ebenfalls zu bewundern
schien. Herr von Breda wandte dem Unbekannten den Rücken zu und
war im Begriff, abermals die Straße hinab zu gehen, als ihn der
Andere mit den Worten anredete:

„Es ist in der That erstaunlich, was alles zur Unterhaltung dieser
kleinen Kinder geschaffen wird. — Finden Sie das nicht auch, mein Herr?“

Der Baron blickte den Frager an und hätte zu jeder anderen
Zeit über das seltsame Aussehen desselben unfehlbar gelächelt. Die
Verwundungen und Quetschungen im Gesichte des guten Don Larioz
waren nämlich in jenes Stadium getreten, wo sich die trübe, dunkel-
blaue Farbe derselben in ein mattes Grün verwandelt mit graugelben
Rändern, die sich weit über seine eingefallenen Wangen verbreiteten.
Aus diesen Schattirungen, die etwas an einen Regenbogen erinner-
ten, drohte seine Nase, zur doppelten Dicke angeschwollen, fast unheimlich hervor; die Verzerrung des ganzen Gesichtes wurde nicht gemildert durch den Glanz der sonst guten, ehrlichen Augen, da eines
derselben roth unterlaufen war und auf diese Art einen tückischen Aus-

druck angenommen hatte. Hierbei können wir nicht verschweigen, daß
der edle Spanier seinen zugespitzten Hut ziemlich stark auf das rechte
Ohr gesetzt und seinem Mantel eine Drapirung gegeben hatte, welche
etwas verwegen, ja, man könnte sagen, fast händelsüchtig erschien.

Herr von Breda schaute den Unbekannten von oben bis unten
an und gab ihm alsdann ruhig zur Antwort: „Es gibt allerdings
seltsame Dinge in dieser Welt, sowohl in einem Spielwaaren=Magazin,
als im wirklichen Leben. Ich habe die Ehre." — Damit faßte er
an seinen Hut und wollte sich entfernen.

„Verzeihen Sie, mein Herr," sprach die seltsame Gestalt, indem
sie dem Baron fest in den Weg trat, „Sie haben, wie mich dünkt,
diese Sachen so aufmerksam betrachtet, daß ich von Ihnen ein ge=
diegenes Urtheil über dieselben erwarten kann, und da ich einige
Einkäufe zu machen beabsichtige, so —"

„Thun Sie am besten," versetzte der Andere barsch, „wenn Sie
in den Laden treten und sich auswählen, was Ihrer Phantasie zusagt."

„Das wird mir allerdings Niemand verwehren können," erwiderte
der Spanier mit großem Ernste; „ich habe mir aber sagen lassen,
daß eine höfliche Frage auch eine höfliche Antwort bedingt und daß
es Schuldigkeit zwischen angenehmen Leuten ist, sich mit einem guten
Rath an die Hand zu gehen."

„So gehen Sie denn zu angenehmen Leuten und lassen sich von
diesen rathen, ob Sie einen Bären oder einen Affen kaufen sollen;
ich für meine Person würde Ihnen unbedingt zu dem Letzteren rathen."
— Damit machte der Baron eine Wendung in die Straße hinein,
um dem zudringlichen langen Manne zu entgehen.

Dieser aber ließ sich nicht so leicht abweisen, trat vielmehr an
die Seite des Davoneilenden und bemerkte, immer noch mit der größ=
ten Artigkeit in Haltung und Ton der Stimme: „Für den freund=
lichen Rath in Betreff des Affen bin ich sehr dankbar und werde mir
ihn gewiß zu Nutze machen."

George von Breda blieb einen Augenblick stehen, warf dem

Manne einen blitzenden Blick zu und sagte, indem er sich mühsam zur Ruhe zwang: „So gehen Sie denn ins Teufels Namen hin und kaufen Sie Ihren Affen! Mir aber erlauben Sie, mich zu entfernen, denn ich habe nicht länger Lust, die Ehre Ihrer Gesellschaft zu genießen."

Er machte abermals einige rasche Schritte vorwärts, ohne aber Don Carlos entgehen zu können, der mit seinen langen Beinen gleichen Schritt mit ihm hielt und dabei freundlich sprach: „Es ist traurig, daß unsere Wünsche und Neigungen öfters mit denen unserer Nebenmenschen so wenig harmoniren. Sie eilen mit nicht sehr liebenswürdigen Worten von mir weg; ich dagegen werde mir das größte Vergnügen machen, Sie zu begleiten."

Bis jetzt hatte der Baron von Breda den Unbekannten für einen zudringlichen Menschen gehalten; nun aber kam es ihm auf einmal vor, als habe er einen Narren an seiner Seite oder Jemand, der darauf ausgehe, Händel zu suchen. Beides erschien ihm im gegenwärtigen Augenblicke begreiflicher Weise sehr unerwünscht, und wenn es ihm auch ein Leichtes gewesen wäre, einen Unberufenen von sich abzuweisen, so war der Ort, an welchem er sich befand, durchaus nicht dazu geeignet, durch ein auffallendes Verfahren die Bewohner der umliegenden Häuser aufmerksam zu machen. Deßhalb ging er mit raschen Schritten die Gasse hinab bis auf den Blumenmarkt, trat dort an die einsam liegende Fontaine und drehte sich hier plötzlich gegen seinen Begleiter um, indem er mit barschen Worten sagte:

„Ihr Zweck, Herr, warum Sie mich bis hieher verfolgen, ist mir unbekannt; daß aber Ihr aufdringliches Betragen nicht ohne Absicht war, glaube ich zu erkennen. Was Sie sind, weiß ich nicht; ich aber bin der Baron George von Breda und genugsam dafür bekannt, daß es nicht zu meinen Unterhaltungen gehört, mit fremden Leuten, die mit braun und blau angelaufenen Gesichtern aus Gott weiß welchem Wirthshause kommen, auf öffentlicher Straße zu sprechen. Hier von diesem Platze führen vier Wege in die Stadt, gehen Sie, welchen

Sie wollen, und ich werde so vernünftig sein, mir einen anderen zu wählen. Sie müssen doch selbst einsehen, daß es für mich keine Ehre ist, in Ihrer Gesellschaft zu wandeln. Sollten Sie es aber vorziehen, mich noch weiter zu belästigen, so werde ich den ersten, besten Polizeisoldaten anrufen und Sie irgend wohin bringen lassen, wo man untersuchen wird, ob sie ein zudringlicher Mensch oder ein Narr sind."

Während Beide mit einander die enge Gasse hinabgegangen waren, hatte Don Larioz rückwärts geschaut und den kleinen Doktor wohl bemerkt, der oben zum Fenster hinaus sah, um Achtung zu geben, ob sich der eifersüchtige Aufpasser entferne. Dies war nun allerdings geschehen, und derselbe befand sich hier an dem Brunnen auf dem Blumenmarkte so weit von jenem Hause entfernt, wobei obendrein die Gasse, die dorthin führte, noch eine solche Biegung machte, daß es unmöglich war, die Hausthür von hier zu überwachen. Die Aufgabe des edlen Spaniers war demnach erfüllt, und dieser überlegte eben, ob es nicht räthlicher sei, über den zudringlichen Menschen oder Narren hinweg zu gehen, um weiter kein Aufsehen zu erregen, oder ob es nothwendig oder ehrenvoller wäre, über die beiden Ausdrücke eine Erklärung zu verlangen.

Nach einem augenblicklichen Ueberlegen entschloß er sich zu dem Letzteren und that dies, indem er sprach: „Da Sie, mein Herr Baron, mir die Wahl gelassen haben zwischen einem Narren und einem zudringlichen Menschen, so will ich den letzteren für mich in Anspruch nehmen und Ihnen so lange zudringlich erscheinen, bis Sie mir über diese verletzenden Worte eine Erklärung gegeben. Sie sind der Herr Baron George von Breda; ich nenne mich Larioz, Don Larioz, ein Spanier von altadeliger Familie."

Bei diesen letzten Worten streckte sich der Sprecher um ein paar Zoll länger und machte ein so würdevolles Gesicht, daß es bei den sonderbaren Farben auf demselben unwiderstehlich komisch aussah.

Der Baron zuckte einfach mit den Achseln und zog, ohne ein Wort zu erwidern, sein Taschenbuch hervor, woraus er eine Karte

nahm und sie dem Anderen einhändigte. „Lassen Sie sich,“ sagte er
alsdann, „durch einen mir bekannten unbescholtenen Menschen bei mir
einführen, und ich werde Ihnen alle Erklärungen geben, die ich für
nothwendig und passend halte.“

Damit wollte er sich entfernen, doch rollte in diesem Augenblicke
ein leichtes Coupé aus einer der Straßen, aber nicht aus der, in
welcher der Baron so lange auf und ab gewandelt, auf den Blumenmarkt und hielt nicht drei Schritte von ihm in der Nähe des Brunnens.
George von Breda blickte nach dem Wagen hin und erkannte den
Grafen Helfenberg, der ihm freundlich zurief, näher zu treten, und
ihm sagte: „In welcher Gesellschaft bist du denn da? Wie kommst
du mit dem edlen Don zusammen?“

„Weiß der Henker, was dieser Narr von mir will!“ versetzte
der Baron verdrießlich. „Ich ging zufällig durch jene Gasse dort,
und da hängte dieser Mensch sich an mich. Kennst du ihn?“

„O ja,“ erwiderte lachend der Graf; „er ist oder war der Schreiber eines hiesigen bekannten Advokaten, desselben Doktor Plazer, den
du dich erinnern wirst, bei mir an einem gewissen Abend gesehen zu
haben.“

„Und dieser Schreiber,“ sprach der Baron finster, „ist hier nicht
ganz richtig?“ Damit zeigte er auf seine Stirn.

„Er hat allerdings seine eigenthümlichen Seiten, ohne darum
ein Narr zu sein,“ gab Helfenberg zur Antwort, „ist aber dabei ein
sehr nobler und anständiger Charakter. Ich protegire ihn.“

„Nun, wenn du ihn protegirst, so kannst du ihn bei mir einführen. Er benahm sich gegen mich zudringlich, ich sagte ihm einige
passende Worte, worüber er eine Erklärung verlangte.“

„Das ist echt spanisch und sieht ihm ganz gleich. Sieh, wie er
dort hin wandelt, das lange spanische Rohr haltend wie einen Stoßdegen, den Mantel umgeworfen wie ein Hidalgo.“

„Ich habe mit solchen Leuten nicht gern zu thun,“ versetzte
George von Breda.

„Und doch versichere ich dich, es ist schade um diesen Menschen; er ist, wie ich dir schon vorhin sagte, ein zuverlässiger und sehr anständiger Charakter. Ich fürchte nur, er wird an seinen Grillen zu Grunde gehen."

„Meinetwegen. — Wohin fährst du?"

„Nach meinem Hause, und das ist auch ein Grund, warum ich halten ließ, als ich dich vorhin bemerkte. Du mußt mir den Gefallen thun, mich zu begleiten."

George von Breda hatte die Hand auf den Schlag des Wagens gelegt und dachte einen Augenblick nach. Sollte er noch länger hier bleiben? Es hatte ihn nach der Begegnung mit dem langen Manne das richtige Gefühl überschlichen, als sei es unwürdig für ihn, hier einen Aufpasser zu machen. Was konnte es ihn am Ende auch nützen, wenn er länger da blieb? War Eugenie wirklich fähig, Wege zu gehen, welche für sie so wenig passend waren, so hatte sie auch ihre Maßregeln getroffen, um unerkannt zu bleiben. Dieser Gedanke peinigte ihn so entsetzlich, daß er seine Finger krampfhaft in die weiche Polsterung des Wagens vergrub, wobei er aber nicht den fast erschreckten Blick bemerkte, welchen Graf Helfenberg auf ihn warf. Ja, der Ort war ihm verhaßt, wo er sich befand, die Gasse, durch welche er gekommen, gähnte ihn so dunkel, so trübselig, so unheimlich an, das Geplätscher des Wassers aus dem Brunnen, neben dem er stand, schien schadenfroh über ihn zu lachen, und dazwischen tönte es in seinem Herzen immer und immer fort: Auch Eugenie, auch Eugenie!

Hastig riß der Baron den Wagenschlag auf und warf sich neben seinem Freunde in die Kissen, wobei er zu diesem sagte: „Führe mich, wohin du willst."

„Nach Hause!" rief Graf Helfenberg dem Kutscher zu, und der Wagen rollte dahin.

„Es thut mir leid," sagte der Graf nach einer Pause zu seinem Nachbar, „daß du, wie ich sehe, verdrießlich bist; ich hatte vor, dich um eine kleine Gefälligkeit zu bitten."

„Um was du willst," versetzte Herr von Breda. „Da ich aber allerdings einigermaßen verdrießlich bin, so wirst du nicht von mir verlangen, daß ich mit dir lachen oder tanzen soll."

„Im Gegentheil, es handelt sich um ein ernstes Geschäft."

„Dazu bin ich der Mann."

„Und du hast eine Stunde für mich übrig?"

„Mehrere Stunden," erwiderte der Baron, und als er hinzu setzte: „ich wüßte nichts, was mich in diesem Augenblicke nach Hause zöge," fühlte er ein tiefes, schneidendes Weh in seinem Herzen.

Sie hatten das Palais des Grafen Helfenberg erreicht; ein Lakai öffnete den Schlag, während der dicke Portier in bester Haltung unter der Glasthür stand. Diese Glasthür wurde übrigens in letzter Zeit nicht mehr so ängstlich verschlossen gehalten, wie das früher der Fall gewesen war; sie ließ ungehindert die Bekannten des Grafen aus und ein gehen, ebenso die warme Luft des anbrechenden Frühlings, welche das weite, kalte Treppenhaus erobert hatte; ein paar Streifen hellen Sonnenlichts beglänzten die alten Ritter desselben.

Oben an der Treppe empfing der Kammerdiener die beiden Herren und öffnete voranschreitend die Thüren, nachdem er dem Grafen zugeflüstert, daß Baron Fremont und Herr von Tondern im Schreibzimmer warteten.

So war es auch. Diese beiden würdigen Herren hatten es sich bequem gemacht; Tondern ruhte auf einem Fauteuil, in welchem er lang ausgestreckt war, hatte den Kopf hintenüber gelegt und blickte sinnend den blauen Rauchwolken nach, die er der vortrefflichen Cigarre des Hausherrn entlockte. Fremont saß in einem Lehnstuhl und blät- terte in einem Journale, das er vom Tische genommen; doch schien er nicht darin zu lesen, wenigstens nicht im gegenwärtigen Augen- blicke, sondern er rollte das Heft zusammen, hielt es unter sein Kinn und sprach: „Du magst mich so viel beruhigen, wie du willst, so habe ich doch eine Ahnung, daß wir mit diesem Czrabowski ein schlechtes Geschäft gemacht haben."

„Bah! du siehst immer Gespenster," versetzte der Andere; „ich
bin das an dir gewohnt. Auch ich schenke dem Polen wahrhaftig
kein übermäßiges Zutrauen; aber was hätte er davon, uns einen
Streich zu spielen? Der Art Menschen sehen nur auf den Gewinnst,
der für sie bei irgend einem Geschäfte heraus springt."

Fremont schüttelte ärgerlich mit dem Kopfe und wollte etwas
erwidern, doch ließ ihn sein Freund nicht zum Worte kommen, sondern fuhr fort, mit großer Ueberzeugung zu sprechen, wobei er ge-
messene Bewegungen mit der Hand machte, in welcher er die Cigarre
hielt.

„Ueberdies," sagte er, „ist das Geschäft, welches der Pole mit
uns abgeschlossen, im Augenblicke Nebensache für ihn; er will ein
junges Mädchen heirathen von ganz anständiger Familie und sich
auf diese Art eine sorgenfreie Zukunft sichern. — Obendrein ist es
ein hübsches Mädchen — o, er ist nicht so ganz dumm, dieser edle
Polake. — Wenn du also —"

„Du hörst dich wieder einmal gern sprechen," unterbrach ihn
Fremont ärgerlich, „und wenn du so mit der allergrößten Sicherheit
und Gewißheit perorirst, so sollte man glauben, du habest dich in
deinem ganzen Leben noch nicht geirrt. Und doch —" setzte er hinzu,
endete aber diesen Satz mit einem großen Seufzer.

„Was willst du denn eigentlich?" fragte Tondern, wobei er den
Kopf so weit herum bog, daß er zu seinem Freunde hinüber blinzeln
konnte. „Wenn ich dir sage: wir sind des Polen sicher, so kannst du
es mir glauben; ich habe Lebenserfahrung genug, um so einen Kerl
zu beurtheilen."

„Dein Pole genirt mich weniger!" rief ungeduldig der Baron.
„Mir liegt etwas Anderes auf der Seele; aber du lässest Einen ja
nie zu Worte kommen. Ich sagte vorhin, mich quäle eine Ahnung,
als hätten wir mit Czrabowski ein schlechtes Geschäft gemacht."

„Nun?"

„Dabei will ich diesen Menschen nicht verdächtigen; er kann

vielleicht gegen uns redlicher handeln, als es sonst seine Gewohnheit
ist, aber — mir gefällt Helfenberg nicht, oder eigentlich er gefällt
mir zu gut."

„Wie?"

„Spare dein Nun und Wie; was ich denke und fühle, darüber
hast du auch schon nachgedacht. Du mußt mir nicht weiß machen
wollen, daß dem nicht so ist; ich fürchte, ich habe mich da in etwas
eingelassen, das mir mein schönes Geld kostet und mich am Ende
noch gar ridicül macht. Dann aber verstehe ich keinen Spaß, Tondern, darauf kannst du dich verlassen."

Ein verächtliches Lächeln zeigte sich auf den Zügen des Ange-
redeten, machte aber gleich darauf einem finsteren Ausdrucke Platz,
der sich jedoch bald wieder in das gewöhnliche gleichgültige Gesicht
des Herrn von Tondern verwandelte, als er sich gegen seinen Freund
wandte und diesem zur Antwort gab: „So ruhig und besonnen du
zu sein scheinst, so gehen deine Gedanken in Wahrheit doch immer
mit dir oben hinaus. Du brauchst dich nicht deutlicher zu erklären;
ich weiß ganz genau, worauf du lossteuerst, finde es aber von
dir unverantwortlich, dem armen Grafen das letzte Aufflackern seiner
Lebenskraft zu mißgönnen. Es ist das auf Ehre, im höchsten Grade
undankbar von dir. Helfenberg ist im Begriff, dir zu einer schönen
und liebenswürdigen Frau zu verhelfen, wobei du als Aussteuer eine
der prachtvollsten Besitzungen des Landes erhältst, und du mißgönnst
es ihm, daß er sich in den letzten Tagen seines Lebens etwas besser
befindet. Pfui Teufel, Fremont, das hätte ich nicht von dir erwartet!
— Spar' deine Gegenreden, glaube mir, du irrst dich, der arme
Graf ist übler daran als je. Sage mir lieber, was du in den letzten
Tagen in unserer großen Angelegenheit gethan, ob du Fortschritte in
der Gunst Eugeniens gemacht und wie dich Frau von Braachen aufgenommen."

Der Baron murmelte unwillig etwas in sich hinein und schien
Lust zu haben, das Gespräch von so eben fortzusetzen; da er aber die

erhobene Hand seines Freundes sah, bereit, in diesem Falle abwehrende Bewegungen zu machen, so fügte er sich, wenngleich empört, in das Joch, das er sich selbst auferlegt, und sagte, indem er die Worte heftig herausstieß: „Was Frau von Braachen anbelangt, so bin ich ihr höchst willkommen, das kann ich dich versichern; aber das Mädchen ist ein lächerlicher Fratz, bei dem es sich wahrhaftig der Mühe nicht verlohnt, die man sich um sie gibt."

„Ja, sie ist kalt," sprach Tondern, „hochfahrend, eigensinnig, übermüthig, — aber schön," setzte er boshaft lächelnd hinzu, „sehr schön, ein seltener Geist und kann über alle Begriffe liebenswürdig sein. Eine solche Eroberung wiegt hundert andere auf, nicht zu gedenken, daß in ihrer kleinen Hand das wunderbare Stromberg ruht."

„Wenn du mir glauben wolltest, —" entgegnete Fremont kleinlaut mit einem tiefen Seufzer.

„Was soll ich dir glauben? Graf Helfenberg ist ein kranker, verlorener Mensch; das glaube mir."

„Stille, Tondern! dort kommt dein kranker, verlorener Mensch."

Und wirklich hörte man in diesem Augenblicke sich von draußen Schritte nähern, und eine klangvolle Stimme, welche den Refrain eines lustigen Liedes sang.

———

Dreiundfünfzigstes Kapitel.

Die letzte Rose.

Die Thür öffnete sich, und George von Breda trat mit dem Hausherrn ein.

Fremont erhob sich von seinem Stuhle, nicht so Tondern, der sich noch länger ausstreckte, als bisher, und laut gähnte.

„Verzeiht mir, daß ich habe warten lassen," sagte Graf Helsenberg; „ich wäre aber zur Zeit da gewesen, wenn ich mich nicht hätte unterwegs aufhalten müssen, um diesen theuren George aufzulesen, den mich ein glückliches Ungefähr finden ließ."

„Doktor Flecker!" meldete der eintretende Kammerdiener.

„Ist mir sehr willkommen," sprach der Hausherr, und als hierauf der kleine Armenarzt eintrat, ging er demselben entgegen und reichte ihm mit einem vielsagenden Blicke die Hand.

Hinter dem Doktor war indessen noch eine andere Figur ins Zimmer geeilt, der bewegliche Legationsrath von S., welcher, dem Hausherrn seine Rechte reichend, eilig wie immer sagte: „Ich habe Ihren Brief erhalten, lieber Graf, und eine wichtige Sitzung geschwänzt, um hieher zu kommen. Möge es Seine Excellenz, unser Gewaltiger, mir nicht gelegentlich ins Wachs drücken! Ah, bon jour, Breda! wie geht dir's? — Sieh da, Fremont und Tondern, die Unzertrennlichen. Ich versichere euch, Orestes und Pylades waren gegen euch

ein paar unverträgliche, zänkische Kerle. — Das nenne ich Freundschaft!" Er war bei diesen Worten schon wieder in die Mitte des
Zimmers zurück geeilt, wandte aber plötzlich wieder um und tänzelte an
den Stuhl zurück, auf dem Fremont saß, wobei er die Hände unter
seine Rockschöße steckte und freundlich sprach: „Apropos, Fremont,
man kann dir ja —"

Weiter aber brachte er seinen Satz nicht, denn Tondern warf
seinen Fauteuil so heftig herum, daß er mit den Fußspitzen die
Schienbeine des Sprechers berührte und diesem dabei mit einem höchst
unwilligen Gesichtsausdrucke einen verständlichen Wink gab.

Der Legationsrath wandte plötzlich wieder um und schoß in die
Mitte des Zimmers zurück, wo er dem Doktor Flecker sein Compliment
machte, der einige gleichgültige Worte mit George von Breda sprach.

Fremont hustete leise, aber so auffallend, daß Herr von Tondern
ihm den Kopf zuwandte, worauf jener ein Zeichen mit den Augen
machte, welches dieser mit einem Achselzucken und einem gleichgültig
sein sollenden Gesichte beantwortete. In Wahrheit aber blitzten seine
Augen lebhaft, und er blickte aufmerksam auf den Hausherrn, der dem
Kammerdiener ein paar Worte sagte, und darauf zu der Gruppe in
der Mitte des Zimmers trat.

„Du!" sagte Fremont flüsternd.

„Was soll's?"

„Das gefällt mir ganz und gar nicht."

„Was denn?"

„Die Einladung des Grafen an uns, um diese Stunde hier zu
erscheinen."

„Aus welchem Grunde mißfällt dir das?" fragte Tondern, wobei seine Blicke aber unruhig nach der Mitte des Zimmers schweiften.

„Wir Beide sind da," fuhr der Baron mit leiser Stimme fort,
„George von Breda, der Legationsrath, der kleine Doktor, gerade wie
an jenem Abend; es fehlt nur noch —"

„Der Herr Rechtsconsulent Doktor Plager!" sagte der Kammer-

Diener, indem er die Thür weit öffnete, und der Angemeldete mit der unvermeidlichen weißen Halsbinde, die er bei feierlichen Gelegenheiten trug, trat mit einer tiefen Verbeugung ins Zimmer.

„Tondern —"

„Laß mich jetzt ins Teufels Namen!" gab dieser flüsternd, aber sehr verständlich zur Antwort. Dann sprang er von seinem Fauteuil in die Höhe und begab sich ebenfalls in die Mitte des Zimmers.

Baron Fremont folgte mit einem etwas bleichen Gesichte.

Graf Helfenberg hatte den Rechtsconsulenten freundlich bewill- kommt und schaute nun heiter die guten Freunde an, welche ihn um- gaben. „Es ist zum zweiten Male," sagte er, „daß ich von euch einen Dienst in der gleichen Angelegenheit verlange, der aber noch mühe- loser ist, da es sich nicht einmal wie damals um eure Namensunter- schrift handelt, sondern nur um eine kleine Viertelstunde Gehör für Herrn Doktor Plager, meinen Geschäftsmann." Er machte bei diesen Worten eine Handbewegung gegen den Rechtsconsulenten, welche dieser mit einem ehrfurchtsvollen Compliment rings umher beantwortete, worauf der Graf hinzusetzte: „Bitte einen Augenblick Platz zu nehmen."

Der Kammerdiener hatte mit einem Lakaien einige Stühle und Fauteuils im Kreise gestellt, welche aber von keinem der Anwesenden benutzt wurden.

Der Hausherr trat etwas zurück und lehnte sich mit der Hand an eine Seite des Kamines; das Gleiche that George von Breda auf der anderen Seite. Der Legationsrath umschlich den Kreis der Stühle, auf den Zehen schreitend, aufmerksam lauschend, wie der Schäferhund seine Heerde, und ebenfalls wie dieser, wenn das möglich gewesen wäre, mit gespitzten Ohren.

Tondern, dem es mit einem Male klar wurde, worauf diese Ver- handlung ziele, hatte einen Augenblick gute Lust, in auffallender Weise das Zimmer zu verlassen; doch bedachte er sich eines Besseren, trat an den Schreibtisch und flüsterte mit etwas verstörten Gesichtszügen dem erschrockenen Fremont zu: „Du hast Recht — das ist eine Teufelei! Laß dir aber um Gottes willen nichts merken!"

„Darin gehst du mir mit schlechtem Beispiel voran," antwortete der Baron in kläglichem Tone. Du ziehst selbst eine Grimasse, wie ein armer Sünder; wirf nur einmal einen Blick in den Spiegel und dann fasse dich. Ich müßte mich sehr irren, wenn Helfenberg und nicht minder dieser verfluchte kleine Doktor zuweilen lauernde Blicke auf uns werfen."

Der Rechtsconsulent hatte unterdessen ein bekanntes Convert aus der Tasche gezogen, mit sieben Siegeln versehen, welches er emporhielt, um die Anwesenden sich überzeugen zu lassen, daß sämmtliche sieben Siegel unverletzt seien. Dann legte er das Convert auf einen kleinen Tisch, den der Kammerdiener vor ihn hingeschoben, und zog ein anderes zusammengefaltetes Papier aus der Tasche.

„Sollte es sich vielleicht um ein Codicill handeln!" fragte Fremont seinen Nachbar mit tonloser Stimme.

„Um den Teufel wird es sich handeln!" entgegnete dieser. „Gib nur Achtung." Dann trat er ein paar Schritte vor, legte die Hände auf dem Rücken zusammen und stellte sich mit gespreizten Beinen dem Hausherrn gerade gegenüber.

Doktor Plager war mit einem ernsten und feierlichen Gesichtsausdruck in die Tiefe seiner Halsbinde hinab getaucht, während er langsam das Papier, welches er in den Händen hielt, entfaltete. Jetzt erhob sich sein Gesicht wieder und nahm, wie es über den Rand der Cravatte emporstieg, einen freundlichen und lächelnden Ausdruck an. Man sah deutlich: er hatte etwas Angenehmes zu verkünden. Darauf las er: „Nachdem Seine Erlaucht, der hier gegenwärtige Graf Hugo Helfenberg, vor einiger Zeit den Unterzeichneten ersucht, seinen letzten Willen in Gestalt eines Testamentes in mystischer Form anzunehmen und vor den hier anwesenden Herren, welche bei diesem Akt als Zeugen dienten, zu beglaubigen und zu versiegeln, wurde besagtes Testament bei dem betreffenden Gerichte bis heute deponirt, wo mich, den Unter-

zeichneten, ein Befehl Seiner Erlaucht beauftragte, das Testament zu-
rückzuziehen, um es dem Willen des Herrn Grafen gemäß vor den
Augen der anwesenden Herrn zu vernichten."

Baron Fremont zuckte etwas zusammen, wogegen Tondern jetzt
fest da stand in unerschütterlicher Ruhe, mit einem freundlichen Lächeln
auf seinen Zügen, welches eine Erklärung erhielt durch eine Handbewegung, mit der er dem Grafen wie gratulirend zuwinkte.

„Ja, vollständig zu vernichten," wiederholte der Rechtsconsulent,
nachdem er sich mit unverkennbarer Rührung rings im Kreise umgeschaut, „was demnach hiermit vor Aller Augen geschehen soll."

Er nahm eine große Scheere zur Hand, die der Kammerdiener
zugleich mit einem brennenden Wachslichte auf einer silbernen Schale
vor ihn hingestellt, schnitt das versiegelte Testament in mehrere Stücke,
von denen er jedes einzeln an dem Lichte anzündete, ehe er es in die
Schale warf. Darauf faltete er seine Hände und blickte mit hoch em-
porgehobenen Augenbrauen nachsinnend in die aufzüngelnden Flammen.

Auch Graf Helfenberg schaute wie träumend in die Gluth, die
hoch emporflackerte, dann aber schnell in sich zusammensank. Ein tiefer
Seufzer entwand sich seiner Brust, worauf er sich rasch gegen George
von Breda wandte, ihm beide Hände auf die Schultern legte und den
ernst, fast finster blickenden Mann mit einem unaussprechlich innigen
Ausdrucke eine kleine Weile betrachtete.

„Da brennen Stromberg und unsere Legate," flüsterte Herr von
Tondern dem fast zusammen knickenden Fremont zu; aber aus den
Flammen, die dort eben gelodert und mir allerlei beleuchtet, ging mir
ein absonderlich klares Licht auf; nur wer selbst seine Partie aufgibt,
hat sie verloren."

Nach diesen Worten drängte er sich rasch vor, reichte dem Grafen
seine Hand und sagte ihm so herzliche Worte über die angenehme
Fortsetzung des traurigen Testaments-Aktes, daß jeder, der sie hörte,
hätte glauben sollen, es freue sich Niemand so darüber, wie gerade
Herr von Tondern.

Auch der Legationsrath hüpfte gratulirend auf den Hausherrn zu, und endlich auch Fremont mit einem erträglich freundlichen Gesichte. Der dicke Baron konnte sich nicht so verstellen, wie sein guter Freund, und er wandte sich deßhalb auch so bald wie möglich von dem Kamine nach dem Schreibtische zurück, wo er gedankenvoll in die sonnbeglänzte lachende Ferne hinausblickte.

„Vielleicht habe ich voreilig gehandelt," sprach Graf Helfenberg, nachdem er die herzlichen Glückwünsche seiner Freunde herzlich erwidert. „Aber in diesem Falle schiebe ich alle Schuld auf unseren guten Doktor, wie ihm nach dem barmherzigen Gott im anderen Falle auch alles Verdienst an dieser Aenderung meiner gewiß trostlosen Lage zukommt. Auf seine Verantwortung habe ich beschlossen, jenes Testament zu vernichten, da er mir in einer glückseligen Stunde die Hoffnung auf ein längeres Leben wiedergegeben."

Hier hielt es der Rechtsconsulent für passend, das Wort zu Beschließung dieses Aktes abermals zu ergreifen, weßhalb er von seinem Papier herunter las: „Daß die Vernichtung des fraglichen Testamentes auf Befehl Seiner Erlaucht geschehen, beurkundet Herr Graf Hugo Helfenberg durch seine eigenhändige Unterschrift, und ist darüber gegenwärtige Urkunde entworfen und auch von mir unterzeichnet worden."

Nachdem dies also geschehen, blieben die Freunde des Hausherrn nur noch sehr kurze Zeit bei einander. George von Breda, der ziemlich theilnahmlos und offenbar mit anderen Gedanken beschäftigt an dem Kamin gelehnt, nahm seinen Hut und empfahl sich zuerst. Ihm folgte der kleine Armenarzt und der eilige Legationsrath von S., der die Hoffnung aussprach, noch den Schluß seiner wichtigen Sitzung genießen zu können. Baron Fremont und Herr von Tondern verabschiedeten sich mit dem Rechtsconsulenten zuletzt und stiegen, von diesem gefolgt, schweigend die breiten Marmortreppen hinab. Unter dem Thorbogen angekommen, faltete Baron Fremont die Hände und blickte seinen Freund mit einem seltsamen Gesichtsausdruck an. Es war eine Mischung von Zorn und Ueberraschung, welche sich auf seinen Zügen gelagert hatte; dabei zwinkerte er mit den Augen, wie er nur in sehr seltenen Fällen zu thun pflegte, wenn sein Phlegma sich zu einem Zornausbruche bewegen ließ; er biß die Lippen auf einander und wollte gerade seinem Unmuthe in heftigen und lauten Worten Luft machen, als ihm der immer besonnene Tondern ruhig die Hand auf den Arm legte und dabei sagte: „Gib dem da hinter uns kein Schauspiel; du wirst nachher Zeit genug finden, dich auszulassen."

Bei diesen Worten trat Baron Fremont selbst etwas auf die Seite, damit der Rechtsconsulent bei ihm vorbeigehen könnte, und faßte auf die sehr verbindliche Verbeugung desselben mit zwei Fingern leicht an den Rand seines Hutes. Herr Doktor Plager aber, anstatt vorüber zu schreiten, machte eine Viertelswendung gegen Herrn von Tondern und ersuchte ihn um die Vergünstigung, gefälligst zwei Worte von ihm anhören zu wollen.

Fremont trat augenblicklich einen Schritt von seinem Freunde weg, worauf dieser mit sehr hoch erhobener Nase und herabgesenkten Augenlidern vor dem Advokaten mit einem nachläßigen „Was beliebt?" stehen blieb.

„Ich wollte mir nur erlauben, den Herrn von Tondern zu fragen," sprach der Rechtsconsulent demüthig, „zu welcher Stunde in den nächsten Tagen ich dem gnädigen Herrn zu einer kleinen Unterredung nicht unpassend käme. Es handelt sich um ein paar kleine Papiere, die ich in Händen habe und zu deren Berichtigung oder einem anderweitigen Arrangement wohl die höchste Zeit wäre."

„Das erscheint Ihnen heute mit einem Mal so dringend?" erwiderte Herr von Tondern mit finsterem Blick; „heute, jetzt, nachdem Sie droben den fatalen Akt vollzogen? Ah, ich verstehe Sie schon; Sie haben sich seit vorgestern stark geändert."

„Es ist mir sehr lieb, wenn mich Euer Gnaden vollkommen

verstehen; es ist leider wahr, wir und die Zeiten ändern uns. — Wann darf ich Euer Gnaden belästigen?"

„Wann Sie wollen," entgegnete der Andere in sehr hochmüthigem Tone; „nur nicht zu früh und nicht zu spät." — Er wandte dem Rechtsconsulenten den Rücken und trat zu Fremont, um mit diesem nach Hause zu gehen.

Herr Doktor Plager schritt ebenfalls von dannen, aber wie in tiefe Gedanken versunken, so außerordentlich langsam, daß er eine Aeußerung Baron Fremonts hören mußte, eine Aeußerung, die den Rechtsconsulenten sehr unangenehm berührte. Der Baron sagte nämlich: „Nun gut, ich will mich mäßigen; ich will über diese verfluchte Geschichte hier auf der Straße kein Wort verlieren. Aber Eins laß mich sagen; ich könnte daran ersticken, wenn ich es bei mir behielte: Dieser elende Pole, dieser Czrabowski hat uns verrathen. O, wenn ich diesen Kerl vergiften könnte! Gib mir wenigstens zu, Tondern, daß dies einer der niederträchtigsten Schufte ist, die ungehenkt umherlaufen."

„Zugestanden," versetzte Tondern, „aber sei ruhig, dieser Kerl entgeht mir nicht."

So sprachen die Beiden von dem Herrn Grafen Czrabowski, künftigem Schwager des Rechtsconsulenten Doktor Plager, was diesem Letzteren Einiges zu denken gab. — —

George von Breda hatte langsam das Palais des Grafen Helfenberg verlassen und war so mit seinen Gedanken beschäftigt, daß er den überaus freundlichen Gruß des dicken Portiers nicht einmal wahrnahm, ja, daß er vor dem Hause einen falschen Weg einschlug, einen Weg, der ihn von seiner Wohnung noch weiter abgeführt hätte, und doch wollte er dorthin zurück, da es an der Zeit war, wo man ihn zum Diner erwartete. Als er seinen Irrthum gewahr wurde, lächelte er still in sich hinein und dachte: Es wäre am Ende besser, wenn ich jetzt nicht nach Hause zurückkehrte; ich fürchte, nicht ruhig genug zu sein, um ihren Anblick ertragen zu können, ohne in Vorwürfe, ja, in Klagen auszubrechen, was beides ebenso nutzlos als lächerlich

wäre. Und doch, fuhr er strenger fort, was ich ernstlich gewollt, habe
ich immer noch durchgesetzt, und es soll und muß mir auch dieses Mal
gelingen, nichts von dem Sturme zu verrathen, der mein Herz bewegt und martert.

Obgleich er nicht sehr rasch ging, erreichte er doch sein Haus in
unglaublich kurzer Zeit. So kam es ihm wenigstens vor; ja, wenn
er noch so langsam dahinschritt, so schien es ihm, als verkürze sich
der Weg von selber. Und er ging sehr langsam, als er die Bäume
sah, die sein Haus umgaben, als er jetzt das Dach desselben erblickte
und die glänzende Glasdecke des Wintergartens, von welcher die Strahlen der sinkenden Sonne wie in lodernden Flammen abprallten. —

Jetzt hatte er den kleinen Garten erreicht, jetzt betrat er das
Glashaus, und als er die Thür öffnete, lauschte er angestrengt, ob er
nicht ihre helle Stimme vernehme, die so oft, so sehr oft durch diese
Räume geklungen war, wenn Eugenie ihn erwartend auf der kleinen
Bank saß, die sich in der Laube hinter dem Springbrunnen befand. —

Alles war ruhig und still, nur das Wasser plätscherte einförmig,
melancholisch; sein Fuß betrat den knisternden Sand der verschlunge-
nen Wege, und nachdem er ein paar Schritte gemacht, blieb er horchend stehen. Wenn es ihm auch noch vor kurzer Zeit peinlich erschienen war, das junge Mädchen wieder zu sehen, so sehnte er sich
doch jetzt nach ihrem Anblicke. Er hätte viel, sehr viel darum gegeben, wenn sie ihm jetzt — wie sonst so oft — entgegen geeilt wäre,
heiter, unbefangen, lachend, wenn er ihren lustigen Ruf vernommen
hätte: „Onkel George, bist du da? — Onkel George, du kommst
sehr spät!"

Aber er vernahm nichts dergleichen; ringsum war Alles ruhig
und still, nur das niederstürzende Wasser machte einen fast unaussteh-
lichen Lärmen — ja, unausstehlich; denn er bildete sich ein, es sei
ihm wohl wegen dieses Geräusches nicht möglich, den leichten Tritt
ihres Fußes zu vernehmen, wenn sie ihm vielleicht schweigend entgegen eile.

Vor dem Rosenbäumchen, dessen Knospe er vorhin genommen, nachdem sie mit ihren Fingern leicht darüber gestreift, blieb er einen Augenblick stehen, und wieder kam ihm der Gedanke von vorhin, als sei sie zum letzten Male hier gewandelt, als sei es, ihr wohl selbst unbewußt, der Abschiedsgruß gewesen für alle die lieben Blüthen und Blumen, da sie mit der Hand diese Rose berührte. Dann aber ärgerte er sich über seine weiche Stimmung, und Schmerz und Groll erfüllten seine Brust. Sie wird mir heute nicht entgegenkommen, sprach er zu sich selber mit einem traurigen Lächeln. Ah! sie weiß, warum, und wenn ich es genau überlege, so muß ich sie noch darum achten, daß sie nicht kommt. Heuchelei ist alsdann doch diesem starren Charakter fremd. Aber daß sie nicht kommt, ist mir ein Zeichen ihrer Schuld; sie scheut meinen Anblick. Nun gut, wir werden uns drinnen wieder sehen, und an dem Blick deiner Augen will ich erkennen, ob ich Recht oder Unrecht hatte.

Der Baron machte wieder ein paar Schritte, dann blieb er abermals stehen und zog seine Uhr hervor. Es ist wohl noch früh, dachte er; man erwartet dich noch nicht. Ja, ja, so wird es sein. — Aber es war nicht so, die unerbittliche Uhr zeigte schon eine Viertelstunde nach Fünf. — Vielleicht bin ich auch, fuhr er nach einer Pause fort, gegen meine Gewohnheit sehr leise und unhörbar in das Gewächshaus eingetreten. Ja, so muß es sein. — Und als er das gedacht, kehrte er wieder um, öffnete noch einmal die Glasthür und warf sie hinter sich laut schallend ins Schloß. Das hohe Gewölbe des Wintergartens gab den Ton der zufallenden Thür laut hallend wieder, worauf George von Breda athemlos lauschend stehen blieb. Aber Alles blieb still wie vorher; nichts regte sich, nichts war hörbar, als der geschwätzige Strahl des Springbrunnens; er vernahm keinen Gesang, keinen heiteren Ruf: „Onkel George! Onkel George!" keinen Schall ihrer Fußtritte. — —

— — „Ich Thor!" rief er jetzt überwältigt aus; „wie kann ich so verblendet sein und an das Wahre der Geschichte zuletzt denken!

Sie wird noch nicht zu Hause sein. O," setzte er zähneknirschend hinzu,
„es muß sie Interessantes fesseln, wo sie sich eben befindet; ja, ja, das
ist es. Was kümmert sie die Ordnung des Hauses, die Stunde, wo
ich zurückkehre? — Die Zeiten sind vorbei! Gut, es sei darum!"

Er that noch einen tiefen Athemzug und schritt dann rasch dem
Eßzimmer zu. Wie schmerzlich berührte es ihn aber, als er jetzt vor
sich die kleine Terrasse sah, wo Eugenie so oft stand und auf ihn
wartete, von wo sie ihm neckisch zurief und ihn ausschalt, daß er so
spät komme! Was hätte er jetzt um ihre Vorwürfe gegeben! — Aber
sie war auch dort nicht, auch von dort her vernahm er nicht ihre
liebe, helle Stimme; er sah auch nicht ihre schöne Gestalt, ihr glänzendes Auge.

So gut es ihm möglich war, suchte er seine Fassung zu gewinnen, und betrat äußerlich ruhig den Eßsalon. Der Tisch war ge-
deckt; es standen da drei Couverts wie gewöhnlich; aber Eugenie fehlte;
die Baronin war da. aber gegen ihre Gewohnheit saß sie nicht mit
ihrem Buch beschäftigt in dem kleinen Fauteuil, sondern ging mit
ungewöhnlich hastigen Schritten in dem Zimmer auf und ab; auch
sah sie etwas bleich aus, und als Herr von Breda eintrat, sagte
sie zu dem Jäger Brenner, der an der Thür stand, welche in das
Wohnhaus führte: „Es ist gut, bringen Sie die Suppe."

Der Baron legte seinen Hut auf den Nebentisch, und sprach, indem er einen Blick auf die Uhr warf: „Ich bitte um Entschuldigung,
daß ich eine Viertelstunde zu spät komme; Graf Helfenberg traf mich
auf der Straße, als ich hieher wollte, und bat mich, ihm eine Gefälligkeit zu erzeigen. Ich halte es für meine Pflicht, dir diesen Grund
meines späten Kommens zu sagen; denn ich weiß selbst, wie unangenehm es ist, auf sich warten zu lassen."

„Es ist wahr, fünf Uhr ist vorüber," antwortete die Baronin,
nachdem sie ebenfalls die Uhr angeschaut. „Ich hätte es in der That
nicht einmal bemerkt, denn du bist gewöhnlich von einer Pünktlichkeit,
die uns gar an dem Schlage der Uhr irre werden läßt."

Sie sprach das zu dem Baron mit einer freundlichen Miene, doch bemerkte sein scharfes Auge, daß sie sich zwang, heiter zu scheinen. Früher wäre seine erste Frage nach Eugenien gewesen; jetzt fürchtete er sich, sie zu thun; er schob seiner Frau den Stuhl etwas vom Tische zurück, und als diese sich niedergelassen, setzte er sich auch.

Der Jäger brachte die Suppe, die Baronin legte für zwei Couverts vor, und selbst beim Anblick des leeren dritten Tellers wagte es Herr von Breda nicht, nach Eugenien zu fragen, sondern sagte: „Es ist wirklich wunderbar, wie sich Helsenberg besser befindet; der kleine Doktor, den er so zufällig genommen, hat ein Meisterstück an ihm gemacht."

„So, so?" versetzte die Baronin, nachdem sie mit der Hand leicht ihre Stirn berührt, in einem Tone und mit einem Ausdrucke ihres Gesichtes, welcher offenbar anzeigte, daß ihre Gedanken mit etwas Anderem beschäftigt waren.

George von Breda that einen tiefen Athemzug; er hustete leicht vor sich hin, und wollte gerade einen Löffel Suppe nehmen, als er, wie sich jetzt erst an die Fehlende erinnernd, lebhaft fragte: „Wo ist denn Eugenie? Warum fehlt sie bei Tische, sie, die sonst doch so pünktlich ist?"

Da war seine Frage heraus, und er beugte sich tief auf den Teller hinab, um bei der Antwort, die er erwartete, sein Gesicht nicht sehen zu lassen.

Und doch hatte er sich geirrt. Die Baronin führte ihr Taschentuch leicht an den Mund, dann versetzte sie: „Eugenie ist unwohl, sie läßt sich entschuldigen; sie hat sich auf ihr Zimmer zurückgezogen."

Diese Worte drangen wie ein Dolchstoß tief verletzend in sein Herz, seine Fassung war dahin; er richtete sich hastig auf und schaute seine Frau mit einem flammenden Blicke an. Schon wollten wilde, unerhörte Worte seinen Lippen entströmen, doch besann er sich glücklicher Weise eines Besseren, preßte heftig die Zähne auf einander und fragte nach einer Pause, als er die bestürzten Züge der Baronin be-

merkte: „Es ist etwas vorgefallen, Julie; ich sehe es an deinen Mie=
nen. Ums Himmels willen, sprich, was ist's mit Eugenien?"

Frau von Breda zuckte mit den Achseln, dann entgegnete sie:
„Beruhige dich, George: allerdings ist etwas vorgefallen, und doch im
Grunde wieder nichts. Es hat mich heute auch ein wenig alterirt;
morgen werden wir vielleicht darüber lachen."

„Und wo ist Eugenie?"

„Wie ich dir sagte, auf ihrem Zimmer; sie ist in der That un=
wohl."

„Aber heute Morgen war sie heiter und gesund!"

„Das war sie."

„Sie verließ das Haus vor Mittag."

„Und kehrte vor einer starken Stunde hieher zurück."

„Alterirt? unwohl?" fragte der Baron mit einem leichten Beben
der Stimme.

„O nein, sie kehrte heiter und ruhig zurück, wie sie gegangen
war; etwas bleicher fand ich sie allerdings."

„Ah!"

„Sie sagte mir, sie sei etwas schnell gegangen, da sie gefürchtet,
zu lange von Hause wegzubleiben und mich dadurch in Unruhe zu
versetzen. Es ist ein so gutes, liebes Geschöpf, dieses Mädchen."

„Ja, das war sie," sprach Herr von Breda wie zu sich selber.
„Und wo war sie?" fragte er alsdann hastig.

Die Baronin antwortete lächelnd: „Sie hat einen Besuch eigener
Art gemacht; sie hat es mir gleich gesagt, als sie zurück kam, und
mich gebeten, es auch dir mitzutheilen."

„Einen Besuch eigener Art?" wiederholte George in namenloser
Spannung. „Wen hat sie besucht? Bitte, Julie, es ist mir interessant,
das zu erfahren."

„Sie hätte es vorher sagen sollen, aber sie hat geglaubt, du wür=
dest nicht gut dazu sehen."

„Vielleicht hätte ich Recht gehabt. — Wen hat sie besucht?"

„Es war eine Grille von dem Mädchen. Vielleicht wirst du dich einer Kammerfrau meiner Mutter erinnern, einer guten, treuen und sehr braven Person. Sie war so unglücklich, durch einen Sturz aus dem Wagen gelähmt zu werden, weßhalb sie den Dienst verlassen mußte. Henriette und ich haben sie früher einige Mal besucht, und als Eugenie ein halbes Jahr alt war, ließ meine Schwester das kleine Mädchen einmal zu der alten Kammerfrau bringen, um was diese bat und worüber sie eine außerordentliche Freude hatte."

„Ah so!" machte der Baron, und in sein Herz zog ein Gefühl wie von innigem Danke für das Wiederfinden eines scheinbar Verlorenen.

„Die alte Frau," fuhr die Baronin fort, „hatte sich immer darnach gesehnt, Eugenie, von der sie viel Gutes und Liebes gehört, wieder zu sehen; anstatt aber geradezu ihren Wunsch gegen uns oder gegen meine Schwester auszusprechen, wandte sie sich durch den alten Jäger Klaus direkt an Eugenie, und das gute Mädchen that jenen vielleicht unüberlegten Schritt, ohne dich oder mich davon in Kenntniß zu setzen. Es hat ihr aber recht leid gethan, und sie wird dir ihre Entschuldigung machen."

Der Jäger Brenner war eingetreten, um die Teller zu wechseln, und blieb wartend hinter dem Stuhle des Barons stehen, welcher nun mit sichtlichem Behagen einen Theil seiner kalt gewordenen Suppe aß. Allerdings, dachte er, hätte Eugenie sagen können, daß sie jenen Besuch vorhabe; hätte ich mir doch selbst ein Vergnügen daraus gemacht, sie dorthin zu begleiten. Aber ich weiß wohl, sie hat ihren eigenen Sinn. Jetzt ist mir alles erklärlich; und daß sie einen Wagen nahm, was mir ein Beweis ihrer Schuld schien, finde ich jetzt so begreiflich und danke ihr dafür. Sie konnte ja doch in jenem unbekannten Stadtviertel nicht zu Fuß gehen. O, ich fange an, mich wieder glücklich und zufrieden zu fühlen. — „Und diese Kammerfrau," sagte er zu seiner Frau, „wohnt sie nicht in der Nähe des Blumenmarktes?"

Die Baronin blickte auf den Jäger Brenner, welcher mit dem Kopfe nickte.

„Ja, ja, in der Nähe des Blumenmarktes," fuhr Herr von Breda fort, „dort in einer kleinen unscheinbaren Gasse."

„So ist es," sagte die Baronin, nachdem sie abermals den Jäger angeschaut.

„Ich möchte das Haus wissen," fuhr der Baron fast heiter fort, „ist nicht in seiner Nähe ein kleiner Spielwaaren=Laden? Ja, ein Spielwaaren=Laden mit vielen Bären und Affen. Weißt du nicht, Julie, was es für ein Haus ist?"

„Es ist das Haus, wo meine Familie wohnt, gnädiger Herr," gab der Jäger Brenner mit ruhiger Stimme zur Antwort. „Die alte Kammerfrau, welche so glücklich war, Fräulein Eugenie sehen zu dürfen, ist die Mutter meiner Frau."

„Ei, ei, Herr Brenner, was vermitteln wir in unserem Hause für Sachen!" sprach der Baron lachend. „Wahrhaftig, jetzt erinnere ich mich, schon früher von der Kammerfrau unserer hochverehrten Gräfin Eller, deiner Mutter," wandte er sich wieder an seine Frau, „gehört zu haben. Sie wird meiner wohl noch gedenken."

„O, sehr oft, gnädiger Herr," erwiderte der Jäger, „und meine Schwiegermutter spricht gern von ihrer glücklichen Zeit auf Strom= berg, wo sie häufig Gelegenheit hatte, den Herrn Baron zu sehen."

„Jetzt erinnere ich mich deutlich; es war eine große Frau mit ernsten, schönen Augen; sie hat uns oft gewehrt, wenn wir in unseren Spielen gar zu unartig waren. — Ich muß sie wieder sehen, ich will mit ihr über die vergangenen glücklichen Zeiten auf Stromberg sprechen."

„Ja, das waren glückliche Zeiten," sagte Frau von Breda mit einem leichten Seufzer, worauf sie dem Jäger einen Wink gab, der mit dem Service das Zimmer verließ.

„Aber schelten muß man Eugenie doch ein wenig," meinte der Baron nach einem längeren Nachdenken. „Ein junges Mädchen muß

vorsichtig sein. Wenn nun Jemand sie gesehen hätte! Wer kann es
wissen, daß in dem finsteren Hause jener entlegenen Gasse eine Kammerfrau ihrer Großmutter wohnt, die sie besucht! — Aber bei alle
dem vergaß ich fast," sprach er, mit einem Male den Strom seiner
Gedanken unterbrechend, „daß du mir gesagt, Eugenie sei unwohl, sie
leide. Es ist ihr doch nichts passirt, Julie? Du sagtest, sie sei heiter
nach Hause zurückgekehrt und habe sich alterirt. Doch hoffentlich nicht
in meinem Hause?"

„Wie ich dir vorhin schon sagte," versetzte Frau von Breda „werden wir vielleicht morgen über diese Geschichte lachen. Beruhige dich,
ich werde es dir nach Tisch erzählen."

„Aber sie ist nicht bedeutend krank?"

„Krank wohl nicht, aber sie will Niemand sehen."

„Niemand sehen? So kann ich mich später nicht nach ihrem Befinden erkundigen?"

„Es ist viel besser, man läßt sie allein. Du weißt wohl, George,
das Mädchen hat einen eigenen Sinn, und so heiter und entschlossen
sie auch ist, so ist doch das Geringste im Stande, ihr feines Gefühl
schmerzlich zu berühren, sie tief zu verletzen."

„Du spannst mich auf die Folter! Bitte, sprich, was ist geschehen?"

„Nach dem Essen, George."

„Gut denn, wenn du darauf beharrst; aber ich kann dir versichern,
mir wird kein Bissen schmecken. Und siehst du," rief er laut, indem
er auf den Teller seiner Frau zeigte, „dir geht es gerade so. Du lässest alle Speisen unberührt und die vollen Teller hinaustragen." ·

Und so war es in der That; die Baronin schien selbst zu sehr
mit ihren Gedanken beschäftigt, um dem Diner zusprechen zu können.
Da es nun Herr von Breda fast ebenso machte und der Jäger so
schnell wie möglich servirte, so war in Kurzem das ganze Mahl been-
digt; der Baron legte seine Serviette auf den Tisch und erhob sich
alsdann mit den Worten: „Nun denn, Julie, so laß mich jetzt endlich
deine Geschichte hören."

Der Jäger verließ das Zimmer und zog die Flügelthüren leise hinter sich zu.

Die Baronin hatte sich in ihren Fauteuil am Kamine niedergelassen; sie hustete leicht in ihr Sacktuch und sprach alsdann: „Wie ich dir vorhin sagte, kam Eugenie von ihrem Besuche heiter zurück; wenigstens erschien sie mir so, als sie in mein Zimmer trat. Auch erzählte sie mir aufs genaueste die Ergebnisse des heutigen Tages, that dabei ziemlich bekümmert, ob du es ihr auch wohl sehr verübeln würdest, daß sie diesen Besuch gewagt, lachte darauf herzlich über ihre Angst, als sie in den Miethwagen gesessen und in ein fremdes Haus gegangen sei; kurz, sie war offen, munter, allerliebst, wie immer."

„Ja," sagte Herr von Breda kopfnickend.

„Darauf nahm sie ein Buch und ging in den Wintergarten. Sie wollte dich erwarten, sagte sie. Das mochte nach vier Uhr gewesen sein. — Nun ja," fuhr die Baronin stockend fort, „es ist eigentlich schwer, dir zu erzählen, was sich dort unten im Wintergarten begeben, recht schwer, und doch wieder so leicht, es ist höchst ernst und wieder sehr komisch."

„Also im Wintergarten begab sich etwas?" fragte der Baron gespannt. „Etwas, das Eugenie alterirte? das sie krank machte? Teufel auch!"

„Nun, ich will es dir erzählen, George." nahm Frau von Breda nach einer kleinen Pause das Wort, „genau so, wie ich es von Eugenien nach und nach erfuhr. Aber du mußt nicht jetzt schon so unruhig und zornig blicken. Versprich mir, ruhig zu sein."

„Nun ja, ich verspreche es dir."

„Eugenie saß also auf der kleinen Bank hinter dem Springbrunnen und las in einem Buche, blickte auch vielleicht träumend über die Blätter hinweg, denn sie sagte mir selbst, sie habe nicht gehört, daß sich Schritte näherten. Auf einmal fiel etwas auf die Blätter ihres Buches, — eine Orangenblüthe, die aber nicht zufällig herabgefallen sein konnte, denn über ihr befand sich nur Lorbeer; es mußte Jemand

mit der Orangenblüthe nach ihr geworfen haben. Eugenie sagte mir,
sie habe gedacht, du seiest es gewesen; sie blickte empor und wollte gerade fragen, wer da sei, als Jemand neben der Bank hervorstürzte,
auf die Kniee fiel und dem armen Mädchen eine der unsinnigsten Liebes-
erklärungen machte, die je vorgekommen."

„Ah!" rief George von Breda, indem er mit der linken Hand
emporzuckte. „Wer war es, der sich auf solche Art in meinem Hause
aufführte?"

„Du hast mir versprochen, ruhig zu bleiben," bat die Baronin.
„Denke dir das Entsetzen des armen Mädchens. Sie wollte empor-
springen, davon eilen, der Rasende hielt sie fest, bemächtigte sich ihrer
Hand und wagte es, dieselbe zu küssen."

„Und Eugenie rief nicht um Hülfe?" fragte der Baron mit einem
seltsamen Ausdrucke in den Augen. „Es mußten doch Leute in der Nähe
sein, Brenner oder der Gärtner! — Warum rief sie nicht um Hülfe?
— — Wollte sie vielleicht keine Hülfe gegen diesen Jemand? Ich
möchte in der That wissen, Julie, wer es gewesen ist, der solches gewagt. Ah! was zu toll ist, ist zu toll." — Er preßte heftig die Lippen
auf einander und wiederholte alsdann seine Frage. „Ich bitte dich,
Julie, wer hat sich unterstanden? Nenne mir ihn ohne Scheu."

„Später, George. Eugenie war so furchtbar erschrocken und überrascht, daß sie ein paar Sekunden wie gelähmt vor dem Verwegenen
stehen blieb. Endlich aber warf sie ihn kräftig von sich, stieß einen
lauten Schrei aus und konnte alsdann davoneilen, da der Jäger in
diesem Augenblicke herbeikam und den Unverschämten packte."

„Er packte ihn?" fragte Herr von Breda, und dann fuhr er mit
der Hand über Stirn und Augen, als wolle er sich auf etwas besinnen,
das ihm nicht gleich klar wurde. „Er packte ihn? — Nun, Brenner
hat ganz gut daran gethan; wer sich einen solchen schmählichen Ueberfall zu Schulden kommen läßt, vergibt jedes Recht, das ihm Rang
und Stand verleiht. — Aber wer war es? ich will es wissen, Julie."

„Von Rang und Stand war bei ihm nicht sonderlich die Rede,"

gab die Baronin sehr langsam zur Antwort und legte, um nicht auf-
blicken zu müssen, das Taschentuch auf ihrem Schooße in kleine Falten
zusammen.

„Du marterst mich; es war keiner unserer Bekannten?"

Frau von Breda schüttelte mit dem Kopfe, worauf sie in die
Höhe schaute und ruhig sagte: „Ich habe nicht ohne Grund gefürchtet,
mit dir darüber zu sprechen, George; ich wußte, es würde dich sehr
aufregen. Aber sei verständig, die Sache ist schlimm, und doch nicht
so schlimm. Wir thun am klügsten, sie von der komischen Seite zu
nehmen. — Die Person, welche sich solches unterstand, ist an sich
höchst ridicul, und wenn ich mir diese Person denke," fuhr sie mit
einem wohl erzwungenen Anfluge von heiterer Laune fort, vor das
arme Mädchen hintretend, auf die Kniee niederfallend und dann gräßlichen Unsinn redend, ich versichere dich, George, ich könnte darüber
lachen. Und du auch, wenn du dir mit etwas ruhigem Blute die
ganze komische Situation vergegenwärtigst. Denn dieser Jemand war
— dein kleiner Reitknecht — Friedrich."

Der Baron hatte mit ungeheurer Spannung seiner Frau zu-
gehört, er beugte sich auf ihren Stuhl herab und suchte ihren Augen
zu begegnen, die sie aber niedergeschlagen hielt. Als er aber jenen
Namen hörte, da flog ein Ausdruck von Bitterkeit, von Verachtung
über seine Züge; er zuckte, obgleich fast unmerklich zusammen; er
starrte einen Augenblick vor sich nieder, dann stieß er die Worte hervor: „Das ist schlimmer als ich gedacht, das ist entsetzlich!"

Jetzt schaute Frau von Breda fragend zu ihm empor und blickte
ihm besorgt nach, als sie sah, daß er stumm mit über einander geschlagenen Armen im Zimmer auf und ab schritt, längere Zeit, die Augen
auf den Boden geheftet, keine Bewegung im Gesichte, als ein Zucken
der Unterlippe, welche er zuweilen zwischen seine Zähne nahm.

„Obgleich die Sache für uns wohl ihre komischen Seiten hat,"
fuhr Frau von Breda nach einem längeren Stillschweigen fort, „so
kannst du dir doch denken, wie sehr sie das arme Mädchen erschüttert,

Ich versichere dich, sie stürzte leichenblaß in mein Zimmer, sie erschreckte mich aufs höchste; denn sie stammelte anfänglich nur Worte, deren Sinn ich nicht verstand. Erst, als sich ihr Schmerz in lautes Weinen aufgelöst hatte, erfuhr ich den Hergang der ganzen Geschichte."

„Und das konnte in meinem Hause geschehen?" sprach der Baron mit dumpfer Stimme, und darauf klopfte er sich mit der geballten Rechten auf die Brust. „In meinem Hause? Ah! das ist schrecklich! Julie, du begreifst vielleicht nicht, wie so sehr fürchterlich das ist."

Frau von Breda lächelte trüb in sich hinein, ehe sie sagte: „O, ich begreife das sehr wohl; ich fühle es genau, bemühe mich aber, etwas Linderndes in der ungeheuren Lächerlichkeit dieser Geschichte zu finden."

„Aber hat er es nicht gewagt, ihre Hand zu berühren?" rief der Baron mit wild ausbrechendem Zorne. „Hat sich dieses Thier nicht unterstanden, ihre Hand zu küssen? — O, schlimmer als ein Thier; denn ein solches legt sich auch zu unseren Füßen, aber um seine Treue und Anhänglichkeit zu bezeugen, während er es that, um mit seinem schmutzigen Geifer zu besudeln. — Schade," setzte er zähne-knirschend hinzu, „daß ich nicht zufällig auf dem Jagdschlosse mitten im Walde bin. Es sollte mir nicht darauf ankommen, ein Stück Mittelalter aufzuführen. — Dieses elende Geschöpf, dem man nur Gutes erwiesen, das ich trotz seiner vielen Fehler und Untugenden um mich geduldet, wie einen drolligen Affen, der zuweilen durch seine komischen Sprünge ergötzt!"

„Sieh es von der Seite an, und du wirst ruhiger werden," sagte Frau von Breda.

Der Baron machte eine unwillige Bewegung mit dem Kopfe, als er zur Antwort gab: „Alles hat seine Grenzen. — Aber wo ist er?"

„Er ist fort; Brenner hat ihn vorgenommen und ihn auf meinen Befehl vom Hause weggeschickt."

„Du hättest ihn da behalten sollen, bis ich ihn verhört," entgegnete Herr von Breda nach kurzem Besinnen. „Ich hätte wissen mögen, was diesen frechen Burschen zu solch unverantwortlicher That getrieben. — Und glaubst du," fragte er nach einer abermaligen Pause, „daß Eugenie von diesem Vorfall ernstlich erkranken könne? Sollte man nicht nach einem Arzte schicken?"

„Ich glaube, das ist unnöthig; ein paar Tage Ruhe wird Alles sein, was sie braucht. Du kannst dir wohl denken, George, daß es ihr nach dem, was geschehen, am schmerzlichsten sein muß, dir vor die Augen zu treten. Es ist das vielleicht eine falsche Scham, aber du wirst sie achten. — Eugenie sprach sogar davon, zu ihrer Mutter zurück zu kehren; das hätte ich doch ungern zugegeben, George."

Er nickte mit dem Kopfe und trat alsdann schweigend an die Thür des Eß-Salons, von wo er in den Wintergarten hinabblickte. — Sie hat zu ihrer Mutter zurückkehren wollen, dachte er, und ein Sturm von Gefühlen durchdrang seine Brust. — Vielleicht wäre das für uns beide besser. — Ich werde sie also ein paar Tage nicht sehen und will erwarten, wie mir dabei zu Muthe sein wird. — — O schreckliche, verzehrende Gedanken! Könnte ich mit zehn Jahren meines Lebens all die Erinnerungen auslöschen, die meine Seele erfüllen, die mich jetzt glücklich machen und gleich darauf wieder so namenlos elend! Könnte ich nur zwei Worte vergessen, zwei Worte mit ihrem wilden, hohnlachenden Gefolge von Lust und Qual, zwei wunderbar süße und doch wieder so schreckliche Worte — — Auch Eugenie!

Vierundfünfzigstes Kapitel.

Durch Pistole und Degen.

Die Wohnung des Herrn Grafen von Czrabowski war für den muthmaßlichen Erben des Stammschlosses Rachow mit großen Gütern in der Weichselgegend, reichen Waldungen mit Bärenjagden sehr einfach, fast allzu bescheiden; sie bestand aus einem einzigen Zimmer, welches durch einen finsteren Alkoven, in dem das Bett stand, zum Salon erhoben wurde. Die Wände dieses Zimmers waren mittels Anstrichs von Kalkfarbe in einem mattröthlichen Tone gehalten und schienen sich vollkommen selbst genug zu sein, denn nirgendwo sah man die Prätension, sich durch Bilder, Kupferstiche oder dergleichen schöner machen zu wollen. Da der edle Pole einen harmonischen Zusammenklang liebte, so bestanden die Möbel seines Appartements aus dem Allernothwendigsten, und dieses Allernothwendigste war aus gewöhnlichem Tannenholz gearbeitet. Das einzige Geräthe, welches die Aufmerksamkeit des Beschauers auf sich zog, und welches allein in gediegener Solidität glänzte, war ein neuer Reisekoffer, der auf zwei Stühlen in einer Ecke stand, dessen Decke geöffnet war und der einen ganz hübschen Inhalt von Kleidung und Wäsche zeigte. Neben ihm auf dem Boden befand sich eine Hutschachtel; an dem Bettpfosten am Alkoven bemerkte man eine ziemlich angeschwollene Reisetasche, und auf dem Tische lag ein sechsläufiger Revolver.

Um auf die für einen reichen polnischen Großen fast ärmliche Wohnung zurückzukommen, so hatten die zukünftigen Schwäger des Herrn Grafen, sowohl der Banquier als auch der Rechtskonsulent, zu verschiedenen Malen ihr Erstaunen darüber nicht verbergen können, daß Czrabowski sich kein besseres Appartement suche. Doch hatte dieser geantwortet: „Es macht mir nun einmal Vergnügen, so mit einem Male aus diesem in der That ärmlichen Zimmer bei meiner Verheirathung in eine glanzvolle Wohnung überzugehen. Es klebt mir immer noch etwas von dem Kriegerstande an, in dem die Czrabowski's seit undenklichen Zeiten excellirten; heute den freien Himmel über sich oder unter der durchnäßten Zeltdecke, morgen im prachtvollen Palaste; diese Abwechslungen sind es, welche dem Leben einen so eigenthümlichen Reiz verleihen."

Zu Clementine Weibel hatte er gesagt, als sie ihn einst mit ihrer Mutter besuchte und dieselbe Frage an ihn stellte: „Glaubst du nicht, theures Mädchen, daß mir diese einfache Wohnung unendlich lieber ist als die reichsten Gemächer? Hier spricht mir jeder Winkel, jedes Möbel von den glücklichen Stunden, die ich hier zugebracht in liebender Erinnerung an dich, mein süßes Herz." Darauf hatte sie ihren Kopf an seiner Brust verborgen, zitternd im Vorgefühl ihres künftigen Glücks, und Madame Weibel stand triumphirend dabei, neben ihrem zukünftigen gräflichen Schwiegersohn, und ihr fettes Gesicht glänzte wie ein gelber Kürbiß durch ein Gewinde rankender Rosen oder anderer zierlicher Schlingpflanzen.

Jetzt aber befand sich der Graf Czrabowski allein in seinem Zimmer; er stand an einem Fenster, hatte einen Brief in der Hand, und da wir im Interesse unserer Geschichte befugt sind, ihm über die Schultern zu schauen, auch obendrein bemerken, daß der Zettel gedruckt ist, so hindert uns nichts, denselben zu lesen. Auf ihm stand: „Madame Weibel giebt sich die Ehre, Herrn ... (der Name war ausgelassen)

zu einem Frühstück auf Montag den 16. dieses einzuladen. U.
A. w. g."

Das las auch der polnische Graf, ihm war von der Familie
dieses Blatt zur Begutachtung zugeschickt worden; worauf er die Hand
mit demselben sinken ließ, den rechten Arm gegen das Fensterkreuz
stützte und den Kopf darauf legte.

Ich kann's nicht ändern, sprach er zu sich selber. Den Teufel
auch! warum ist die Familie so erpicht darauf gewesen, mich absolut
zu heirathen? habe ich doch von Anfang an nie daran gedacht. Hätte
sich das Mädchen nicht mit einer freundlichen Liebschaft begnügen
können? Die Sache wäre viel länger gegangen und hätte ohne Eclat
abgebrochen werden können. Hol' der Kukuk diese Sucht, einen Mann
zu bekommen! Es ist das wahrhaftig wie eine ansteckende Krankheit,
wie ein Delirium, in welchem sie nicht mehr hören noch sehen. Habe
ich mir doch noch kürzlich alle Mühe gegeben, so unliebenswürdig wie
möglich zu sein; habe ich doch und mit voller Wahrheit von meinem
eigenen Ich aufs unschmeichelhafteste gesprochen. — Du wirst bei mir
anders werden, hieß es, oder ich liebe dich auch mit allen deinen
Fehlern. — Ja, meinen armen Grafen liebt man, setzte er höhnisch
lachend hinzu.

Das ist auch eine Art Betrug, den man an mir verübt, sprach
er nach einer Pause, indem er in die Höhe fuhr. Warum sollte ich
mich geniren, es ihnen ebenso zu machen? Ich wollte, daß die Stunde
dieses Frühstücks vorbei wäre; ich werde mich in weiter Entfernung
alsdann eines gewissen unheimlichen Gefühles nicht erwehren können,
wenn es mir auch anderntheils Vergnügen machte, das Gesicht der
alten Weibel zu sehen; ich bin überzeugt, diese Person würde sich nicht
das Geringste daraus machen, mich zu vergiften oder sonst auf eine
Art umzubringen. — U. A. w. g. Um Antwort wird gebeten. Ja,
sie werden alle antworten und werden kommen mit Neid im Herzen,
daß es nicht noch ein paar Dutzend Grafen Czrabowski's für sich
oder für die lieben Ihrigen gibt. — U. A. w. g. Und aus wär's

gewesen. Ich kann mir nicht anders helfen; wär' ich wirklich schlecht genug, noch schlechter zu sein und dazubleiben, so müßte die Herrlichkeit doch in Kurzem über mir zusammenbrechen und mich und sie unter den Trümmern begraben.

Aber, Teufel! wo bleibt diese alte Person? Ich Narr, daß ich mich genirte, gleich schon für die letzten zwei Tage, wo so viel zu besorgen war, den Bedienten mit seinen zwei flinken Füßen hier einziehen zu lassen! Man sollte sich nie um das Gerede der Welt kümmern. Schon zwei Uhr. Auf Vier habe ich einen Wagen bestellt, und jetzt fehlt mir noch dieses einzige verfluchte Paßvisa. — Ah, endlich! Dort schleicht sie die Treppen herauf. Alte Schnecke! Wie gern möchte ich ihr entgegen eilen und ihr das kostbare Papier auf der Treppe entreißen! aber ich darf meine Thür nicht eher öffnen, als bis ich durch das verabredete Zeichen überzeugt bin, daß Niemand anders davor steht. — Wie satt habe ich diese Irrgänge und Unheimlichkeiten!

Einmal, zweimal, drei-, viermal, zählte er das leise Klopfen, welches man jetzt an der Zimmerthür vernahm. — So, das wäre in Ordnung. Jetzt noch einen Stoß mit dem Fuße unten hin — es ist richtig, sie ist's. Er ließ das Papier aus seiner Hand auf den Boden fallen und eilte rasch nach der Thür, um die Riegel zurückzuschieben; auch drehte er den Schlüssel um und öffnete selbst.

— Wie war ihm aber zu Muthe, als er statt der erwarteten alten Frau nun auf einmal dicht vor sich das kalte, entschlossene Gesicht des Herrn von Tondern erblickte, über welches bei der augenscheinlichen Bestürzung des edlen Grafen ein leichtes Lächeln wie ein flüchtiger Sonnenstrahl hinzog.

„Sie hatten sich so fest bei sich verschlossen, verehrter Herr von Czrabowski," sagte der Eintretende, dem Baron Fremont auf dem Fuße folgte, „daß ich alle List anwenden mußte, um zu Ihnen zu gelangen. Lassen Sie es die arme Person übrigens nicht entgelten, daß sie uns die verabredeten Zeichen verrieth. Ich zwang sie dazu," fuhr

er mit einem ſehr langſamen und malitiöſen Lächeln fort, „indem ich
ihr ſagte, Sie ſeien ein ungeheurer Spitzbube, und wenn ſie uns nicht
Zutritt zu Ihnen verſchaffte, ſo würde das in ſehr kurzer Zeit eine
hochlöbliche Polizei mit viel weniger ſanften Mitteln thun.“

Während Herr von Tondern alſo ſprach, waren er und der Baron
vollſtändig eingetreten, worauf der Erſtere als ein ſehr vorſichtiger
Mann die Thür verſchloß und den Schlüſſel im Schloſſe umdrehte.

Bei allen ſchlechten Eigenſchaften, welche der Pole beſaß, konnte
man ihm übrigens Geiſtesgegenwart nicht abſprechen. Wenn er auch
nach dem Oeffnen der Thür erſchrocken zurück gefahren war, ſo über-
ſchaute er doch, nachdem Herr von Tondern geſprochen, das Gefähr-
liche ſeiner Lage, wenn er auch nicht wußte, worauf dieſe Reden eigentlich abzielten. Er trat deßhalb rückwärts an ſeinen Tiſch und wußte den
Revolver, der dort lag, unvermerkt unter den Rock und in eine ſeiner
Taſchen zu bringen. Er that das, um für alle Fälle gerüſtet zu ſein.

„Sie werden ſich wundern,“ ſprach Herr von Tondern, „uns bei
ſich zu ſehen. Ich wundere mich ſelbſt darüber, und ich hätte nicht
geglaubt, daß es uns ſo bald gelingen würde, eine Audienz bei Ihnen
zu erlangen. Da wir nun aber einmal ſo freundſchaftlich bei einander ſind, ſo wollen wir auch nicht länger zögern, eine angenehme und
lehrreiche Unterhaltung zu beginnen. Sie werden erlauben, daß wir
Platz nehmen.“

„Ich bitte darum,“ ſagte der edle Graf verbindlich und beeilte
ſich, zwei Stühle an den Tiſch zu rücken, auf die ſich die Beiden nie-
derließen, während der Graf ſich ihnen gegenüber an der untern Seite
des Tiſches ſetzte.

Herr von Tondern blickte in dem Zimmer umher, wobei ſeine
Augen mit dem Ausdrucke der Befriedigung an dem wohlgefüllten,
unverſchloſſenen Koffer und an der rundlichen Geldtaſche hängen blieben. Dann begann er: „Wie ich aus den verſchiedenen Anſtalten hier
ſehe, ſo ſcheinen Sie mir gerade im Begriff zu ſein, von uns ſcheiden
zu wollen. Ich finde das Ihrerſeits außerordentlich praktiſch, bedaure

aber nur, daß ich Ihrem gerechten Wunsche, diese Stadt so bald wie möglich zu verlassen, etwas hinderlich in den Weg treten dürfte. —
— O, ich kenne Sie," fuhr er fort, als er bemerkte, wie der Pole mit einer nicht zu mißdeutenden Geberde emporfuhr, „weiß auch ganz genau, daß Sie mir zu Liebe nicht bleiben werden. Wir müssen Sie also zwingen, und zu diesem Ende erlaubte ich mir, der alten Dame, die sich durch Drohungen veranlaßt sah, uns den Weg zu Ihnen zu erläutern, ein gewisses Papier abzunehmen, welches Sie, wie ich mir denken kann, sehnlich erwarteten." — Dabei tippte er leicht mit zwei Fingern auf die Brusttasche seines Rockes.

Graf Czrabowski zuckte verächtlich mit den Achseln, worauf er zur Antwort gab: „Mit welchem Rechte Sie also gehandelt, will mir nicht ganz klar werden, wie ich überhaupt nicht begreife, aus welchem Grunde Sie belieben, sich in mein Thun und Lassen einzumischen. Es ist wahr, wir haben ein Geschäft zusammen abgeschlossen, ich erfüllte bei demselben gewissenhaft meine Bedingungen, Sie die Ihrigen; was wollen Sie also noch weiter von mir? Nehmen Sie mir nicht übel, Herr von Tondern, daß ich, was diesen Ueberfall in meiner Wohnung anbelangt, meine absonderlichen Gedanken habe."

„Und wenn wir wünschten, dieselben kennen zu lernen?" fragte der Andere spöttisch.

„Sie sollen Ihnen nicht vorenthalten sein." Als er das sagte, steckte er die rechte Hand unbemerkt in die hintere Tasche seines Rockes. „Vielleicht," fuhr er alsdann fort, „gereut es Sie, einen gewissen Vertrag mit mir abgeschlossen, das heißt, mir den Preis dafür bezahlt zu haben, und jetzt, wo Sie das Geheimniß, welches ich Ihnen verkauft, wohl gehörig ausgenutzt, wollen Sie den Versuch machen, mit Güte oder Gewalt die mir bewilligte Summe zurück zu erhalten. — Ich glaube, wir kennen uns."

Für einen Augenblick entschwand die Ruhe zugleich mit dem malitiösen Lächeln vom Gesichte des Herrn von Tondern; er beugte sich über den Tisch gegen den Polen hin, um ihm scharf in die Augen zu schauen, dann aber lehnte er sich wieder in den Stuhl zurück, warf einen Blick auf Baron Fremont, der während des ganzen Gespräches mit affektirter Gleichgültigkeit an die Decke emporgeschaut hatte, und sagte hierauf, wobei er die rechte Faust vor sich hinstemmte: „Wir kennen Sie freilich und kannten Sie bereits, ehe wir jenes Geschäft, wie Sie es nennen, mit Ihnen abschlossen. Doch war ich unbefangen genug, einen Menschen wie Sie für fähig zu halten, wenigstens eine schlechte That consequent durchzuführen, das heißt, ich hielt Sie nicht für so gering, sich von uns einen Preis für irgend eine Sache bezahlen zu lassen, und diese uns alsdann durch eine unerhörte Verrätherei wieder aus den Händen zu reißen."

„Herr von Tondern!" rief der Pole überrascht.

„Nennen Sie nicht meinen Namen," sprach der Angeredete; „es kann mich vollständig wild machen, ihn in Ihrem Munde zu hören. Pfui der Erbärmlichkeit! Sie verkauften uns den Testamentsentwurf des Grafen Helfenberg, um gleich darauf den Grafen von diesem Handel in Kenntniß setzen zu lassen. — Er hat sein Testament annullirt, wir sind betrogen — durch Sie betrogen."

„Betrogen," wiederholte Baron Fremont, ohne den Blick von der Decke des Zimmers abzuwenden.

Czrabowski fuhr bei diesen Worten von seinem Stuhl in die Höhe; sein Auge flammte, sein Mund öffnete und schloß sich krampfhaft; doch fuhr es gleich darauf wie ein düsterer, trauriger Schatten über seine Züge, man hörte ihn mühsam Athem holen, dann stützte er beide Hände vor sich auf den Tisch und stieß mit leiser, aber vor Wuth zitternder Stimme die Worte hervor: „Was Sie da sagen, ist erlogen, ja, erlogen — erlogen! Ich habe meine Verbindlichkeit gegen Sie vollkommen erfüllt, ich handelte gegen Sie ehrlich, was aber Ihre Absicht ist, verdient vielleicht einen anderen Namen. Glauben Sie nicht, daß ich ein Kind bin oder wehrlos; nein, Herr von Tondern, machen Sie immerhin den Versuch, mit Ihrer bekannten Frechheit gegen mich aufzutreten, Sie werden mich gerüstet finden."

Man hätte glauben sollen, Czrabowski's Worte würden eine sehr
unangenehme Scene herbeiführen; doch blieb Herr von Tondern ruhig
auf seinem Platze sitzen; ja, er wandte sich mit einem kalten Lächeln
an Baron Fremont und sagte alsdann: „Es ist im Grunde lehrreich,
solche Menschen kennen zu lernen. — Glauben Sie aber nicht," wandte
er sich darauf mit einem finstern Blick an den Polen, „daß wir hieher gekommen sind, um uns durch Rodomontaden einschüchtern oder
uns gar aufbringen zu lassen. Die Waffe, die man führt, richtet sich
immer nach dem Feinde; es war uns darum zu thun, uns mit Ihnen
möglicher Weise zu vergleichen. Gut, Sie wollen das nicht, halten
wir also die Sache vorderhand für abgemacht. Ihr Paß wird bei
der Polizei deponirt, und wir Beide, Baron Fremont und ich, haben
dann nichts Einfacheres zu thun, als gerichtlich Ihren Verkauf des
Testaments-Concepts zu erzählen — o, ich weiß, was Ihr Lächeln
bedeutet — den Ankauf unsererseits, zu dem wir durch den Grafen
Helfenberg selbst ermächtigt waren."

Der Pole hatte sich bei der Rede des Herrn von Tondern außerordentliche Mühe gegeben, seine Ruhe wieder vollkommen zu erlangen,
und es schien ihm das gelungen zu sein. Er ließ sich auf seinen
Stuhl nieder, er strich mit der linken Hand durch sein dünnes Haar,
während er seine rechte unter dem Tische verborgen hielt.

„Ich fange an, Sie vollkommen zu verstehen," sagte er nach
einer Pause; „Sie sind der Ansicht, ich hätte den Grafen Helfenberg
von dem bewußten Handel in Kenntniß gesetzt und so den Nutzen,
den Sie daraus zu ziehen gedacht, vereitelt. Welcher Grund aber
hätte mich zu dieser Handlung bewegen können?"

„Ein sehr nahe liegender," lachte Herr von Tondern; „Sie verkauften dem Grafen Helfenberg damit ein Geheimniß, welches für ihn
schon von Wichtigkeit war und das er Ihnen theuer bezahlt haben
wird."

„Man könnte bei Ihnen in die Lehre gehen," erwiderte der Pole
nach einem augenblicklichen Nachdenken. „Es ist wahrhaftig schade,

daß ich zu ehrlich war, es so zu machen. Aber wozu diese Reden?"
fuhr er mit Erbitterung fort. „Kommen wir zu Ende. Meine Zeit
drängt; sagen Sie mit kurzen Worten, was wollen Sie von mir?
und ich will alles Mögliche thun, um — Sie los zu werden."

„Sie fangen·an, vernünftig zu sprechen," versetzte Herr von Tondern mit eisiger Kälte. „Da es uns im Grunde kein Vergnügen
macht, Sie in hiesiger Stadt zu halten, so geben Sie einfach die Ver-
kaufssumme für das Testamentsconcept wieder heraus, wogegen Sie
Ihren Paß erhalten, und dann mögen Sie abreisen und sich hängen
lassen, wo es Ihnen beliebt."

Baron Fremont nickte stumm mit dem Kopfe.

„Wenn ich Ihnen aber die feierliche Versicherung gebe, daß ich
unsern Vertrag in keiner Weise gebrochen, daß ich weder den Grafen
Helfenberg, noch sonst irgend Jemand von demselben in Kenntniß gesetzt; wenn ich bereit bin, Ihnen darüber einen körperlichen Eid ab-
zulegen; so sollten Sie doch fast meinen Worten Glauben schenken,
und dann wäre es ein förmlicher Raub, mir meinen wohl verdienten
Preis wieder abzunehmen — mit Gewalt abzunehmen. Zwei gegen
Einen," setzte er mit einem eigenthümlichen Lächeln hinzu.

„Sie haben unser letztes Wort gehört," gab Tondern zur Antwort,
indem er seine Hände gemüthlich vor sich auf dem Tische faltete.

„So hören Sie denn nun auch mein letztes Wort," sprach jetzt
der Andere mit vollkommen verändertem Gesichtsausdruck und hierzu
passendem, sehr entschlossenem Tone der Stimme. „Ob unsere beider-
seitige Handlungsweise ehrlich oder nicht ehrlich war, das gehört nicht
hieher; die Sache ist abgemacht; Sie erhielten die Waare, ich das
Geld, und ich habe gute Lust, mit diesem wohl erworbenen Gelde der
Stadt den Rücken zu kehren. Sie wollen mich daran hindern, indem
Sie sich mit Gewalt in Besitz meines Passes setzen. — Gut denn.
Wie Sie vorhin selbst sagten, danach der Feind ist, danach wählt man
die Waffen. Ueberredung durch Worte hilft bei Ihnen nichts; ich
muß mich also einer andern Ueberredung bedienen."

Er hatte, während er so sprach, seine rechte Hand langsam erhoben und zeigte nun mit einem Male den erstaunten, fast erschrockenen
Blicken der beiden Herren ihm gegenüber die sechs drohenden Mündun-
gen seines Revolvers von sehr starkem Kaliber. — „Sie sehen in mir
einen Menschen," fuhr er darauf mit tiefer Stimme fort, „der aufs
Aeußerste gebracht und darum entschlossen ist, sich seine Freiheit, die
Sie ihm nehmen wollen, wenigstens theuer bezahlen zu lassen. Es
ist wahr, Sie haben meinen Paß in Händen. Dieser Paß ist der
Schlüssel, der mir die Thore dieser Stadt, der mir ein angenehmes,
freies Leben öffnen soll. Hören Sie mich also und halten Sie das,
was ich sage, zu Ihrem eigenen Besten nicht für Scherz oder, nach
Ihrem Ausdrucke von so eben, für Rodomontaden; entweder Sie legen
meinen Paß hier auf diesen Tisch nieder, oder Sie verlassen dieses
Zimmer nicht lebend; Sie beide nicht, ich alsdann vielleicht auch
nicht; doch was thut's! ich mache dann eine Reise in sehr guter Gesellschaft. — Keine Bewegung, Herr von Tondern!" schrie er mit
schrecklicher Stimme, als er sah, daß dieser sich rasch erheben wollte;
„keine Bewegung, oder, beim Teufel, es ist Ihre letzte!"

Vielleicht sah Baron Fremont, der erschrocken auf die Seite gefahren war, daß sich die Finger des Polen, mit denen er den Revolver umspannt hielt, zusammenzogen, — genug, er faßte seinen Freund
an den Schultern und zog ihn heftig auf den Stuhl zurück. Diese
Bewegung entschied zu Gunsten des Herrn Grafen von Czrabowski.

Tondern's Gesichtsfarbe hatte sich eine Sekunde lang verändert;
doch biß er entschlossen die Lippen aneinander, und unerschrocken, wie
er war, wäre er ohne die Gegenwart seines neben ihm sitzenden weich-
müthigeren Freundes seinem ersten Gedanken gefolgt, hätte er, sich
plötzlich niederbückend, den Tisch auf den Polen geworfen und dann
mit ihm auf alle Gefahr hin gerungen. Das wäre aber nur im ersten
Momente möglich gewesen; jetzt war es zu spät.

„Es sind deine tausend Thaler," sagte er mit einem Tone des
bittersten Vorwurfes zu Fremont," die uns dieser Schuft abermals

stiehlt. Warum hast du mich gehalten? ich wäre mit ihm fertig geworden," setzte er voll Unwillen hinzu. „Sei denn das Spiel verloren, hier ist das Papier."

Mit großer Ruhe knöpfte Herr von Tondern seinen Rock auf,
zog ein zusammengefaltetes Blatt hervor und wollte dasselbe gerade
auf den Tisch werfen, als draußen vernehmlich an die Thür geklopft
wurde.

Jetzt wechselte Czrabowski die Farbe, als er sah, wie Herr von
Tondern das Papier wieder an sich zog, sich nach der Thür umwandte
und Miene machte, aufzustehen.

„Sie bleiben sitzen!" rief ihm der Graf mit heiserer Stimme zu.
„Mag kommen, wer will, mag mein Verderben entschieden sein, ich
reiße Sie mit hinein, das schwöre ich Ihnen zu."

Es klopfte stärker.

„Herr Baron von Fremont wird mir den kleinen Dienst erzeigen,
meine Thür zu öffnen, wird aber dabei die Gewogenheit haben, das
Zimmer nicht zu verlassen."

Tondern hatte sich mit affektirt gleichgültiger Miene in seinen
Stuhl zurückgelehnt, und seine Finger spielten mit dem Papier, welches
vor ihm auf dem Tische lag.

Baron Fremont erhob sich langsam, öffnete die Thür und sah
einen ihm gänzlich unbekannten, sehr langen Mann eintreten.

Besser als die Anderen schien aber Graf Czrabowski diesen Mann
zu kennen; denn er zwinkerte mit den Augen und ein halb unterdrück-
ter Fluch entfuhr seinem Munde.

Don Larioz trat mit gemessenen Schritten ins Zimmer; den uns
wohlbekannten Mantel hatte er so um sich geschlungen, daß man von
seinem linken Arme durchaus nichts sah, den der tapfere Spanier steif
und ohne alle Bewegung hielt. Er machte den beiden ihm fremden
Herren eine förmliche Verbeugung und zog alsdann ein Schreiben aus
der Tasche, mit welchem er Miene machte, sich dem Grafen Czrabowski
zu nähern.

Dieser aber rief ihm ein gebieterisches Halt! entgegen und sagte mit einem Anflug von Ironie: „Sie bemerken vielleicht, mein Herr, daß wir hier in einem etwas seltsamen Spiele begriffen sind. Lassen Sie uns diese Partie beendigen, und ich stehe alsdann ganz zu Ihren Diensten. — Herr von Tondern," wandte er sich darauf mit scharfer Betonung an diesen, „Sie hätten vielleicht endlich die Güte, auszuspielen."

„Gib ihm ins Henkers Namen sein Papier!" flüsterte Fremont seinem Freunde ins Ohr. „Ich sage dir, dieser Kerl hat ganz die Augen einer eingesperrten Katze. Lieber will ich mein Geld gutwillig verlieren, als die Zinsen einer blauen Bohne mit erhalten."

Tondern schnellte das Blatt über den Tisch hin, wo es der Pole mit der linken Hand begierig aufgriff, es rasch entfaltete und alsdann sobald er seinen Paß erkannt, ruhig den Revolver in die Tasche steckte.

„Nun zu Ihnen," sagte er hierauf, indem er aufstand, sich dem langen Spanier näherte und das Schreiben in Empfang nahm, welches ihm Don Larioz mit den Worten überließ: „Von Seiner Erlaucht dem Herrn Grafen Helfenberg. Ich werde eine Antwort erhalten."

Tondern warf einen wilden Blick auf Fremont, der sich achselzuckend auf seinen Stuhl niederließ.

Der Pole hielt den Brief leicht zwischen den Fingern, betrachtete Aufschrift und Siegel, und sagte asldann, indem er ein paar Schritte gegen Herrn von Tondern machte: „Im gegenwärtigen Augenblicke, nach dem, was so eben zwischen uns vorgefallen ist, könnte mich die Lesung dieses Schreibens vor Ihnen compromittiren, und ich wünsche in der That, daß Sie mit einer guten Meinung von mir scheiden. Ich ersuche Sie deßhalb ergebenst, das Couvert zu öffnen und uns den Inhalt vorzulesen."

Da Tondern durch vollständige Unbeweglichkeit anzeigte, er habe keine Lust, den Willen des Polen zu erfüllen, so wandte sich dieser an Baron Fremont, der nach einigem Zögern das Schreiben annahm, öffnete und las.

Graf Helfenberg schrieb:

„An den Herrn von Czrabowski!

„Durch meinen Geschäftsmann, den Herrn Rechtsconsulenten Doktor Plager, wurde ich in Kenntniß gesetzt von dem räthselhaften Verschwinden eines Entwurfes zu meinem Testamente. Der Verdacht, diesen Entwurf entwendet zu haben, fiel auf einen Mann, von dem ich eben so sehr überzeugt bin, daß er unschuldig ist, wie ich durch Umstände, die mir bekannt geworden, annehmen zu können glaube, daß Sie dabei die Hand m Spiele gehabt. Ich bedarf darüber einer Gewißheit und ersuche Sie, mir die Wahrheit zu sagen. Daß ich dafür nicht undankbar sein werde, hoffe ich Ihnen zu beweisen. Bitte aber, mir zu glauben, daß andernfalls nach Verlauf einer Stunde die nöthigen Schritte geschehen werden, um ein Geständniß von Ihnen zu erlangen. Wählen Sie klug, da ich Ihnen die Versicherung gebe, daß die Worte, welche Sie mir schreiben, nicht zu Ihrem Schaden benutzt werden sollen."

Nachdem Baron Fremont dies zu Ende gelesen, ließ er das Schreiben auf den Tisch fallen und warf einen forschenden Blick auf Herrn von Toudern, der aber einen Augenblick unbeweglich da saß und dann mit geringschätzendem Achselzucken sagte: „Eine abgeredete Sache! Wir sind nun einmal überlistet!"

Man sah wohl, daß nach diesen Worten die Röthe des Zornes in das bis jetzt bleiche Gesicht des polnischen Grafen aufstieg. Ein unheimliches Zucken flog um seinen Mund, als er sagte: „Gut denn, denken Sie, was Sie wollen, und mag auch für mich und Andere daraus folgen, was will, ich werde Seiner Erlaucht die gewünschte Erklärung geben. Der Herr Graf Helfenberg," setzte er nach einer Pause mit scharfer Betonung hinzu, „hat stets gegen mich gehandelt als ein vollkommener Cavalier, als ein Edelmann im wahren Sinne des Wortes. Ich gebe mich in seine Hand, mag er mit meiner Erklärung thun, was er will."

„Ich glaube, wir sind ferner hier überflüssig," meinte Baron Fremont halblaut, indem er sich an seinen Nachbar wandte. „Gehen wir, Tondern."

„Ich schlage vor, noch einen Augenblick zu warten," sagte Herr von Tondern mit derselben Ruhe wie vorhin. „Der Herr Graf Czrabowski wird wohl nichts dagegen haben, uns einen Blick in das fragliche Papier zu erlauben, nachdem er es geschrieben hat."

„Gewiß nicht," erwiderte der Pole, der aus seiner Reisemappe Papier und Feder nahm und sich an den Tisch setzte. „Vielleicht finden sich die beiden Herren sogar bewogen, meine Erklärung als unparteiische Zeugen zu unterschreiben." — Darauf beugte er sich auf den Tisch nieder und fing an, emsig zu schreiben.

Während dieser ganzen Zeit stand Don Larioz unbeweglich in der Mitte des Zimmers. Wenn er auch die beiden Herren früher nie gesehen hatte, so war er doch nicht lange unschlüssig, in ihnen den Baron Fremont und den Herrn von Tondern zu erkennen. Und dabei erinnerte er sich der Worte des Doktors, daß sie es seien, die mit Legaten im Testament bedacht worden und für die es deßhalb von großer Wichtigkeit gewesen, das Concept zu erhalten. Der Dickere, gutmüthiger Aussehende von den Beiden war ohne allen Zweifel Baron Fremont, der Andere, mit dem finsteren Blick, der so unbeweglich saß und der nur von Zeit zu Zeit an seiner Unterlippe nagte, war gewiß jener Herr von Tondern, bei dem, nach dem Ausdrucke des Rechtsconsulenten, das ausgesetzte Legat wie ein Tropfen Wasser auf den heißen Stein seiner Schulden falle. — Gut, dachte der Spanier bei sich, es ist ein Verdienst, das ich mir um die ganze Menschheit erwerbe, wenn ich diesen Beiden zeige, daß ich sie kenne und mich nicht vor ihrem Anblick scheue. Er faßte darauf mit der rechten Hand bedeutsam an seinen linken Arm, wandte alsdann den Kopf nach dem oberen Ende des Tisches, wo die Beiden saßen, und fixirte sie anhaltend mit seinen scharfen grauen Augen.

Unterdessen hatte der Pole geschrieben, überlas das Blatt noch einmal und reichte es dann mit einem eigenthümlichen Lächeln dem langen Manne.

Dies war der Augenblick, wo den Herrn von Toudern seine Unbeweglichkeit verließ.

„Erlauben Sie," sagte er aufspringend, „daß ich mir das Recht nehme, einen Blick in die Schrift jenes Menschen zu werfen."

Don Parloz, der gemessen einen Schritt zurücktrat, schaute auf den Polen, welcher ihm sagte: „Lesen Sie es gefälligst dem Herrn vor."

Und der Spanier las:

„Der Unterzeichnete erklärt Seiner Erlaucht dem Herrn Grafen Helfenberg auf sein Verlangen, daß er ein Concept zu dessen Testamente heimlicher Weise aus der Mappe des Rechtsconsulenten Doktor Plager genommen, und daß er dieses Concept dem Herrn Baron von Fremont sowie dem Herrn von Toudern um die Summe von tausend Thalern verkauft, daß er aber nicht weiß, was aus dem Papiere geworden.   Czrabowski."

„Dieses Blatt werden Sie eben so wenig mit hinweg nehmen, als es dem Grafen Helfenberg übergeben!" rief Toudern, indem er den Versuch machte, dicht an den langen Mann heran zu treten, welcher aber einen Schritt rückwärts gegen das Fenster that und lächelnd fragte: „Wer will mich daran hindern?" Zu gleicher Zeit schob er das Papier rasch unter seinen Mantel, warf diesen alsdann von der linken Schulter zurück und ließ zwei überaus lange Stoßdegen sehen, die er bis jetzt unter demselben verborgen gehalten. —

„Was man mir übergeben," fuhr er mit leuchtenden Blicken fort, „werde ich treu bewahren und es mir nur dann nehmen lassen, wenn das Glück der Waffen gegen mich entschieden. Wählen Sie einen von diesen Degen, wenn es Ihnen gefällig ist, sie sind beide gleich lang und ausgezeichnet zugespitzt."

„Ich glaube, wir sind in eine Mörderhöhle gerathen," sprach Herr von Toudern, indem er sich an Fremont wandte und zu lächeln versuchte. „Hast du je etwas Närrischeres gesehen, als dieses lange Gespenst mit seinen beiden Degen?"

„Hier ist weder von einer Mörderhöhle die Rede, noch von langen Gespenstern," gab Don Larioz zur Antwort, indem er den Kopf erhob und seine Waffen vorstreckte. „Ich will so freundlich sein, Sie für einen Cavalier zu halten," fuhr er fort, „mögen Sie auch, was dieses Papier anbelangt, nicht gerade wie ein Edelmann gehandelt haben. Da Sie nun wahrscheinlicher Weise den Brauch zwischen Cavalieren kennen, so biete ich Ihnen einen ehrlichen Zweikampf an, bei welchem, wie es von jeher Sitte und Brauch war, der Sieger Recht behalten soll. Falle ich, so haben Sie sich an Herrn von Czrabowski zu halten, ob er seine Erklärung Ihren Händen anvertrauen will; stoße ich Sie aber nieder, wie ich zuversichtlich von der Gerechtigkeit Gottes erwarte, so ist die Sache ohnehin zu Ende, und ich gehe ruhig meiner Wege."

Herr von Tondern hatte bei dieser Anrede einen Augenblick unschlüssig gestanden, dann aber sagte er, nicht ohne einen sichtbaren Kampf mit sich selber: „Ein gescheidter Mann kann nichts Besseres thun, als solcher Narrheit das Feld zu räumen. Laß uns gehen, Fremont; mag dieser Czrabowski geschrieben haben, was er will, Helfenberg kennt uns und soll den wahren Sachverhalt durchaus erfahren."

„So närrisch ist das Anerbieten dieses Herrn nicht," meinte der Pole, der mit über einander geschlagenen Armen lächelnd am Tische stand. „Wir sind zufälliger Weise zu Vier: Zwei schlagen sich, Zwei dienen als Sekundanten, und wenn der erste Gang gemacht ist, stehe ich dem Herrn Baron Fremont ebenfalls mit Vergnügen zu Diensten."

Der gute Baron war aber nicht der Mann, der eine auf sich gerichtete spitzige Klinge leidenschaftlich geliebt hätte. Um dies jedoch nicht kund zu geben, nahm er die Miene tiefer Verachtung an und sagte, wobei er auf den langen Mann zeigte: „Weder Tondern noch ich haben das Vergnügen, jenen Herrn zu kennen. Sollte uns dieses Glück später durch eine gehörige Vorstellung zu Theil werden, so werde ich

nach Befund der Umſtände auf jede gebräuchliche Art und Weiſe
recht gern Rede ſtehen." — Bei dieſen Worten hatte er ſeinen Hut
genommen, öffnete die Thür und verſchwand ziemlich eilig in dem
dunkeln Gange draußen.

Tondern blieb noch einen Augenblick unſchlüſſig in der Mitte
des Zimmers ſtehen, dann ſprach er mit einer heiſeren, ſeltſam klin-
genden Stimme: „Wir werden uns wiederſehen," und folgte ſeinem
Freunde.

Der Pole beeilte ſich, die Thür zu ſchließen, dann zog er ſeine
Uhr hervor und wandte ſich, nachdem er einen Blick darauf geworfen,
mit den Worten an Carlos: „Uebergeben Sie meine Erklärung dem
Grafen Helfenberg, und wenn ich Sie bitten darf, ſagen Sie ihm
dazu: ich bedauere recht ſehr, in dieſer Angelegenheit gewirkt zu
haben. Was Sie betrifft, mein Herr, ſo danke ich Ihnen für Ihre
freundliche Unterſtützung gegen jene beiden Herren. — Leben Sie
wohl!"

Don Carlos war ruhig an ſeiner Stelle ſtehen geblieben; nachdem
der Andere alſo geſprochen, drehte er leicht ſeinen aufwärts ſtehenden
Schnurrbart und ſagte: „Ihr Lebewohl kann ich noch nicht ſogleich
annehmen; meine Geſchäfte im Auftrage des Herrn Grafen Helfenberg
ſind abgemacht; jetzt kommen meine eigenen."

„Der Teufel auch! was wollen Sie von mir?"

„Ich bin der Mann, der Sie, wie Sie nicht vergeſſen haben
werden, an jenem Abend in der Schreibſtube ſprach und den Sie ſich
unterſtanden, ziemlich unwürdig zu behandeln. Ferner bin ich jener
Mann, der durch Sie in den Verdacht kam, das bewußte Concept
entwendet zu haben, und der nun gekommen iſt, dafür eine vollſtän-
dige Genugthuung zu verlangen, eine Genugthuung, die —"

„Ich Ihnen ja im vollſten Umfange durch meine Erklärung gegeben habe. Kann man ehrlicher verfahren, als ich es gethan?"

„Allerdings haben Sie dieſe Erklärung gegeben," verſetzte Don
Carlos mit feierlicher Stimme; „aber wie Sie ſelbſt wiſſen werden,

war es von jeher der Brauch, daß der Sieger eine solche Erklärung
nur alsdann entgegen nahm, wenn der Besiegte blutend am Boden
lag und die Spitze des Schwertes an seiner Kehle fühlte. Ich für
meine Person möchte nicht gern von diesen altehrwürdigen Gebräuchen
abgehen."

„Sind Sie des Teufels?" rief Czrabowski im höchsten Grade
erstaunt. „Ich gab Ihnen freiwillig, was Sie verlangt; was kann
es Ihnen nützen, ob Sie vorher mit Ihrer Degenspitze an meinem
Halse herum kitzeln?"

„Obgleich das vielleicht im Ganzen keinen Unterschied macht, so
kann mir solch ein regelrechtes Verfahren allerdings nützen. Sie
haben, indem Sie mich eines Diebstahls beschuldigten, nicht nur mich
allein beleidigt, sondern auch begreiflicher Weise eine Person gekränkt,
der ich mit glühender Liebe anhänge und für welche ich ebenfalls eine
Genugthuung fordern möchte."

Der Graf Czrabowski blickte den langen Mann, der so eigenthümliche Sachen mit erschreckender Feierlichkeit und Ruhe sprach, mit
höchster Verwunderung an; doch war dabei auf seinen Zügen eine
gewisse Aengstlichkeit zu lesen, auch senkte er seine Hand langsam in
die Rocktasche.

„Was wollen Sie also noch?" fragte er darauf.

„Ich bäte, einen Zweikampf mir freundlich zu genehmigen. Ist
Ihnen das Glück günstig, so werde ich mit der Resignation eines
Christen und Edelmannes sterben; bleibe ich aber Sieger, so werde
ich Ihnen mit großem Vergnügen das Leben schenken, wenn Sie mir
die Versicherung geben, daß Sie geneigt sind, Dolores für das schönste
Weib der Erde zu erklären, und wenn Sie mir feierlich schwören
wollen, dieser Dame vorkommenden Falles zu gestehen, daß ich Sie
im ehrlichen Kampfe überwunden und daß Sie sich, wie es Brauch
ist, als ihrem Dienst geweiht betrachten."

Einen Moment schaute Czrabowski den Sprecher zweifelhaft an,
ob er in Ernst oder Scherz rede. Als er aber die ruhigen, unbeweg-

lichen Züge desselben sah und den starren Blick der Augen bemerkte, sagte er mit entschiedenen Zeichen der Ungeduld: „Zu alle dem, meine ich, bedarf es keines Zweikampfes; so gut wie ich Ihnen die Erklärung für den Grafen Helsenberg freiwillig gab, ebenso gern erkläre ich Ihnen auch alles, was Sie sonst noch wollen."

Nach einigem Nachdenken gab Don Carlos hierauf zur Antwort: „Mag es denn nach Ihrem Wunsche geschehen; doch werden Sie mir erlauben, daß ich Ihnen die Spitze meines Degens auf die Gurgel setze, während Sie diese Erklärung von sich geben." — Kaltblütig präsentirte er hierauf die eine Waffe seinem Gegner, während er die seinige zog und die Spitze des langen Rappiers gegen den Hals des Grafen richtete.

Dieser schien einen Augenblick unschlüssig, ob er seine Klinge ebenfalls entblößen solle oder den bewußten Revolver hervorziehen; doch begnügte er sich damit, seine rechte Hand in Bereitschaft zu halten, um den langen Stoßdegen bei der ersten verdächtigen Bewegung auf die Seite schlagen zu können.

„Sie erklären also," sagte hierauf Don Carlos mit etwas bewegter Stimme, „daß Sie Dolores für das schönste und vortrefflichste Weib auf Erden halten?"

„Gewiß, und für das Vollkommenste, was es unter den Sternen gibt."

„Sie erklären sich ferner für überwunden und geloben, dies der Dame Dolores zu bestätigen und derselben Ihre Dienste anzubieten?"

„Auch das gelobe ich. Und die Dame Dolores soll mit mir zufrieden sein. Sind wir jetzt fertig?"

„Wir sind fertig," versetzte der lange Spanier mit gerührter Stimme, „und ich danke Ihnen."

„So nehmen Sie mein Lebewohl an?" fragte der Andere hastig dagegen.

„Ich nehme es an und werde mich entfernen, nachdem ich mir vorher werde erlaubt haben, Ihnen ferner einen guten Rath zu geben."

„So sprechen Sie denn ins —“

Man hörte drunten einen Wagen vor das Haus rollen, was den Grafen Czrabowski veranlaßte, einen Blick zum Fenster hinaus zu werfen.

„Sie sind ein Pole,“ sagte Don Larioz mit unerschütterlicher Ruhe, „und deßhalb halte ich Sie für katholisch.“

„Wenn ich aber ein Jude wäre?“

„Treiben Sie keinen Scherz,“ fuhr der Spanier sehr ernst fort. „In diesem Falle würde ich, wie es früher bei ähnlichen Veranlassungen der Brauch war, verlangen müssen, daß Sie sich, als von mir, einem christlichen Edelmann, überwunden, vor meinen Augen taufen ließen.“

„Hol' Sie der Teufel, ich bin katholisch.“

„Ich habe es mir gedacht. So hören Sie also schließlich meinen Rath. So jung Sie zu sein scheinen, so haben Sie doch schon Thaten begangen, die schwer auf ihrem Gewissen lasten müssen. Um diesem Erleichterung zu verschaffen, müssen Sie Ihrem rechtlosen und sündhaften Lebenswandel entsagen und Buße thun.“

„Ja, ich thue Buße!“ rief der Andere mit den Zeichen der größten Ungeduld. „Ich sei verdammt, wenn ich nicht Buße thue!“

„Allerdings würden Sie in diesem Falle verdammt sein; da es aber etwas Schönes ist, eine Seele zu retten, so beschwöre ich Sie, büßen Sie gewissenhaft, und zwar in Sack und Asche, gehen Sie in ein Kloster.“

Der Pole that einen tiefen Athemzug und biß sich heftig auf die Lippen.

„Wollen Sie mir die Freundschaft erzeigen und in ein Kloster gehen?“ fragte Don Larioz mit warmem Tone, wobei er seine Rechte dem Anderen darreichte.

„Wenn Sie es wollen, mit dem größten Vergnügen.“

„Sie geloben es?“

„So feierlich als alles Andere.“

„Nun denn, ich danke Ihnen," gab der lange Mann zur Antwort und richtete seine Augen mit einem frohen Blick in die Höhe. „Ich fühle es, Ihre guten Eigenschaften sind noch wieder zu erwecken; Buße und Kastelungen werden Wunder bei Ihnen verrichten. Und da nun Ihr Entschluß, in ein Kloster zu gehen, fest zu stehen scheint, so wählen Sie eines fern von den Menschen, in einem wilden, romantischen Thale gelegen. Vielleicht daß Sie eines Tages, am Fenster Ihrer Zelle lehnend, einen Reiter aus dem Grün der Bäume hervorkommen sehen, einen Reiter mit tiefgesenkter Lanze, den Kopf herabgebeugt. Eilen Sie ihm entgegen, und wenn er zu Ihnen spricht: Das Leben hat meine Erwartungen betrogen, Dolores war das schönste Weib der Erde, so reichen Sie diesem Reiter, wie ich jetzt Ihnen, die Bruder-hand. — Leben Sie wohl!"

„Leben Sie wohl!" wiederholte der Pole, indem er die dar-gebotene Hand schüttelte, und dann mit eigenthümlichen Gefühlen dem langen Manne zuschaute, wie er die Klinge seines Degens auf dem Aermel abwischte, als sei sie blutig gewesen, dann dieselbe in die Scheide steckte und mit einem steifen Kopfnicken das Zimmer verließ.

Der Zurückbleibende fuhr mit der Hand über die Augen, that einen tiefen Athemzug, nahm seinen Paß aus der Tasche, und murmelte, nach-dem er einen Blick in denselben geworfen: „Es ist alles richtig — Finis Poloniae!"

Fünfundfünfzigstes Kapitel.

Im Reibstein.

Obgleich Don Larioz seit jenem denkwürdigen Morgen die Schreibstube seines ehemaligen Principals nicht wieder betreten hatte, obgleich er seine Geschäfts-Verbindungen mit demselben als gänzlich gelöst betrachtete, so hatte er doch seine Wohnung in dem alten Hause, wo sich unten das Bureau des Advokaten befand, nicht verlassen.

Es war dieses aber weniger aus Anhänglichkeit an eben dieses Bureau geschehen, als weil er einen gewissen Termin abwarten mußte, ehe er sein Quartier wechseln, das heißt ein anderes beziehen konnte. Auch wollte er vor den Augen der Welt nicht so Knall und Fall davon gehen, um böswilligen Gerüchten, die sich über die Ursachen seiner Verabschiedung ohnedies schon verbreitet hatten, nicht noch mehr Vorschub zu leisten.

Der edle Spanier hatte geglaubt, es sei seiner Nachbarschaft durchaus gleichgültig, ob er bleibe oder gehe, und diese würde sich nicht im Mindesten darum bekümmern. In dieser Ansicht aber hatte er weit gefehlt, und Leute, mit denen er durchaus keinen Verkehr hatte, die er nie gesprochen, welche ihm früher nicht den geringsten Antheil ge-

widmet, beschäftigten sich jetzt aufs eifrigste mit der Ursache, mit der
Art und Weise des Zerwürfnisses zwischen ihm und seinem ehemaligen Principal.

Es war der Tiger, welcher dergleichen Mittheilungen an Gottschalk machte, der aber verständig genug war, das Meiste für sich zu
behalten, und sich nur hie und da veranlaßt sah, eine oder die andere
Aeußerung seinem väterlichen Freunde mitzutheilen.

Don Larioz zuckte gleichgültig mit den Achseln, wenn er erfuhr,
wie freundlich man sich in Kreisen, die er durchaus nicht kannte, mit
seinem Wohl und Wehe beschäftigte.

Nicht so der Tiger, der zuweilen in eine gelinde Wuth ausbrach,
was bei der alten Frau immer etwas Komisches hatte. Denn sie pflegte
alsdann zu weinen, mit der Rechten auf die linke Handfläche zu klopfen,
und auszurufen: „Daß dich — daß dich — daß dich!“ Und das
that sie in den verschiedensten Tönen, so lange, als Jemand den Versuch machte, sie zu beruhigen.

„Da habe ich gestern in einem Hause gewaschen,“ sagte sie, „wo
mir die Magd erzählte, jetzt wisse sie ganz genau, warum Herr Don
Larioz nicht mehr bei dem Herrn Doktor Plager bleibe; er habe eine
Liebschaft angefangen mit Mamsell Emilie, und da sei man dahinter
gekommen, man habe sie ertappt. O, daß dich, daß dich! — Und
doch hätte ich nichts dagegen gesagt, aber die alte Frau Stiefel,
die auch da gewaschen hat, erzählte, sie sei gestern bei Kanzleirath
Denker gewesen, da war vorgestern eine Kaffeevisite, wo die Frau Hof-
rath Reibeisen und die Regierungsräthin Pfeffer mit klaren Worten
gesagt hätten, man wisse ganz genau, weßhalb der Schreiber des Herrn
Doktor Plager weggeschickt worden sei, er habe wichtige Schreibsachen —
wissen Sie, Herr Gottschalk, Sie verstehen mich schon — so — auf
die Seite gebracht. O, daß dich, daß dich!“

In solchen Fällen tröstete der kleine Schreiber die alte Frau,
indem er ihr versicherte, es gehe einmal in dieser Welt nicht anders,
als daß man von seinen Nebenmenschen Böses rede. Auch sie müsse sich

nicht einbilden, daß es ihr anders ergehe, er habe schon die schrecklichsten. Dinge gehört.

„Ueber mich? du lieber Gott!" rief alsdann die alte Frau. „Was kann man über so ein miserables Wesen, wie ich bin, sagen? Das möchte ich wahrhaftig wissen."

Der kleine Schalk zog seine Augenbrauen in die Höhe, nickte auffallend mit dem Kopfe und antwortete: „Glaubt Sie wohl, Frau, daß es den Leuten nichts zu denken gebe, wenn sie hören, daß man Sie nur schlechtweg den Tiger nennt? O, darüber habe ich schon Entsetzliches vernommen."

„Herr Gottschalk, machen Sie keine Geschichten! Was kann man mir nachsagen?"

„Nichts als Verleumdungen, Frau, das weiß ich wohl, aber man kann Niemand das Maul stopfen. Sie sagen zum Beispiel, Sie sei früher eine wilde, blutdürstige Person gewesen; Sie habe einen Mann gehabt und sechs Kinder, die Sie alle Sieben ums Leben gebracht. Und davon habe man Ihr den Namen „der Tiger" gegeben."

„Daß dich, daß dich! Herr Gottschalk!" gab die alte Frau betrübt zur Antwort. „Sehe ich wie eine blutdürstige Person aus, wie Jemand, der sieben Menschen ums Leben bringen könnte, ich, die ich selbst froh bin, wenn man mir mein bischen Leben läßt?" — Und das Aeußere des Tigers hatte allerdings nichts an sich, was diesen Namen rechtfertigen konnte; namentlich jetzt nicht, wie sie dastand, den Kopf auf die Seite gesenkt, die Unterlippe herabhängend, die eine Hand unter der Schürze in ihrer Tasche verborgen haltend.

„Im Allgemeinen kann man nicht behaupten," sagte der kleine Schreiber, nachdem er die Frau ein paar Sekunden aufmerksam betrachtet, „daß Sie etwas auffallend Wildes an sich hat; aber zuweilen ist es mir doch schon so vorgekommen, als würde ich mich fürchten, Sie böse zu machen. Ich glaube, alsdann könnte Sie erschrecklich sein."

In diesem Augenblicke wurde die Unterhaltung plötzlich unterbrochen, da sich vor der Thür die Tritte des Spaniers hören ließen, worauf der Tiger sich wieder daran begab, die Stühle im Zimmer abzuwischen und an ihren Platz zu setzen. Gottschalk aber nahm einen Brief vom Tische, als sei er so eben erst herauf gekommen, um diesen zu übergeben.

Don Larioz trat in das Zimmer, er hatte den Hut auf dem Kopfe, den Mantel umgehängt, weßhalb die alte Frau dienstfertig herbei eilte, um ihm letzteren abzunehmen, wobei sie nicht wenig erschrack, als sie sah, daß ihr Herr zwei lange Degen unter dem Arme trug, von denen er dem Tiger ebenfalls einen in die Hand gab, den anderen aber sorgfältig neben dem alten Kamin in die Ecke stellte.

Der Tiger brachte das Zimmer so schnell wie möglich in Ordnung und verließ es alsdann, nicht ohne Gottschalk zuzuflüstern, daß der Herr Don Larioz wahrscheinlich ein Unglück angerichtet habe, denn er sehe gar erschrecklich und wild aus.

Dies war aber nicht der Fall, vielmehr hatte der edle Spanier ganz das Aussehen eines Mannes, der vollkommen ruhigen Gemüthes ist, mit sich selbst zufrieden, im Bewußtsein, eine gute und gerechte That verübt zu haben. Er nahm den Brief aus den Händen Gottschalk's und bedeutete diesen, indem er sich auf einen Lehnstuhl niederließ, ihm gegenüber Platz zu nehmen; dann betrachtete er das Siegel des ziemlich großen Schreibens, dessen Ausprägung übrigens undeutlich war; man bemerkte, freilich nur mit Mühe, einen etwas verschobenen Kopf mit unleserlicher Umschrift; es konnte ein altes Sigill sein. Dafür hielt es auch der Spanier, wogegen ein Unbefangener, vielleicht nicht ohne Grund, auf die Vermuthung gekommen wäre, als habe man ein älteres Thalerstück absichtlich etwas undeutlich auf das Siegellack gedrückt. Die Aufschrift lautete: „An den sehr ehrenwerthen Edelmann und Ritter Don Larioz von la Mancha; dahinter: M. d. V. z. D. R. Und darunter: Derzeit hier.“

Was die Buchstaben zu bedeuten hatten, wollte dem Leser im

ersten Augenblicke nicht recht klar werden; er erinnerte sich, daß er
eigentlich ganz ohne Titel sei, und wenn er auch etwas der Art be-
säße, er doch keinen wüßte, der mit den angeführten Buchstaben in
Verbindung zu bringen wäre.

Wie es aber oft zu geschehen pflegt, daß wir, uns im Dunkeln
befindend, plötzlich durch eine scheinbar fern liegende Ursache erleuchtet
werden, so auch Don Larioz, als er zufälliger Weise auf dem Kamin-
gesimse ein Brodmesser bemerkte, das sich mit seinem dicken Griff und
langer spitzer Klinge in seiner Einbildung augenblicklich zu einem
Dolche umformte und ihn an jene Verbrüderung erinnerte, der er das
Glück hatte anzugehören und deren Botschaft er stündlich mit großer
Sehnsucht entgegensah. Jetzt wurde ihm mit einem Male die Be-
deutung jener Buchstaben klar, und er las mit einiger Genugthuung
nochmals die Aufschrift: Dem ꝛc. Don Larioz von la Mancha, Mitglied des Bundes zum Dolche Rubens. Ja, er hielt es in seiner
Hand, worauf er lange gewartet, die Botschaft, welche ihm unfehlbar
die versprochene Hülfe zusagte zur Befreiung seiner geliebten Dolores,
der unglücklichen und schönen Spanierin.

Vor den Augen des ihm gegenübersitzenden jungen Menschen
war es ihm indessen unmöglich, das Couvert zu erbrechen, und wenn
es ihm auch Ueberwindung kostete, so legte er das Schreiben doch
bei Seite, bis dieser das Zimmer verlassen haben würde.

Gottschalk machte jedoch keine Miene hierzu; er schien etwas auf
dem Herzen zu haben; er sprach Dies und Das über gleichgültige
Dinge, wahrscheinlich in der Hoffnung, sein Freund und Gönner
würde ein Gesprächsthema berühren, das ihm Veranlassung gäbe, mit
seinen Wünschen oder Fragen herauszurücken.

Da aber Don Larioz einsylbig blieb, auch zuweilen auf die Uhr
schaute und zuletzt die Frage that, ob der Prinzipal dem kleinen
Schreiber einen längeren Urlaub bewilligt, so sah dieser sich zu einem
tiefen Seufzer veranlaßt und knüpfte an letzteren die Bemerkung, der
Herr Doktor Plager würde es gewiß nicht einmal sehen, wenn er

auch noch so lange ausbliebe, denn einestheils sei er im Bureau fast
gar nicht mehr anwesend, anderentheils bekümmere er sich in der
letzten Zeit durchaus nicht mehr um sein, des Lehrlings, Thun und
Lassen.

„In den nächsten Tagen," sagte Gottschall, „kommt ohnedies ein
neuer Schreiber, und dann wird es dem Herrn Doktor wahrscheinlich
am liebsten sein, wenn ich ganz aus dem Bureau wegbleibe."

„Und woher vermuthest du das?" fragte Larioz einigermaßen
besorgt. „Ich hoffe nicht, daß du Streiche gemacht hast, welche deinen
Prinzipal veranlassen, dich zu entfernen?"

„Streiche habe ich gar keine gemacht," versetzte Gottschall, „und
fleißig bin ich gewesen wie immer."

„Du könntest eben so gut sagen: faul wie immer, denn du wirst
dich erinnern, wie oft ich mein großes Lineal in Bewegung setzen
mußte, um dich zur nothwendigsten Thätigkeit anzuhalten."

Der Knabe stieß einen kläglichen Seufzer aus, dann sagte er:
„Das ist wohl wahr, aber da, seit Sie fort sind, das große Lineal
nicht mehr gedroht hat und ich einsah, daß ich von selbst fleißig sein
müßte, so habe ich mich in diesem Punkte auffallend gebessert, obgleich
mir das keine kleine Mühe gekostet hat."

„Und warum war dir das so mühsam?"

„Weil ich von Tag zu Tag mehr fühlte," antwortete der Knabe
kleinlaut, „wie wenig Lust und Talent ich eigentlich zu der ganzen
Schreiberei habe. — So lange Sie noch da waren," setzte er hastig
hinzu, als er den sehr ernsten Blick des Spaniers bemerkte, „da war
es was ganz Anderes, da nahm ich Sie zum Vorbilde und dachte
auch einst so zu werden, wie Sie. Seit ich aber gesehen, daß Sie
ebenfalls die Schreiberei verlassen —"

„Wer sagt dir, daß ich die Schreiberei verlassen?"

„Mein Vater hat es mir gesagt," versetzte Gottschall stockend.

„So, dein Vater?"

„Ja, er hat gesagt, Sie hätten endlich auch eingesehen, daß nicht viel dabei herauskomme, und er hat mir ferner gesagt, ich solle Sie bitten, freundlichst für mich überlegen zu wollen, ob Sie wirklich glauben, daß ich Talent zur Schreiberei habe."

„An Talent dazu wird es dir nicht fehlen," entgegnete Don Carlos, nachdem er ein paar Augenblicke nachgedacht; „mir scheint aber, dir ist die Lust vergangen, so Tag ein, Tag aus an dem Schreibtische zu sitzen, und wenn das ist, so ersuche ich dich, mir das geradezu zu sagen."

„Die Lust ist mir eigentlich nicht vergangen," erwiderte schalkhaft lächelnd der Knabe, „denn ich habe wohl nie viel Lust dazu gehabt. Wie ich Ihnen schon vorhin sagte, so lange auch Sie da waren, hatte ich nichts gegen die Schreiberei einzuwenden; aber jetzt, wo ich so allein da unten sitze, möchte ich oft in das Dintenfaß weinen, wenn ich nicht fürchten müßte, es laufe über."

„Es ist mit der Schreiberei allerdings so eine Sache," sprach gedankenvoll der Spanier; „ich konnte mich freilich auch schwer daran gewöhnen, was aber wohl daher kommen mochte, daß ich meine erste Jugend in ungebundener Freiheit, im Umherstreichen durch Gebirg und Thal zubrachte; wenn ich, wie du, in einer Schneider-Werkstätte gewesen wäre, so glaube ich fast, daß mir die edle Schreiberei schon Anfangs besser behagt hätte."

„Ach ja wohl, Herr Carlos, das ist freilich wahr, aber mein Vater meint, in der Schreiberei hätte ich so gar keine Zukunft, und stellte Sie selbst mir zum Beispiele auf. Er sagte: Siehst du, der Herr Don Carlos, der hat doch wahrhaftig was gelernt und ist lange genug dabei gewesen, und der wird auch noch umsatteln, darauf kannst du dich verlassen."

„Umsatteln schwerlich," versetzte träumerisch der edle Spanier. „Aufsatteln möchte ich wohl, wenn das möglich wäre. Aber die Zeiten sind vorüber, wo ein gutes Pferd, ein scharfes Schwert, ein fester Arm und ein gesunder Muth alles war, was man bedurfte, um eine glänzende Carriere zu machen. — Was dich anbelangt, mein

Sohn Gottschalk," fuhr er nach einer Pause fort, „so bist du jung
und kannst es deßhalb in der Schreiberei noch zu etwas Tüchtigem
bringen, wenn du fleißig bist und den guten Muth und die Hoffnung
nicht verlierst."

„Ja, Muth und Hoffnung sind gut, um sich selbst etwas weiß zu
machen, wie es auch dem Maurer ergangen ist, als er vom Thurme fiel."

„Und wie ist es dem Maurer ergangen, wenn ich fragen darf?"

„Als der Maurer im Fallen war, dachte er: Das ist noch lange
so schlimm nicht; vielleicht bleibe ich unterwegs irgendwo hängen oder
unten fährt gerade ein Wagen mit Heu vorüber, auf den ich zu fallen
komme."

„Dieser Maurer hatte einen guten Glauben, von dem man sich
schon etwas wünschen könnte; und wenn du jetzt in deine Schreibstube hinunterfielest und im Fallen dächtest: vielleicht hält mich unterwegs Jemand auf und schlägt mir eine andere Laufbahn vor, oder
du fällst unten in einen Sack von zwanzigtausend Thalern hinein,
die dir Jemand zum Geschenk macht, so bist du besser daran als
jener Maurer, denn er starb wahrscheinlich eines kläglichen Todes,
während du vor dir hast, das vergnügliche Dasein eines Schreibers
zu führen."

Gottschalk erhob sich langsam von seinem Stuhle und sagte kleinlaut, während er sich am Kopfe kratzte: „Ich denke wie mein Vater;
der hat einen Abscheu vor aller Schreiberei.

Das Denken wird dir Niemand verwehren, und wenn du ein
folgsamer Knabe bist und keine dummen Streiche machst, so will ich
auch für dich denken. Was soll man aber mit dir anfangen? Zum
Schneider hast du keine Lust, zur Schreiberei auch nicht, wenigstens
jetzt nicht mehr; denn du wirst dich erinnern, daß du damals recht
froh warst, die Nadel mit der Feder vertauschen zu dürfen. — Was
ist es denn eigentlich, womit du vollkommen einverstanden wärest?"

„Ich möchte Jäger werden," sagte Gottschalk, ohne sich zu besinnen.

„Wie dein Vater?"

„Das gerade nicht; dagegen hat meine Mutter einen Widerwillen und was die Mutter will, das will ich auch. Ich möchte nicht Jäger werden wie der Vater, um dabei in einem herrschaftlichen Hause zu dienen, sondern ich möchte was Rechtes lernen in der Jägerei, von dem Wild und den Bäumen im Walde, um das recht zu verstehen und immer im Freien sein zu dürfen."

„Ah! ich begreife, du möchtest Förster werden oder dergleichen. Kein übles Geschäft, ist noch ziemlich frisch geblieben aus jener alten ritterlichen Zeit. Es sind das die einzigen Leute, die seit damals ihre Beschäftigung nicht geändert haben. Der Rittersmann auf gepanzertem Rosse mit Schild und Lanze ist verschwunden, den frommen Pilgrim sieht man nicht mehr mit seinem Muschelgewand durch die Länder ziehen; alle die abenteuerlichen und so edlen Gestalten, welche damals die Welt bevölkerten, sind im Strudel der Alltäglichkeit zu Grunde gegangen; nur allein der Jägersmann streift heute noch wie damals durch die Wälder, tödtet den Eber und beschleicht den Hirsch. — Ich muß sagen," fuhr er nach einem tiefen Nachsinnen fort, „wenn ich nicht zu alt dazu wäre, so könnte es mich noch dazu verlocken, ein Jägerbursch zu werden; ich wüßte mir nichts schöneres, als unter den grünen Bäumen zu leben, von alter Zeit zu träumen und dabei den entfernten Schlag der Axt zu vernehmen oder das Halloh der fröhlichen Jagd, wie es damals gewesen ist. Bei Gott, das müßte ein lustiges Leben sein."

Die Augen des Spaniers flammten auf, doch senkte er gleich darauf den Kopf in die Handfläche und sprach in traurigem Tone:

„Was mich anbelangt, so bin ich, wie gesagt, wohl zu alt zu einem Jägerburschen. Wenn das nicht wäre, so sollte mich nichts vom grünen Walde abhalten. — Und doch wäre es am Ende möglich, mir dort eine beschauliche Existenz zu gründen, wie büßende Ritter vor mir gethan, nicht als ehrwürdiger Einsiedler — leider ist deren Zeit ebenfalls vorüber — aber ich stelle es mir als ebenso würdig, als ebenso romantisch vor, fernab im wilden Walde zu hausen, als frommer Köhler in bescheidener Hütte zu leben, ein Hort der Verirrten und der müden Reisenden, ein gewissenhafter Aufbewahrer alter geheimnißvoller Sagen, ein Erzähler jener lieblichen Märchen, die von edlen Köhlern am rauchenden Meiler erdacht sind, die mit goldenen Sprüchen untermischt von ihrem Munde kommen und die darauf fortleben im Munde des Volkes von Jahrhundert zu Jahrhundert."

„O, das wäre herrlich, Herr Larioz!" rief fröhlich der Knabe aus. „Wenn ich dann ein Jägersmann wäre und mit Büchse und Hirschfänger zu Ihnen träte —"

„Während ich gedankenvoll am rauchenden Meiler sitze."

„Ich erzählte Ihnen, was es Neues in der Welt gäbe."

„Und ich würde dir dafür ein Märchen mittheilen."

„Ja, und vielleicht sagte ich auch eines Tages, daß draußen Krieg entstanden sei, zu dem auch wir Jäger mit hinaus ziehen müßten, um das Land zu retten."

„Und alsdann," rief Don Larioz begeistert, „sammelte ich die Köhler und Köhlerburschen der Umgegend, bewaffnete sie mit Schwertern und Armbrüsten, und zöge mit ihnen hinaus in das Gefecht, und käme zur rechten Zeit, um es glorreich zu beendigen."

„O, Herr Larioz, das wäre so sehr schön! Der Vater sagte, Sie hätten so vornehme und reiche Freunde und könnten schon was für mich thun. O, denken Sie daran! Es wäre so schön, wenn ich später einmal auf einem Jagdschlosse mitten im Walde wohnte."

„Ja, das wäre allerdings höchst angenehm; und ich käme eines Abends auf müdem Roß und klopfte an die Pforte und spräche alsdann: Sagt mir, Pförtner, wie weit ist es zum nächsten Kloster?"

„O, dann dürften Sie in kein Kloster gehen," sprach Gottschalk lustig. „Dann würden wir beisammen bleiben und Rehe und Hirsche schießen. Hurrah, das wäre ein Leben. Nicht wahr, Herr Larioz, Sie denken an mich?"

„Ich werde dich nicht vergessen," erwiderte der Spanier, nachdem

er einige Augenblicke nachgedacht. „Aber nur dann, wenn du deine
Geschäfte drunten so pünktlich besorgst, als hättest du vor, dein ganzes
Leben beim Herrn Doktor Plager zu bleiben. Die geringste Klage,
die ich über dich höre, wird mich veranlassen, mit keinem jener mächtigen Gönner zu reden, die sich mir zu Liebe vielleicht entschließen
könnten, etwas für deine Zukunft zu thun. — Jetzt laß mich allein.“

„Tausend herzlichen Dank, Herr Larioz, dafür, daß Sie sich meiner annehmen wollen!“ rief der Knabe. „Gewiß, Sie sollen keine
Klage über mich hören; im Gegentheil, der Herr Doktor Plager soll
sehr betrübt darüber sein, wenn er erfährt, daß ich ihn verlasse.“

„Gut, gut!“ sagte der lange Mann gelassen; „sei du nur aufmerksam und fleißig; was die Betrübniß des Herrn Rechtsconsulenten
anbelangt, so wird dieselbe auf alle Fälle mäßig bleiben.

Gottschalk verließ das Zimmer, und kaum schloß sich die Thür
hinter ihm, so nahm Don Larioz den bewußten Brief zur Hand, öffnete das Couvert und vertiefte sich in den Inhalt des Schreibens.
Er hatte richtig geahnt; es war vom Vorsitzenden des Bundes zum
Dolche Rubens und enthielt die Worte:

„Die Zeit ist da, wo wir handeln werden. Der Bund hat über
Euch gewacht und ist bereit, Euch, edler Ritter, in Eurem Unternehmen zu helfen. Muth und Verschwiegenheit! Wenn die achte Stunde
anschlägt auf dem Thurme jener alten Kirche, die nicht entfernt liegt
vom Hause, das zum Schild einen Reibstein führt, werden sich dort
die Brüder versammeln zur helfenden That. Waffen sind vorräthig.
Den Zehrpfennig für fremde arme Pilgrime ersucht man den edlen
Ritter nicht zu vergessen.

„Der Vorsitzende des Bundes zum Dolche Rubens.“

Don Larioz ließ die Hand mit dem Blatt Papier auf seine Knie
niedersinken und blickte träumerisch an die Decke empor. Der Inhalt
des Briefes war ihm nicht vollkommen klar. Wohl erinnerte er sich
jenes Abends, wo der Bund in geheimer Abstimmung beschlossen, die
Angelegenheit gegen das verruchte Treiben der Gebrüder Breiberg als

seine eigene zu betrachten und dem neuen Mitgliede helfend die Bru-
derhand zu reichen. In wie fern dieß aber geschehen könne, wollte
ihm nicht recht klar werden. Hatte Herr Wurzel, der edle Vorsitzende,
vielleicht nähere Nachricht über das Schicksal der unglücklichen Spanierin? war es ihm gelungen, Verbindungen mit ihr anzuknüpfen?
Die treuen Freunde hatten wohl so weit vorgearbeitet, um ihre Ent-
führung erleichtern zu können?

Larioz zitterte bei diesem Gedanken. Nicht aus Furcht, wer könnte
so etwas glauben! — gewiß nicht, sondern er zitterte vor Freude
und gewaltiger Aufregung, daß jetzt endlich vielleicht der Augenblick
gekommen sei, wo er zu ihrer Befreiung sein Leben einsetzen dürfe;
wo ihm möglicherweise diese Befreiung gelingen könne, wo es ihm,
und zwar in nächster Zeit, vergönnt sei, die unglückliche und so sehr
geliebte Dolores an sein treues, ritterliches Herz zu drücken.

Es duldete ihn nicht mehr auf seinem Stuhle; er erhob sich,
trat zu dem kleinen Tische, wo das Kästchen stand mit ihrem Portrait,
öffnete dasselbe und blickte in ihre geliebten Züge. Dann ging er
mit langsamen Schritten vor den Kamin, über welchem jenes Bild
hing, das dem edlen Spanier so ähnlich sah, stellte das Portrait der
unglücklichen Dolores unterhalb desselben auf, nahm den langen Stoßdegen aus der Ecke, entblößte die Klinge und hielt sie hoch gegen das
Bild empor, indem er den Griff mit beiden Händen faßte.

„Edler Don Manuel," sprach er mit bewegter Stimme, „tapferer
Ahnherr des Geschlechts der Larioz! endlich darf ich es wagen, vor
deinem strengen Angesicht diese noch nie mit Schmach bedeckte Toledaner Klinge zu erheben, nachdem sie heute durch mich aufs Neue geweiht worden. Ja, sie zwang einem kühnen Verräther das Bekenntniß
seiner Schuld ab, der sich unterstanden, Einen deines erhabenen Namens
mit dem Schimpf einer gemeinen Anklage zu besudeln; sie zwang ihn zum
Wiederruf; sie nöthigte ihn, feierlich zu erklären, daß jenes holde, aber
unglückliche Mädchen, deren Schönheit und Tugend das Herz deines Ur-

enkels gerührt hat, zu den Vorzüglichsten ihres Geschlechts gehöre, daß
Dolores das schönste Weib auf Erden sei. Ehe mir dieses durch die
Kraft meines Armes gelang, durfte ich es nicht wagen, das Bild ihrer
Schönheit vor dein strenges Antlitz zu bringen. Jetzt aber thue ich
es mit Stolz, indem ich zu gleicher Zeit um deinen Schutz für sie
bitte, edler Ahnherr, und indem ich dein unbeflecktes Schwert erhebe
und feierlich gelobe, in dem Versuche, das theure Mädchen aus un=
würdigen Banden zu befreien, zu siegen oder unterzugehen.‟

Darauf hob er den Degen hoch empor zu dem ernsten Kopfe
mit dem spitzen, aufwärts gedrehten Barte, steckte die Klinge langsam
in die Scheide, lehnte sie darauf in die Ecke des Kamins, verschloß
das Portrait der schönen Dolores wieder in das kleine Kästchen und
ging alsdann nachdenkend, die Hände auf den Rücken gelegt, im Zim=
mer auf und ab. Doch war er angenscheinlich zu bewegt, um es in den
engen Mauern des Zimmers aushalten zu können; er nahm deßhalb
seinen Mantel um, setzte den Hut auf und verließ seine Wohnung,
nachdem er einiges Geld zu sich gesteckt für fremde arme Pilgrime;
diese Stelle des Schreibens hatte er wohl verstanden.

Es war übrigens noch so früh am Tage, daß vor Verlauf eini=
ger Stunden nicht daran zu denken war, die Glocke jenes bezeichneten
Thurmes die achte Stunde schlagen zu hören. Don Carlos wandelte
deßhalb, mit seinen Gedanken beschäftigt, durch die Straßen der Stadt,
und da er den Weg, der nach dem Hause des Jägers Brenner führte,
häufig zu machen pflegte, so kam er dieses Mal fast willenlos auf den
Blumenmarkt und befand sich kurze Zeit darauf in der engen und fin=
steren Gasse, wo er an einem kleinen Spielwaaren=Magazin vor eini=
gen Tagen mit jenem fremden Herrn zusammen getroffen war.

Er blieb an dem Fenster stehen, um sich die Bären und Affen
zu betrachten, die ihm zum Vorwande hatten dienen müssen, und
wollte gerade wieder kopfschüttelnd weiterschreiten, als er neben sich
leise seinen Namen nennen hörte. Rasch wandte er sich um und sah
zu seinem Erstaunen ein junges Mädchen, in welchem er augenblick=

lich Kathinka Schneller von der Eulenpforte erkannte. Leider war es ihm unmöglich, sie troß seines Wohlwollens für alle Menschen mit einem freundlichen Blicke anzuschauen; sie vergegenwärtigte ihm zu sehr jenen ganzen unglücklichen Abend mit seiner tiefen Erniedrigung. Ja, durch die Aeußerungen, welche er auf der Polizei gehört, hatte er doch ein gewisses Mißtrauen nicht nur gegen das Treiben in jenem Hause gefaßt, sondern auch gegen die, welche ihm Dolores als ihre Freundin empfohlen.

Natürlich war er weit davon entfernt, zu glauben, daß hiedurch der mindeste Schatten auf die unglückliche Gefangene fallen könne; denn er konnte sich zu lebhaft vorstellen, daß ebenso, wie der Ertrinkende nach jedem Strohhalme greife, auch Jemand in der Nacht des Kerkers nicht lange wählen dürfe in dem Gegenstande, der ihm Hülfe bringen konnte.

Der edle Spanier wollte sich mit einer einfachen Neigung des Kopfes von den Bären, den Affen und von Kathinka Schneller entfernen, als Leßtere mit einem tiefen Seufzer sagte: „Ja, jetzt gehen Sie stolz an mir vorüber, jetzt, da ich eigentlich durch Sie ins Unglück gekommen bin."

Diese Worte änderten augenblicklich den Ideengang des langen Mannes; Kathinka befand sich im Unglücke, also war es Pflicht von ihm, anzuhören, was sie zu sagen habe.

Obgleich dieser Vorsaß gewiß ein edler war, so blickte Parloz doch einige Mal verlegen die Gasse auf und ab; er dachte an seinen Freund, den Armenarzt, in dessen Revier er sich befand, und es wäre ihm gerade nicht angenehm gewesen, von demselben im gegenwärtigen Augenblicke gesehen zu werden.

Kathinka mochte seine Gedanken errathen; sie zeigte auf ein kleines Haus, dem Spielwaarenladen gegenüber, indem sie sprach: „Dort wohne ich jetzt; es ist eine anständige Restauration, Sie können, ohne Aufsehen zu erregen, eintreten und ungestört mit mir reden, da niemand Fremdes im Gastzimmer ist."

Don Carlos nickte mit dem Kopfe, worauf das junge Mädchen in den kleinen finsteren Hausgang schlüpfte, dort an einer sehr engen Treppe stehen blieb und dem Spanier die Hand reichte, um ihm in dem gänzlich dunklen Raume beim Emporsteigen behülflich zu sein.

Oben angekommen, öffnete sie die Thür zu einem niedrigen und ziemlich unreinlichen Zimmer, wo man ein paar hölzerne Tische sah, einige wackelige Stühle und außer einer alten Frau, die aus einem Nebengemache erschien, um den verlangten Wein zu bringen, niemand Fremdes.

Der Spanier ließ sich an einem der Tische nieder, Kathinka setzte sich ihm gegenüber, senkte den Kopf in die Hand und sagte tief aufseufzend: „Ja, ich bin recht unglücklich!"

„Wenn ich Ihnen in etwas helfen kann," sprach der Spanier mit nicht unfreundlichem Ernste, „so will ich das recht gern thun, obgleich —"

„O, ich weiß, was Sie sagen wollen," klagte das Mädchen, „und Sie können mir glauben, jener Abend liegt mir heute noch schwer auf der Seele. Ach! ich war ebenso unwissend und unschuldig wie Sie selber. Clemens Breiberg hatte das Alles angestiftet, und der Stöpsel, die schlechte Person, ihm geholfen, mich zu überreden. O, ich bitte Sie herzlich, mir zu verzeihen, denn wenn Sie das nicht thun, so habe ich keine ruhige Stunde mehr."

„Wenn Ihnen an meiner Verzeihung wirklich etwas gelegen ist, so werde ich Ihnen dieselbe nicht vorenthalten. Ich sehe, daß Sie einiges Unrecht, welches Sie mir gethan, bereuen, und damit ist die Sache nicht nur abgemacht, sondern ich biete Ihnen wiederholt meine Dienste an."

„Vorderhand können Sie mir in nichts helfen," gab Kathinka zur Antwort, „und ich würde mich auch schämen, von Ihnen, gegen den ich unrecht gehandelt, irgend eine Hülfe zu verlangen oder anzunehmen. Sie sind sehr gut, Herr Don Carlos, recht sehr gut, und deßhalb thut mir nicht nur das leid, was ich gegen Sie gethan, sondern ich möchte Sie auch warnen, damit Andere Ihnen nicht noch Schlimmeres zufügen."

„Sprechen wir nicht von mir," sagte der Spanier mit einer abwehrenden Handbewegung; „ich habe ein festes Ziel vor Augen, von dem ich gewiß bin, daß es ein edles Ziel ist, dem ich nachstrebe aus allen Kräften, und von dem mich nichts zurückschrecken kann, keine Drohungen, keine Warnungen. Sagen Sie mir lieber, wie kommen Sie hieher, warum haben Sie die Entenpforte verlassen?"

„Das geschah in Folge jenes Abends," versetzte Kathinka Schneller, indem sie die Augen niederschlug. „Ich weiß, daß Sie auf die Polizei gebracht wurden; ah, ich verlebte in Trübsal und Weinen eine schreckliche Nacht. Den andern Tag mußten auch wir dort erscheinen."

„Auf der Polizei? Sie und Ihre Frau Mutter?"

„Ja, ich und — die Anderen. Man sagte uns dort allerlei sehr unangenehme Dinge, man drohte mir insbesondere und nöthigte mich, die Entenpforte zu verlassen."

„Ihre Mutter zu verlassen? Das kann man allerdings ein Unglück nennen."

„O, gewiß ein Unglück!" klagte Kathinka mit leiser Stimme; „denn da führte ich ein recht angenehmes und zufriedenes Leben, während ich hier ein ganz unglückliches Geschöpf bin."

„Es ist das freilich hier kein sehr wohnlicher Aufenthalt," sprach Larioz, nachdem er aufmerksam um sich her geblickt.

„Ach, das wäre noch das Wenigste!" fuhr das junge Mädchen fort, indem sie ihre Hand auf den Arm des langen Mannes legte und denselben leicht drückte; „aber es kommen so arge Menschen hieher, die ein armes, unerfahrenes Mädchen, welches ohne Beschützer dasteht — ach, ich brauche Ihnen nicht mehr zu sagen. Sie kennen die schlechte Welt genug, um mich zu verstehen."

Don Larioz verstand sie allerdings, und es schauderte ihn einigermaßen, wenn er an die Lage von Kathinka Schneller dachte und diese sich vorstellte, tugendhaft wie sie war, allen Verführungen ausgesetzt. Wenn es auch vielleicht möglich war, daß sie hier und da einen Beschützer fand, so kannte er doch die Welt im Allgemeinen als so schlecht, daß das Mädchen wohl Ursache hatte, über ihre Lage zu seufzen. Deßhalb gab er ihr den wohlgemeinten Rath, wieder zu ihrer Mutter zurückzukehren, sich dort vor den bösen Einflüsterungen des Herrn Clemens Breiberg sowie der Fräulein Stöpsel in Acht zu nehmen, ein stilles und ruhiges Leben zu führen; dann könnte sie wohl überzeugt sein, daß die Polizei trotz ihrer väterlichen Fürsorge sich in Kurzem nicht mehr um sie bekümmern werde.

Kathinka dankte für diesen Rath und versicherte, ihn ausführen zu wollen, sobald es ihr möglich sei.

„Sie haben sich vertrauensvoll an mich gewandt," fuhr der Spanier fort, „und Sie können überzeugt sein, daß ich Ihnen meinen Schutz, wo immer möglich, nicht vorenthalten werde. Wenden Sie sich an mich, so oft ich Ihnen dienen kann; und was die frechen Angriffe junger, leichtsinniger Menschen anbelangt, denen Sie, wie Sie sagen, hier zuweilen ausgesetzt sind, so geben Sie denselben zu verstehen, daß Sie einen Beschützer besitzen, dem es auf ein paar Degenstöße mehr oder weniger nicht ankommt."

„Wie soll ich Ihnen für diese Großmuth danken!" sprach das Mädchen wirklich ergriffen; man sah das an dem ernsten, fast traurigen Blicke, mit welchem sie den langen Mann betrachtete. Sie dachte auch: Wie jammerschade ist es, daß ein sonst so verständiger und angenehmer Mann so confuse Ideen haben kann und daß er sich mit Leuten wie Wurzel und den Anderen einläßt! Sie konnte nicht umhin, diesen ihren Gedanken Worte zu leihen, und sagte deßhalb:

„Ach, Herr Don Larioz, Sie benehmen sich gegen mich armes Geschöpf so außerordentlich anständig und nobel, daß ich Sie nochmals bitten muß, sich mit diesen Gebrüdern Breiberg und den Anderen nicht einzulassen. Die meinen es doch nicht ehrlich mit Ihnen."

Der tapfere Spanier drehte seinen Schnurrbart in die Höhe, ehe er mit dem ihm eigenen Lächeln zur Antwort gab: „Daß die es nicht gut mit mir meinen, davon bin ich vollkommen überzeugt, mein Fräulein; aber glauben Sie mir, ich vergelte ihnen Gleiches mit Gleichem."

„Das können Sie nicht, Herr Don Lariez." antwortete das Mädchen, „denn Sie sind geradeaus und ehrlich, während die Anderen nur mit Ränken und Schwänken umgehen. Ach, wenn Sie wüßten, wie sie Sie mit der Geschichte zum Besten haben!"

„Mit welcher Geschichte, mein Kind?"

„Nun, mit der sogenannten Spanierin bei den Gebrüdern Breiberg."

Don Lariez schaute Kathinka mit einem mitleidigen Lächeln an, dann sagte er: „Daß die bewußte Unglückliche eine Spanierin ist, das weiß ich genau."

„Ach, wenn Sie es nur genau wüßten," fuhr das Mädchen fort, „oder wenn sie mich nur nicht in der Hand hätten, daß ich nichts sagen darf! Da sollten Sie erfahren, wie es mit Ihrer Spanierin aussieht."

„Daß man die edle Dolores zu verleumden trachtet, daran zweifle ich nicht im Geringsten, und daß auch Sie das heute gerade absichtlich thun, finde ich begreiflich. Es ist das in früheren Zeiten ebenfalls häufig vorgekommen, daß man tapferen Rittern, ehe sie das Schlachtroß bestiegen, um für ihre Dame zu kämpfen, alles erdenkliche Schlimme von ihren Gebieterinnen zuflüsterte. Ich könnte mehrere Beispiele davon anführen, begnüge mich aber, Ihnen den Wahlspruch zu wiederholen, für den ich siegen oder sterben werde: daß Dolores nicht nur das schönste, sondern auch das vortrefflichste Weib auf Erden ist."

„Aber wenn Sie nun diese Dolores," sprach dringend das junge Mädchen, „ganz anders fänden, als Sie sich dieselbe vorstellen? — ganz, ganz anders?"

„Wie wäre das möglich? Ich habe sie gesehen, und so, wie ich sie sah, steht sie fest in meinem Herzen eingegraben. Worin könnte sie

sich geändert haben? In ihrem Aeußeren etwa? Werde ich sie viel=
leicht abgehärmt finden aus Kummer, Noth und vielleicht auch ein
wenig Sehnsucht? O, wenn das wäre, so würde ich glücklich sein
über ihre bleichen Wangen und würde das Möglichste thun, den
Schimmer der Zufriedenheit und Gesundheit wieder über ihre Züge
hinzuzaubern.“

Kathinka Schneller ließ darauf mit einem tiefen Seufzer ihre
Hände in den Schooß fallen, als wolle sie dadurch ausdrücken: Da
ist nicht zu rathen und nicht zu helfen. — „Denken Sie aber an
mich,“ sagte sie mit wehmüthigem Tone, „daß ich es gewesen bin, die
Sie gewarnt.“

„Ich werde an Sie denken,“ erwiderte bestimmt der edle Spanier,
„und hoffe Ihnen in den nächsten Tagen viel Neues und Großes
mittheilen zu können.“

„Das gebe Gott!“

„Amen!“ sagte Don Larios. „Für Ihr Mitgefühl bin ich Ihnen
dankbar und werde wohl noch Gelegenheit finden, Ihnen diese meine
Dankbarkeit zu beweisen. — Leben Sie wohl!“

Er erhob sich bei diesen Worten, bezahlte den Wein, den er
übrigens nicht angerührt, und reichte dem Mädchen seine Hand,
worauf er Zimmer und Haus verließ.

Obgleich es bereits stark dunkelte, so hatte doch der edle Spanier
Zeit genug, um aufs langsamste nach dem Burgplatze hinzuschlendern,
wo er trotzdem immer noch zu früh an die Thür des Reibsteins ge=
langte. Das Zimmer, wo sich der Bund zum Dolche Rubens zu ver=
sammeln pflegte, war noch unbeleuchtet, weßhalb Don Larios durch
den matt erhellten Hausgang nach dem hinteren kleinen Stübchen
schritt, wo er sich schon zuweilen aufgehalten und wo um diese Zeit
selten Gäste anzutreffen waren.

Auch dieses Mal befanden sich nur zwei Personen dort, von denen
die eine, das getreue Windspiel, freudig empor sprang und dem An=
kommenden entgegen lief, um ihn herzlich zu begrüßen. Die andere

Person blieb am Tische sitzen, den Kopf auf beide Ellbogen gestützt, ein unberührtes Glas Wein vor sich. Näher tretend, erkannte Carlos den kleinen Reitknecht, dessen Aeußeres sich aber bedeutend und nicht vortheilhaft verändert hatte. Verschwunden war der Stolz des Grooms, die glänzenden Stiefel, die anliegende Reithose und die blanke Livree mit den coquetten Achselschnüren. Der bunte flatternde Schmetterling war nicht mehr; er hatte sich eingesponnen in ein graues unscheinbares Gehäuse, das, von groben Stoffen und überall zu weit, wenig mehr ahnen ließ von der eleganten Figur des unwiderstehlichen Friedrich.

So sehr Don Carlos auch seine Gedanken auf die ihm bevorstehenden wichtigen Ereignisse gerichtet hatte, so entging ihm doch diese Verwandlung nicht, und er blickte fragend auf den ehemaligen Reitknecht, der einen Augenblick trübselig emporschaute, dann aber wie verdrießlich über die Ankunft des eben Eingetretenen seinen Kopf mit einer heftigen Bewegung noch tiefer hinab senkte.

„Du brauchst dich vor dem Herrn nicht zu geniren," sagte Windspiel begütigend. „Herr Don Carlos wird deine Trauer zu würdigen verstehen und ist Keiner von denen, die kalt bei dem Unglücke ihrer Nebenmenschen vorüberziehen. — Bitte, nehmen Sie Platz," wandte er sich an den langen Mann; „es ist noch Niemand im Lokale," setzte er flüsternd hinzu.

Der Spanier setzte sich und blickte mitleidig auf Windspiels Bruder.

„Ja, es ist ihm schlecht ergangen," sagte der kleine Kellner achselzuckend. „Schau mich nur nicht so grimmig an," sprach er zu seinem Bruder, „du bist hier unter guten Freunden, und wir sind gewiß bereit, dir mit Rath und That an die Hand zu gehen. — Nicht wahr?"

„Allerdings."

„Ich brauche weder Rath noch That," murmelte tückisch der Groom.

„Er hat," fuhr Windspiel gegen Don Carlos fort, „Differenzen mit seiner Herrschaft gehabt."

Es ist eine alte Geschichte,
Doch bleibt sie immer neu,
Und wem sie just passiret,
Dem bricht das Herz entzwei."

„Ich wollte, daß du deine Verse und deine Reden für dich be=
hieltest," sprach Friedrich, indem er, wie um seinen Aerger niederzu=
schlucken, das vor ihm stehende Glas Wein auf Einen Zug austrank.

„Es scheint mir also etwas von Liebe dabei zu sein," meinte
Carloz mit einem mitleidigen Blick auf den kleinen Mann.

Windspiel zwinkerte mit den Augen, worauf der edle Spanier
seine Hand auf den Arm des gewesenen Reitknechts legte und zu ihm
mit herzlichem Tone sagte:

„Wenn dem so ist, wie ich vermuthe, wenn eine unglückliche
Liebe Ihr Herz bewegte, wenn Sie ihretwegen Ihre Stellung im ge=
sellschaftlichen Leben aufgegeben, so ist es im höchsten Grade lobens=
werth, und ich kann nicht unterlassen, Ihnen meine Achtung zu be=
zeigen."

Friedrich schielte mißtrauisch auf die Seite nach dem langen
Manne hin, um zu sehen, ob dieser nicht seinen Spaß mit ihm habe;
als er aber in dessen ruhiges, ernstes, ja, wir müssen mit Recht sagen:
würdevolles Gesicht sah, als er seinen Bruder erblickte, der mit ge=
falteten Händen, das magere Köpfchen geneigt, mit wehmüthigem
Blicke vor ihm stand, da brach der Groll und die Wuth, welche sein
störrisches Herz mit einer Eiskruste umgeben hatte; er ließ den Kopf
auf den Tisch niederfallen und weinte mit der gleichen Anstrengung,
wie man es wohl bei ungezogenen Kindern sieht, wenn man von
ihnen sagt, der Bock stoße sie.

Auch in Windspiels sanftem Auge glänzte eine Thräne, und Don
Carloz, der tapfere Ritter mit dem weichen Herzen, griff mit zwei
Fingern an seine lange Nase, wie um auf diese Art die überströmende
Quelle der Rührung zuzuhalten.

„Ja es ist wohl recht sehr traurig," sprach der kleine Kellner nach einer Pause, und darauf schluchzte der Groom: „Du — kannst — Alles sagen — o, es ist — mir zu schlecht gegangen."

Darauf fing der Bock bei ihm wieder so heftig an zu arbeiten, daß er ordentlich in die Höhe schnellte und alsdann den Kopf wieder sinken ließ.

Don Carlos faltete die Hände auf dem Bauche und blickte bewegt zu Windspiel hin, welcher fortfuhr: „Es war ein Complot, ein verabscheuungswürdiges, schändliches Complot. Natürlicher Weise war die junge Dame schön wie der Tag, hold wie ein Engel, und ich glaube annehmen zu dürfen, daß sie meinen Bruder Friedrich liebte. Nicht wahr, unglücklicher Bruder, das hast du auch vermuthet?"

„Ja, ich habe es vermuthet," heulte Friedrich. „Und der Gärtner und der François haben es immer gesagt. O—o—h!"

„Das Letztere kann ich bezeugen," sprach Windspiel; „ich habe es mit meinen eigenen Ohren gehört. Wie oft haben sie ihm gesagt, das gnädige Fräulein liebe ihn und —"

„Es war also ein gnädiges Fräulein?" fragte Carlos mit Interesse.

„Allerdings, o ja! Das versteht sich," erwiderte stolz der kleine Kellner, wobei er die Hand in seinen Rock steckte und die Nase etwas Weniges erhob. „Es war ein gnädiges Fräulein, und sie gab meinem Bruder Friedrich häufig Beweise ihrer Zuneigung. Ist es nicht so?"

„Ja, es ist so. Sie sah mich immer an; sie lachte so gern über mich; sie sagte, so komisch wie ich sei Niemand auf der Welt. Ich mußte ihr Alles besorgen, Alles, Alles, und wenn ich gerade nicht da war, dann wartete sie, bis ich kam. O, wenn ich nur an die Orangenblüthen denke, dann könnte ich ein völliger Narr werden."

„So, es war auch etwas von Orangenblüthe dabei?" fragte der Spanier.

„Ja wohl, auch so eine Tändelei. Genug, endlich kam es zu

einer Erklärung, und sie war hart und grausam genug, den armen Friedrich schmählich zu behandeln."

„Das kann man gerade nicht sagen," sprach der kleine Groom mit einem sanften Schluchzen; „sie hat mich eigentlich gar nicht behandelt, sie sprang nur in die Höhe und stürzte davon, indem sie ausrief: Unerhört! — Aber der Jäger —"

„Ja, der Jäger," sagte Windspiel —

> Darob entbrennt in Roberts Brust,
> Des Jägers, gift'ger Groll,
> Dem längst von böser Schadenlust
> Die schwarze Seele schwoll,"

declamirte er träumerisch vor sich hin.

„Und ein eifersüchtiger Jäger überraschte Sie?" fragte Don Carlos. „Er klopfte Ihnen wahrscheinlich leicht auf die Schulter, winkte Ihnen nach einem stillen Gebüsche und sprach: Die Gewalt der Waffen soll entscheiden."

Windspiel schüttelte traurig mit dem Kopfe, als er sagte: „O nein, so sprach dieser Jäger nicht, so nobel benahm er sich nicht; er, der Stärkere, fiel über meinen armen Bruder Friedrich her, wammste ihn tüchtig durch und warf ihn zum Hause hinaus. Nicht wahr, lieber Friedrich?"

„Ja," heulte dieser, „er wammste mich; ich mußte meine ganze Livree ausziehen."

„Geschah Letzteres vor oder nach dem sogenannten Wammsen?" fragte der edle Spanier mit mißbilligendem Blicke.

„Allerdings nachher, aber kurze Zeit vorher, ehe er mich aus dem Hause warf."

„Und wer gab dem Jäger ein Recht zu solch schändlichem Thun?"

„Wer?" entgegnete Windspiel achselzuckend, „die Macht des Stärkeren."

„Und das in unserem Jahrhundert!" rief Don Carlos entrüstet, indem er mit der Hand auf den Tisch schlug; „in einer Zeit, wo man von Aufklärung spricht, von Gerechtigkeit! Beruhigen Sie sich, junger Mann, Sie haben mir nicht umsonst Ihr lehrreiches und trauriges Schicksal erzählt, Ihr Zusammentreffen mit jener schönen Dame und dem grausamen Jäger. Ihre Sache werde ich zu der meinigen machen. Es ist meine Bestimmung, die Unschuldigen zu beschützen, keine Gewaltthat zu dulden. Ich werde meinen Stand für kurze Zeit vergessen, um diesem rohen Jäger zu beweisen, daß es ihm nicht ungestraft hingehen soll, zwei liebende Herzen mit empörender Gewalt aus einander zu reißen. Nehmen Sie meine Versicherung und verzweifeln Sie nicht daran, noch glücklich zu werden."

Er streckte einen seiner langen Arme über den Tisch hinüber und schüttelte die Rechte des ehemaligen Reitknechts, wobei er in diesen Händedruck so viel Gefühl wie möglich zu legen suchte.

„Was die Liebe anbelangt," meinte Windspiel kopfschüttelnd, „so hat die wohl ihr Ende erreicht. Friedrich verläßt das Haus auf immer und wird die Undankbare vergessen."

„Ja, ich habe das Haus verlassen, nachdem mich der Jäger hinausgeworfen," sprach der gewesene Groom mit entschlossenem Tone, wobei er nur zuweilen krampfhaft aufschluchzte. „Ich habe bereits eine andere Stelle angenommen und werde mit meinem neuen Herrn die Welt durchziehen."

„Eigentlich hat sich mein Bruder verbessert," sagte Windspiel mit großer Wichtigkeit. „Sein neuer Herr ist ein edler und sehr reicher polnischer Graf, und Friedrich wird heute noch abreisen, um in E., wohin sich der Herr Graf begeben, seinen Dienst anzutreten."

„Dazu wünsche ich Ihnen von Herzen Glück," meinte der Spanier, indem er dem Groom abermals die Hand reichte. „Was die Geschichte mit dem Jäger anbelangt, so ist sie in den besten Händen. Ich habe," setzte er mit einem tiefen Seufzer hinzu, „noch eine eigene wichtige Angelegenheit zu bereinigen; sowie das vorüber ist, werde ich mich an Ihren Bruder wenden, um mit dessen Hülfe jenen Mann aufzusuchen, der Sie so unwürdig behandelte."

Nach diesen Worten blickte er auf die Uhr, und als er gesehen, daß es stark auf Acht ging, erhob er sich und verließ das Zimmer mit einem herzlichen Lebewohl.

Auch Friedrich stand gleich nachher von seinem Stuhle auf und reichte seinem Bruder die Hand, indem er sagte: „Es ist Zeit, ich muß gehen. Was ich dir von meinen Sachen gebracht, hebe gut auf — auch das kleine Papier mit den Orangenblüthen," setzte er mit einem melancholischen Zucken der Mundwinkel hinzu, „und wenn du," fuhr er hierauf mit drohendem Tone fort, „in den nächsten Tagen den verfluchten Andreas siehst oder jenen Kerl, den François, so sage ihnen nichts weiter, als ich hätte gesagt: Berg und Thal begegneten sich nicht, wohl aber die Menschen."

„Das werde ich thun, lieber Bruder Friedrich," sagte Windspiel mit bekümmerter Miene.

„Meine Adresse weißt du?"

„Gewiß, und ich werde sie nicht vergessen -- Adresse: Herr Graf von Czrabowski in E. poste restante."

Sechsundfünfzigstes Kapitel.

Der Bund zum Dolche Rubens.

Die Uhr hatte Acht geschlagen auf dem Thurm jener alten Kirche, die nicht entfernt liegt vom Hause, das zum Schild einen Reibstein führt, als Don Carlos das Lokal betrat, wo der Bund zum Dolche Rubens zu tagen, eigentlich zu nachten pflegte und wo die Mitglieder dieser sehr anonymen Gesellschaft schon in feierlichem Schweigen beisammen saßen. Draußen hatte sich ein schwacher Abendwind aufgemacht, einzelne leichte Wolken verschleierten hier und da den Mond, der erwartungsvoll emporstieg, sein mildes Licht über Berg und Thal ausgießend, über weite Halden, wo das Rietgras sich flüsternd bewegt und wo der furchtsame nächtlich Wandelnde auf der weiß beschienenen Fläche mit Entsetzen einen einzigen schwarzen Punkt bemerkt, der, von einem verdächtigen Hügel herabkommend, direkt auf ihn zuzuschreiten oder ihn zu verfolgen scheint, er mag sich wenden, wohin er will.

Der Wind, der sich aufgemacht hatte, war ein dünstender, Regen verkündender frühlingsartiger Hauch, einer von den willkommenen Gesellen, welcher die Erde sehnsuchtsvoll erwartet, damit er ihr helfe, die Fesseln des fliehenden Winters zu brechen. Abends aber, wenn wir im verschlossenen Zimmer sitzen, verfehlt so ein Wind seine unbe hagliche Einwirkung auf uns nicht; wir fühlen den Grimm, mit dem er um das Haus saust und, mit Fensterscheiben klappernd, vergeblich Einlaß begehrt.

So wehte es denn auch um das Haus, wo sich die Kneipe zum Reibstein befindet, an jenem denkwürdigen Abend, nachdem es voll und deutlich acht Uhr geschlagen.

Don Larioz wurde von dem Vorsitzenden des Bundes, dem Kupfer=stecher Wurzel, freundlich und feierlich empfangen und zu dem für ihn bestimmten Stuhle geleitet. Es waren außer diesen Beiden noch neun andere Mitglieder anwesend, so daß die Zahl Sämmtlicher, mit Einschluß Windspiels, der ebenfalls erschienen war, ein gutes Dutzend ausmachte. Auf dem Eichenholztische stand eine große Bowle, aus welcher die Gläser zu füllen, der Kellner eifrig beschäftigt war. Der Dolch des großen Meisters Rubens lag, mit einem rothen Tuche ver=deckt, vor dem Platze des Präsidenten.

Auf einen Wink des letzteren nahmen sämmtliche Mitglieder, von denen die meisten bisher plaudernd auf und abgegangen waren, ihre Plätze ein, nachdem sie vorher mit dem edlen Spanier einen festen Handschlag ausgetauscht. Darauf erhob der Präsident sein Glas und leerte es, nachdem er vorher bedächtig: „Eins! — Zwei! — Drei!" gesagt, auf Einen Zug, und sämmtliche Mitglieder des Bundes zum Dolche Rubens, Don Larioz nicht ausgenommen, sprachen ebenfalls: „Eins! Zwei! Drei!" und tranken ihren Punsch aus.

Der Vorsitzende nahm nun das rothe Tuch weg, zeigte den Ver=sammelten den alten rostigen Dolch und ließ ihn darauf die Runde machen, damit Jeder nach üblicher Weise die Klinge mit seinen Lippen berühre. Windspiel mußte sich, wie auch früher, mit dem Heft be=gnügen, welcher Unterschied seiner sichtbaren Rührung übrigens keinen Eintrag that.

Nachdem der kleine Kellner hierauf die Gläser wieder gefüllt, stand der Kupferstecher Wurzel von seinem Stuhle auf, stützte die rechte Hand auf den Tisch, räusperte sich ein paar Mal und sprach:

„Mitglieder des Bundes zum Dolche Rubens! werthe Freunde! Es ist die Zeit gekommen, wo wir unserem sehr ehrenwerthen Verbündeten, dem tapferen Don Larioz von la Mancha, beweisen wollen, wie segensreich eine Verbindung wie die unsrige ist. Ihr alle, die Ihr hier mit ahnungsvollem Herzen um mich geschaart seid, werdet mir beistimmen, wenn ich euch ins Gedächtniß zurückrufe, wie schwer es ist, Mitglied dieses höchst anonymen Bundes zu werden. — Aber, werthe Freunde und Mitglieder, welche immense Vortheile bringt er auch jedem Einzelnen! Wie schützend schlingt er seine Bande um Alle! wie ist er auch der Inbegriff von jedem Erhabenen, Schönen und der höchsten Tapferkeit, gleich den edlen Ritterorden des Mittelalters! — Wer nicht vollkommen meiner Ansicht sein sollte," fügte er mit finsterem Stirnrunzeln hinzu, „den ersuche ich, dies bemerkbar zu machen und dem Ritual des Bundes gemäß unter den Tisch zu kriechen. — Gott sei Dank!" fuhr er nach einer Pause fort, während welcher er mit leuchtenden Blicken sich rings umgeschaut hatte, „wir sind alle vollkommen einig. Und zu Ehren dieses, wenn auch nicht unerwarteten, aber immer erfreulichen Ereignisses erhebe ich mein Glas und leere es bis auf die Nagelprobe. Eins! — Zwei! — Drei!"

Und „Eins! Zwei! Drei!" erscholl es in tiefem Basse, wonach zehn leere Gläser hart auf den Tisch gesetzt wurden.

Windspiel, der im Schatten des Ofens stand, wischte sich nach dieser feierlichen Begrüßung nicht die Augen, sondern den Mund, woraus wir abnehmen, daß er sich bei gewissen Veranlassungen ebenfalls als stimmberechtigtes Mitglied betrachtete.

„Mitglieder und Freunde!" hob der Kupferstecher mit dem großen Barte nach einer Pause wieder an. „Wir haben die höchst traurige, aber sehr lehrreiche Angelegenheit unseres verehrten Mitbruders Don Larioz von la Mancha zu der unsrigen gemacht und sind bereit, ihm zu helfen. Nicht wahr, alle sind wir bereit?" setzte er fragend hinzu.

„Alle!" vernahm man.

„Da wir aber nicht von den Leuten sind, die sprechen, ohne zu
handeln, so erfahre unser verehrter Freund, was wir bis jetzt geleistet.
Bruder Christian, ich gebe dir das Wort."

Darauf erhob sich Bruder Christian, strich sein langes, blondes
Haar mit einer weißen, mageren Hand von der Stirn, zog den grünen
Flausrock in die Taille, und sprach also zur Versammlung:

„Wenngleich — sobald der Bund den Beschluß gefaßt hatte, die
Angelegenheit zu der seinigen zu machen, sich Mehrere anboten, das
Terrain drüben zu untersuchen, so wurde doch mir dieser höchst ehren-
volle Auftrag zu Theil. Es gelang mir, Eingang zu erhalten in das
Atelier der Gebrüder Breiberg: nachdem ich aber mehrere Tage, ohne
zu einem Resultate zu gelangen, dorthin gegangen war, hatte ich endlich das Glück, die schöne Spanierin zu sehen."

Man vernahm rings umher ein Gemurmel der Freude und der
Bewunderung.

„Stille!" gebot der Präsident, wobei seine Stimme unverkenn-
bar vor Rührung etwas bewegt war. Dann fuhr er mit der Hand
über sein Gesicht herab und vergrub ein paar Sekunden lang die Finger
in seinem dichten Barte.

Der tapfere Spanier blickte mit gespannter Aufmerksamkeit auf
Bruder Christian, der ihm freundlich zuwinkte und dann fortfuhr: „Ja,
ich sah es, das schöne, unglückliche Mädchen, schöner noch als die Schil-
derungen unseres ehrenwerthen Freundes, unglücklich unter der schonungs-
losen und gewaltthätigen Behandlung dieser verruchten Breibergs."

Ein auffallendes Scharren mit den Füßen bekundete unzweifelhaft
die Theilnahme der Anwesenden.

Windspiel schluchzte.

„Diese Gebrüder Breiberg," sprach der Redner weiter, „müssen in
Erfahrung gebracht haben, daß die edle Dolores ihr Herz dem tapferen
Landsmanne zugewandt, und seit jener Zeit ist ihr Loos noch trauriger
geworden; sie wird in den Mörderhänden, in welchen sie sich befindet,
schauerlich gemißbraucht, sie wird —"

„Erspart Euch," fiel ihm der Präsident mit bewegter Stimme in die Rede, „uns das zu melden, was wir schaudernd selbst erlebt."

„Weiter, weiter!" murmelten die Mitglieder.

„Was soll ich weiter sagen!" fuhr Bruder Christian nach einem kleinen Stillschweigen mit einem traurigen Lächeln fort. „Ohne euch Complimente machen zu wollen, wißt ihr alle selbst, was ein armes Mädchen zu erdulden im Stande ist, wenn sie schutz- und wehrlos in die Hände blutdürstiger Mörder fällt."

„Schutz- und wehrlos?" rief Don Larioz mit funkelnden Augen, indem er sich von seinem Stuhle erheben wollte. Doch drückte ihn der Kupferstecher Wurzel sanft auf seinen Stuhl zurück, indem er sagte:

„Ruhig, mein Freund! der Bund hat über dieses theure Mädchen gewacht. — Bruder Christian, wir danken dir für deinen Bericht; du hast dich, wie wir daraus ersehen, über alle Verhältnisse aufs Genaueste unterrichtet. Küsse den Dolch des großen Meisters Rubens und beantworte mir eine Frage frei und ohne Rückhalt."

Alle blickten gespannt in die Höhe.

„Glaubst du," fuhr der Präsident in feierlichem Tone fort, „daß die Seele dieses jungen Mädchens noch wohl erhalten und rein ist?"

Bruder Christian führte die rostige Dolchklinge, welche ihm der Meister darreichte, an seine Lippen und sagte mit einem Tone der Ueberzeugung, der in allen Herzen wiederklang: „Ja, ich bin dessen gewiß."

„Für dieses Wort ein volles Glas!" rief der Kupferstecher freudig erregt.

Und Alle leerten ihre Gläser, wobei sie mit unverkennbarer Freude sich gegen den Spanier wandten.

Dieser erhob sich hierauf, und nachdem er den Präsidenten um die Erlaubniß gebeten, einige Worte zu sagen, sprach er gerührt: „Wie ich Ihnen danken soll für den Antheil, den Sie dieser traurigen Angelegenheit und mir widmen, weiß ich bis jetzt selbst noch nicht. Glauben

Sie mir aber, daß des Spaniers Herz tief empfänglich ist für alles Freundliche, was man ihm erzeigt, und daß ich nie vergessen werde den Edelmuth und die Ritterlichkeit, mit dem Sie sich jenes gefangenen Mädchens, das, ich will es nicht läugnen, mein Herz gerührt, so heldenmüthig annahmen. Was dieser Arm vermag, hoffe ich Ihnen bei der Befreiung der theuren Dolores zu beweisen; wie aber dieses Herz für Sie fühlt, das wird sich erst im Laufe der Zeiten zeigen, wo es bis zum letzten Schlage dem Dienste treuer Freunde gewidmet sein soll."

Er erhob sein Glas, welches ihm Windspiel wieder gefüllt hatte, gegen die Versammlung, worauf Alle tranken, nachdem man von ihrem Lippen ein Murmeln der Zufriedenheit vernommen.

„So wären wir denn so weit gekommen," sprach der Kupferstecher Wurzel, als sich die Versammlung wieder beruhigt, „daß wir in Kürze die Maßregeln feststellen können, welche noch am heutigen Abend zu ergreifen sind, um die arme Gefangene zu befreien. Und zu diesem Zwecke wollen wir den Bericht Bruder Jakobs hören."

Mit großem Geräusche sprang hierauf der dicke Maler mit dem wenigen Haar in die Höhe, that einen tüchtigen Zug aus seinem Glase und sagte, nachdem er die Versammlung lächelnd überschaut:

„Was ein guter Kerl für seine Freunde zu leisten vermag, das kann ich auch, und sei es das Schwerste. Nach der Weisung unseres ehrenwerthen Präsidenten knüpfte ich im Hause der Gebrüder Breiberg eine Bekanntschaft an, die es mir und meinen Freunden möglich macht, zu jeder Zeit unvermerkt in das Haus zu dringen. Es kostete mir einige Ueberwindung, aber ich kam zum Ziele. Verlangt keinen Namen zu wissen; seid jedoch überzeugt, auf ein gegebenes Zeichen wird sich drüben die Hausthür öffnen."

„Du hast Großes für unseren Freund geleistet," nahm der Kupferstecher mit einem leichten Zwinkern der Augen wieder das Wort. „Und da der Zweck die Mittel adelt, wir auch überzeugt sind von deinen rastlosen Bemühungen zum Besten des Bundes, so beantrage ich den Dank desselben für Bruder Jakob."

Hierauf blickte er, Aufmerksamkeit fordernd, rings umher im Kreise, und auf ein Zeichen mit der Hand ertönte es aus allen Kehlen in tiefem Basse:

„Bruder Jakob, Bruder Jakob,
Schläfst du noch — schläfst du noch?
Hörst du nicht die Glocke? Hörst du nicht die Glocke?
Bumm, Bumm, Bumm!"

Don Larioz fühlte sich durch diesen kräftigen Männergesang aufs Tiefste bewegt, und es hätte wenig daran gefehlt, daß Thränen der Rührung seine Augen befeuchtet hätten. Doch drängte er dieselben männlich zurück, als er bedachte, daß in nächster Stunde die Zeit des kräftigen Handelns kommen würde. Er blickte deßhalb auch mit gespannter Aufmerksamkeit auf den Präsidenten, der dieses Mal, ohne sich zu erheben, der Versammlung sagte: „Alle Maßregeln sind demnach aufs beste getroffen, und ich werde euch den Plan zur Befreiung jenes unglücklichen Mädchens in wenig Worten mittheilen. Vor allen Dingen dürft ihr nicht vergessen, daß es unserem edlen Freunde Don Larioz von la Mancha allein zukommt, seine Auserwählte aus ihrem Kerker zu befreien. Unser edler Freund wird euch selbst sagen, daß dies zu allen Zeiten ritterlicher Brauch war."

„So war es und so ist es!" rief der tapfere Spanier begeistert. „Gebt mir Waffen, zeigt mir den Weg zur Höhle jener Ungeheuer, und Ihr werdet sehen, was ein furchtloses Herz und ein starker Arm auszurichten vermag."

„So würde es allerdings geschehen können," gab der Kupferstecher freundlich zur Antwort, „wenn wir noch in jenen glorreichen Zeiten lebten, wo ein gutes Schwert und ein tapferer Arm eine ganze Welt aufwog. Don Larioz von la Mancha würde allein in die Wohnung der tückischen Breibergs dringen, nicht scheuend die Uebergahl sichtbarer Feinde, sich nicht fürchtend vor jenen geheimnißvollen Dingen, welche man sieht auf den Treppen des finsteren Hauses, alte phantastische

Ritterhelme, gespenstige rothe Tricots, — er würde sie niederwerfen, die Peiniger der unglücklichen Dolores; ihre letzte, ihre blutige Stunde wäre gekommen."

Carlos nickte schweigend mit dem Kopfe, wobei er die Lippen auf-einanderbiß und ein Lächeln im Vorgefühl der süßen Rache über seine sanft gerötheten Wangen flog.

„Wenn wir aber," fuhr der Präsident nach einer Pause fort, „bei der Befreiung jener Unglücklichen sicher zu Werke gehen wollen — und dazu sind wir ja fest entschlossen — so gilt es List mit Gewalt, um sie mit Tapferkeit zu paaren. Meine Idee wäre also: Von Bruder Jakob geführt, schleichen wir Anderen uns in das Haus, überfallen die Breibergs und knebeln sie, während unser Freund Don Carlos von la Mancha mit San — mit Windspiel wollt' ich sagen — auf einer Leiter zum Fenster emporsteigt, um auf dieser nach alter Rittersitte die Schöne zu befreien. Daß heute Abends ihre glückliche Stunde schlägt, davon ist Dolores benachrichtigt worden, und ein Guitarrenklang unter ihren Fenstern, welchen das des Spielens kundige Windspiel effektvoll anstimmen wird, soll sie benachrichtigen, daß ihre Erretter, ihre Rächer da sind. Ich bitte um ein Gemurmel des Beifalls oder der Miß-billigung."

Darauf wurde mit den Füßen gescharrt, mit den Gläsern auf den Tisch getrommelt, und man vernahm unarticulirte Töne; auch wollte hier und da der erste Takt eines Liedes losbrechen, welche be-ginnenden Allotria der Meister übrigens mit einem strengen Blick zur Ruhe verwies.

„Genug!" rief er, „ich habe eure Zustimmung erfahren; Ruhe jetzt, das Uebrige wird sich finden."

Der edle Spanier hatte mit seinen mageren Fingern auf den Tisch getrommelt, während er die Augenbrauen finster zusammenzog und sich dazu die Bemerkung erlaubte: „Der vom Vorsitzenden dieser achtbaren Versammlung uns so eben dargelegte vortreffliche Plan hat etwas, das mir, frei und offen gesprochen, nicht so ganz gefallen will.

Daß ich nach alter Rittersitte die unglückliche Dolores durch Ersteigung des Fensters befreien soll, hat etwas Romantisches und Hochpoetisches; ich fühle mich glücklich bei diesem Gedanken, ebenso, daß das treue Windspiel mich unterstützen soll. — Und es wird mich nicht verlassen," setzte er hinzu, indem er rückwärts den Kopf dem kleinen Kellner zuwandte, der tiefgerührt zur Betheuerung mit seiner rechten Hand sich auf die linke Brustseite patschte. — „Nur finde ich es nicht ganz würdig, daß die Gebrüder Breiberg vorher der Knebelung unterworfen werden sollen. Wenn es auch niederträchtige Feinde sind, so bleiben sie doch einmal Feinde, die ich niederwerfen will; aber gegen einen geknebelten Feind wäre ich nun einmal nicht im Stande, das Schwert zu ziehen."

„Das ist auch gerade der Punkt, der vermieden werden sollte," versetzte der Präsident, nachdem er einen Blick auf die Versammlung geworfen. „Und Ihnen, tapferer Don, dürfte es nur gestattet sein, in einem ganz verzweifelten Falle von Ihrer Waffe Gebrauch zu machen. Und eben diese Waffe hat der Bund zum Dolche Rubens wohlweislich erwählt, es ist nämlich die Wehr des großen Meisters selbst, welche wir Ihnen hiermit zu Ihrer ausgezeichneten That allerfeierlichst übergeben." Bei diesen Worten nahm er den Dolch, der vor ihm lag, in die Höhe, küßte die Klinge, und gab sie seinem Nachbar zur Linken, wobei er die Worte murmelte: „Möge nie ungerecht vergossenes Blut an dir kleben!"

Und die gleichen Worte murmelten alle Gesellen, bei denen die rostige Waffe die Runde machte, und als sie zuletzt in die Hände des Spaniers kam, setzte dieser hinzu: „Sieg oder Untergang!"

„Ja, Untergang der Lügenbrut!" rief enthusiastisch der Kupferstecher Wurzel, „der Wahlspruch unseres tugendhaften Bundes. — Nun, füllt eure Gläser frisch bis zum Rande, trinkt aus und stimmt an das erhabene Lied, einfach in Melodie und Worten für den Uneingeweihten, aber unerschöpflich tief für den, der mit den Augen der Sonne sieht, mit den Ohren des Windes hört:

„Zieh, Schimmel, zieh
Im Dreck bis an die Knie'!"

Und:

„Zieh, Schimmel, zieh
Im Dreck bis an die Knie'!"

jauchzten sämmtliche Mitglieder des edlen Bundes in unerhörtem
Jubel nach.

„Morgen wollen wir Hafer dreschen,
Soll der Schimmel Spreuer fressen.
Zieh, Schimmel, zieh
Im Dreck bis an die Knie'!"

Nach Absingung dieses tief gedachten Liedes schien für eine Zeit
lang die feierliche Haltung, deren sich alle Mitglieder bis jetzt befleißigt,
etwas auseinander zu fließen. Auge und Ohr war nicht mehr wie
bisher auf den Präsidenten gerichtet, jeder Einzelne beschäftigte sich
mit seinem Nachbar oder mit der Punschbowle, aus der die Windspiel
nicht fleißig genug einschenken konnte. Hier vernahm man schallendes
Gelächter, dort das Zusammenklingen der Gläser, dazwischen zuweilen
die Worte: „Tod den Breibergs!" oder: „Untergang der Lügenbrut!"
Ein paar, die sich am ingrimmigsten zeigten, machten gegenseitig den
Versuch, sich, wie später jene Verräther, zu knebeln, was aber nicht
recht gelingen wollte und damit endete, daß Beide unter den Tisch
fielen, wie es schien, freiwillig, denn sie machten keine sonderlichen Versuche, von selbst aufzustehen, sondern mußten mit vieler Mühe von
den Nebensitzenden wieder hervorgeholt werden.

Don Larioz brütete stumm über seinem Glase und verband seine
Gedanken mit dem wilden Lärmen rings umher. Das Gläserklingen,
das wilde Toben heimelte ihn ordentlich an; ihm war es wie vor
einer Schlacht, wo er fernab vor einem Zelte saß, wo die Lichter des
Lagers wie in trübem Nebel zu ihm herüber schimmerten, wo der Gesang der kraftvollen Krieger nur gedämpft an sein Ohr schlug. Er

lebte in seinen Träumen rasch die Nacht hindurch; es tagte, die
Knappen kamen, ihn zu rüsten; er setzte den Helm auf, nahm Schild
und Lanze und gedachte beim aufsteigenden Licht der Sonne an die
Dame, die er liebte.

Horch ein Trompetenstoß!

Nein, es war kein Trompetenstoß; es war die Stimme des ehr-
bedürftigen Meisters, der laut und kraftvoll Silentium! in das wilde
Getreibe rief. Und darauf legte sich dasselbe, alle die erwartungsvollen
Gesichter, die glänzenden Augen, die lachenden Lippen wandten sich dem
Vorsitzenden zu, der mit gewaltiger Faust auf den Tisch schlug und
sprach: „Laßt genug sein des grausamen Spieles. Endet dieses lyrische
Intermezzo; die Stunde der Rache naht."

Und als das die Gesellen hörten, verstummten sie plötzlich, und
man sah es ihnen an, wie sehr sie sich auf den bevorstehenden Augenblick
freuten. Einer klopfte dem Anderen lächelnd auf die Schultern; noch
einmal mußte Windspiel die Gläser füllen, noch einmal zählte der Vorsitzende „Eins, Zwei, Drei!" und darauf gossen Alle den Rest des
Punsches in ihre Kehlen hinab.

„So hört mich denn noch einmal," sprach der Meister, der seinen
Sitz verlassen hatte und in den Kreis der Mitglieder trat, die sich
erwartungsvoll um ihn schaarten. „Jeder von euch kennt seine Stellung,
kennt seine Pflicht. Bruder Jakob du ziehst voran, um uns die Thür
jener Mörderhöhle zu öffnen. Und der tapfere Freund Don Carlos
von la Mancha und das getreue Windspiel begeben sich in den ihnen
wohlbekannten Raum zwischen beiden Häusern, dieses Mal mit Ge-
nehmigung unseres Kneipenwirthes, der ebenfalls entzückt ist, seine
schändlichen Nachbarn in ihrem unheilvollen Treiben gestört zu sehen.
Sie werden dort eine Leiter finden, welche sie an das Fenster des
Ateliers lehnen, und dort den Augenblick erwarten, wo wir durch ein
Zeichen die Nachricht geben, daß wir die Gebrüder Brelberg unschädlich
gemacht. — Es wäre Sünde, unseren edeln spanischen Freund zu fragen,
ob er auf seinem Vorhaben besteht. Ich will nur hinzufügen, er möge

in jeder Hinsicht vertrauen der theuren Waffe, die wir ihm übergeben; sie wird ihn führen und leiten und ihm sogar beistehen bei Anfechtungen höllischer geheimnißvoller Schaaren, denen er bei seinem Unternehmen ausgesetzt sein könnte. — Auf denn, meine Freunde — ans Werk!"

„Auf denn, ans Werk!" sprach jeder Einzelne, und Alle verließen in feierlichem Schritte das Gemach, nachdem Jeder vorher noch einen Handschlag mit Don Larioz gewechselt.

Dieser blieb mit dem Kellner allein zurück und steckte den Dolch des großen Meisters Rubens mit unbeschreiblichen Gefühlen in seinen Busen. Windspiel stand wenige Schritte von ihm und hatte die Hände gefaltet, und der Blick, mit welchem er den Abziehenden nachschaute und dann an seinem Freunde emporsah, war nicht ganz so zuversichtlich, als er der Lage der Dinge nach eigentlich hätte sein sollen. Auch erlaubte er sich einen gelinden Seufzer; ja, er kratzte sich etwas Weniges am Kopfe, als er die erhabene Haltung des Spaniers bemerkte und den entschlossenen Schritt, mit dem derselbe das Gemach nach allen Seiten durchmaß.

Jetzt blieb Larioz neben dem kleinen Kellner stehen, legte seine Hand auf dessen Schulter und sagte:

„So ist denn der Augenblick gekommen, nach dem ich mich lange und innig gesehnt. Dem Gelingen wird für mich ein süßer Lohn folgen, für Sie aber, treuer Gefährte, das Bewußtsein, sich einen Freund ewig verpflichtet zu haben. Ehe Sie sich aber zum Kampf und wahrscheinlichen Sieg rüsten, befragen Sie nochmals ihr Herz, ob es nicht zurückschrickt vor den Gefahren, denen wir allenfalls entgegen gehen können."

Windspiel sammelte sich einen Augenblick ehe er zur Antwort gab: „Nein, mein Herz schrickt nicht zurück; wir werden glücklicher sein als die vorhergehenden Male."

„Das hoffe ich zuversichtlich. Und nun ans Werk!"

Der tapfere Spanier nahm seinen Mantel um, holte aus dem=

selben noch eine kleine Blendlaterne, die er anzündete und in die Tasche steckte; dann setzte er seinen Hut auf.

Ebenso rüstete sich Windspiel und ergriff, als er fertig war, dem Anderen zu folgen, nicht eine Waffe, sondern seine Guittarre mit dem blauen Bande, die er sich um die Schultern hängte.

So zogen beide dahin, durch die Hausthür hinaus in den kleinen Raum neben an, den sie geöffnet fanden.

Siebenundfünfzigstes Kapitel.

Dolores!

Es war eine kühle Nacht, denn der Wind hatte sich gelegt, und es war hell und klar geworden; der Mond stand so hoch am Himmel, daß er die eine Seite der Häuserwand beschien und die Schatten der gegenüber liegenden mit ihren unregelmäßigen Linien, Einschnitten und Schornsteinen deutlich darauf abspiegelte.

Don Carlos und sein Begleiter hielten sich dicht an der Mauer des Breiberg'schen Hauses, um von oben nicht gesehen zu werden. Bald stießen sie an die Leiter, von welcher ihnen der Kupferstecher gesagt, die sie nun behutsam aufrichteten und von der sie mit Vergnügen sahen, daß sie bis zu den Fenstern des Ateliers reiche. Unten am Fuße dieser Leiter stellten sich die Beiden auf und versanken in tiefe Betrachtungen.

Es ist eigenthümlich, daß man es liebt, in sehr spannenden Augenblicken mit einem Anderen sich zu unterhalten, es ist das eine Ableitung des allzu vollen Herzens; deßhalb brach denn auch der edle Spanier nach kurzer Pause sein Stillschweigen und sagte:

„Wenn ich den jetzigen Augenblick mit jenem vor einiger Zeit
vergleiche, wo ich ebenfalls nächtlicher Weile hier stand, so muß ich
gestehen, daß mich heute ganz andere Gefühle beherrschen als damals.
Das Ungewisse, Bedrückende ist aus meiner Seele gewichen; die Stunde
des Kampfes, der Gefahr, die nächstens schlagen wird und deren Vorgefühl mein Blut beständig durch die Adern treibt, hat etwas Erhe-
bendes, wenn ich jenes trostlosen Abends gedenke. Glauben Sie mir,
junger Freund, ich fühle es, wie innig ich dieses unvergleichliche
Mädchen liebe, sie, die ich nur einmal sah, von der mich Hindernisse und
Gefahren aller Art trennten, und die nun vielleicht im nächsten Momente
liebeglühend an meiner Brust ruhen wird. O, es ist das ein Gefühl,
dessen Süßigkeiten Sie noch nicht zu würdigen im Stande sind. Doch
hoffentlich kommt die Reihe hierzu auch einstens an Sie, und dann
wünsche ich Ihnen vor einem schönen Gelingen die größtmöglichen
Schwierigkeiten, denn je gewaltiger das Mühen, desto süßer der Lohn.
— Haben Sie etwas gehört?"

„Es ist mir gerade, als hätte man droben ein Fenster geöffnet."

Nach diesen Worten traten Beide einen Schritt von der Mauer
hinweg und blickten in die Höhe. Aber alle Fenster waren und blieben
verschlossen, an keinem regte sich etwas; auf den oberen glänzte das
Mondlicht, die unteren lagen in tiefem Schatten, an dessen gezackter
Form man jetzt einen kleinen dunkeln Körper vorübergleiten sah.

„Ein Kater," sagte Windspiel seufzend.

„Das Treiben dieses Thieres," gab Don Carlos frohsinnig zur
Antwort, „hat einige Aehnlichkeit mit dem unsrigen; auch er schleicht
mit Gefahr zum Liebchen."

„Hat aber eigentlich nichts zu befürchten," sprach nachdenklich
der kleine Kellner. „Er wandelt sicherer auf der scharfen Kante des
Daches, als wir auf den Sprossen einer Leiter. Auch weiß er, daß
er willkommen ist, er braucht keine Gebrüder Breiberg zu scheuen."

„Vergessen Sie nicht, daß auch die Kater Nebenbuhler besitzen,"
versetzte der Spanier. „So ein Thier auf seinen nächtlichen Wegen

ist auch nicht immer des Gelingens sicher. Oft auch erscheint ihm das rohe Schicksal in Gestalt eines Besenstiels, der von kräftiger Hand gegen ihn geführt wird. — Warum schaudern Sie zusammen?"

„Es ist frostig hier unten; auch dachte ich, es müßte ein höchst unangenehmes Gefühl sein, so auf der Dachrinne spazieren gehend, unvermuthet mit einem Besenstiel zusammen zu gerathen."

„Das kann Einem auf den Sprossen einer Leiter auch passiren."

„Auch daran dachte ich. Sie, Herr Don Parioz, bereiten sich zu einem Geschäfte vor, das viel Aehnlichkeit mit der Ersteigung einer feindlichen Wallmauer hat."

„Gewiß, wo uns der Sieg winken kann, aber auch der kalte, blutige Tod. Glauben Sie, mein Freund, auch das habe ich über-legt, und um Ihnen zu beweisen, daß ich nicht leichtsinnig in den Kampf gehe, will ich Ihnen anvertrauen, daß ich meinen letzten Willen selbst aufgeschrieben habe und hier in meiner Brusttasche verwahre."

„O du mein Gott!" seufzte Windspiel leise vor sich hin.

„Sollte ich im glorreichen Kampfe fallen," fuhr der edle Spanier träumerisch fort, „so bemächtigen Sie sich dieses Papieres, und Sie werden mich kennen lernen. Alles für Gott, für meine Dame und für meinen Freund!"

Der kleine Kellner faßte in tiefster Rührung mit seinen beiden Händen die Rechte des Anderen und drückte sie innig.

Aber jetzt täuschten sich Beide nicht wieder; sie hörten droben ein Fenster öffnen, und als Don Parioz hastig emporschaute, bemerkte er, daß es dasselbe Fenster war, an welchem damals die kleine weiße Hand des geliebten Mädchens erschienen und wo sich auch jetzt etwas Weißes hin und her bewegte. — „Das ist das Zeichen! Nehmen Sie Ihr Saitenspiel und lassen Sie, um unser Dasein anzuzeigen, ein paar leise Accorde ertönen."

Und Windspiel hob seine Guitarre vor die Brust, besann sich eine Sekunde und gab dann zart und sinnig die Accorde zum Besten, mit welchen er das wunderbare Lied zu begleiten pflegte:

Dein gedenk' ich, röthet sich der Morgen,
Dein gedenk' ich, sinkt die schwarze Nacht.

„Bst! bst! hörte man von oben, worauf sich der Spanier so ge=
fühlvoll wie möglich räusperte.

„Bist du es wirklich, Licht meiner Augen, Stern meiner Gedan=
ken?" klang eine zarte Stimme aus dem Fenster; „bist du es wirklich,
der da unten wandelnd steht im Schatten und Mondlicht, umfangen
von tiefer Stille der Nacht bei tönendem Saitenspiel?"

„Ja ich bin es, Geliebte meines Herzens," gab Don Carlos ent=
zückt zur Antwort; „ich bin es, der gekommen ist in Wehr und Waffen,
um dich zu befreien, dich zu retten. Wirst du mir folgen?"

„O, sprich leise!" klang die Antwort; „meine Peiniger, obgleich
sie von deinen tapferen Freunden überwältigt sind, könnten doch viel=
leicht ihre Bande brechen, und dann wehe mir und dir! Wehe! wehe!"

„Habe Dank, edle Dolores, für deine Warnungen; stumm werde
ich das mir vorgesteckte Ziel erreichen. Noch zwei Augenblicke, und
— ich liege zu deinen Füßen."

„A—a—h!" vernahm man die Schöne am Fenster aufseufzen,
gewiß vor Entzücken über ihre baldige Rettung, doch war es gerade,
als klinge ein Ton des Schmerzes durch dieses lang gezogene „Ah!"
Windspiel wenigstens erfüllte dieser Ton mit einigem Grausen.

Doch es war keine Zeit mehr, um über den Klang irgend eines
Tones nachzugrübeln; der Spanier hatte bereits die Leiter bestiegen
und eilte, so rasch er konnte, aufwärts, weßhalb ihm Windspiel, der
seine Guitarre auf den Rücken geschoben hatte, so schnell wie möglich
folgte.

Noch immer fürchtete der edle Spanier allerlei Tücken des Schick=
sals, wie ihm ja in der letzten Zeit so viele widerfahren waren; vor
seinem Gedächtnisse zog jener Abend vorüber, wo er hier auf dersel=
ben Stelle wegen Mordbrennerei gefangen genommen und beinahe
dem Gerichte überliefert worden wäre; dann trat ihm jener schmutzige

Staff vor die Seele, den er sich bemühte, mit aller Kraft seines
Geistes trotz alledem für einen geheimen Kerker in dem Hause Numero
vier der Entenpforte zu halten. Sollte ihm auch dieses Mal etwas
Aehnliches widerfahren? — O, es wäre schrecklich! — Doch nein,
waren ihm nicht treue Freunde behülflich? hatte nicht Dolores trost-
reiche Worte zu ihm gesprochen? lächelte nicht der Mond, der Beschützer der Liebenden, so sanft selig auf ihn herab? — Nein, dieses
Mal mußte es gelingen, das große Werk; die unglückliche Jungfrau
mußte befreit werden — o, er fühlte die Gewißheit, daß sie schon im
nächsten Augenblicke an seinem liebeklopfenden Busen ruhen werde.

Er hatte das Fenster erreicht; es gab dem Drucke seiner Hand
nach, und bei den langen Beinen, womit ihn die Natur beschenkt,
war es ihm ein Leichtes, den Boden des Zimmers zu erreichen. Doch
hielt er hier einen Moment, an das kleine Windspiel denkend, das
hinter ihm drein geklettert kam, und reichte diesem die Hand, um ihm
ebenfalls herein zu helfen. Der Kellner plumpste etwas schwer von
der Fensterbank herab, wobei seine Guitarre einen unheimlich kreischen-
den Ton von sich gab.

Allen Vorgängen nach, von denen Don Larios gelesen oder gehört, wie im gleichen Falle edle Jungfrauen gethan, wenn der geliebte
Erretter endlich am Fenster oder gar im Zimmer erschienen war, —
allen Vorgängen nach mußte Dolores jetzt im Uebermaße des Glückes
und der Sehnsucht in Thränen ausbrechen, dann an seine Brust
sinken, um gleich darauf wieder im plötzlich erwachten Gefühle mädchen-
hafter Schüchternheit von ihm hinweg zu schnellen und vielleicht auszurufen: „Nein, nein! ich kann dir nicht folgen, ewig Geliebter, die
Sitte, der Anstand — o Gott! was soll ich thun?"

Aber der tapfere Spanier wartete auf alles das ein paar Sekunden lang vergebens; sie schnellte weder an ihn hin, noch von ihm
zurück; sie weinte nicht, sie sprach nicht; rings umher herrschte eine
furchtbare Todtenstille. Ob man nur, wie bei ähnlichen Gelegenheiten,
das Picken des Holzwurmes, auch Todtenuhr genannt, vernahm, sind

wir nicht im Stande, genau anzugeben; genug, es herrschte eine tiefe Stille, welche beängstigend auf Don Carlos, sehr beängstigend auf Windspiel wirkte.

„Dolores," sprach der erstere mit sanfter Stimme, „ich bin da, dein Retter, Alles ist zur Flucht bereit; laß uns nicht lange zögern."

Statt aller Antwort vernahm man einen tiefen Seufzer, der aber — von Windspiel ausging, dem es sehr unheimlich zu werden anfing.

„Dolores, sprich!"

Keine Antwort.

„Hier ist nicht Alles, wie es sein sollte," flüsterte der edle Spanier seinem Begleiter zu. „Wenn mich eine finstere Ahnung nicht betrügt, so —. Doch auf die Gefahr hin, entdeckt zu werden, muß Licht in diesem finsteren Zimmer und in dieser furchtbaren Angelegenheit werden."

Er zog bei diesen Worten die kleine Blendlaterne hervor, doch war das Licht derselben begreiflicher Weise längst erloschen. O, nur ein Streichhölzchen, nur ein einziges! Beide hätten sehr viel für ein einziges dieser sonst so werthlosen Dinger gegeben; aber sie hatten keines, und es mußte deßhalb ein anderer Entschluß gefaßt werden.

Zum Glück verließ die Kaltblütigkeit, welche Carlos beständig bewahrte, ihn auch in diesem wichtigen Augenblicke nicht. Er reichte dem kleinen Kellner die Blendlaterne und sagte ihm: „Eilen Sie den Weg zurück, den wir gekommen sind, zünden Sie das Licht an, und bringen zum Ueberfluß noch Streichzündhölzchen mit."

„Aber dann sind Sie allein," erlaubte sich Windspiel kleinlaut zu sagen.

„Allein — mit Gott, meinem Recht und dem Dolche Rubens, was kann mir geschehen?" war die große Antwort, welche der Andere gab.

Windspiel verschwand auf der Leiter, eilte hinab, und da er, unten angekommen, sehr schnell lief, so hörte man die Guitarre auf seinem Rücken seltsam klingen.

Dann war wieder Alles still.

Wer vermag die beängstigenden Gefühle zu beschreiben, welche das tapfere Herz des edlen Don Carlos durchströmten! Er lauschte aufmerksam, ob er nicht einen Seufzer, einen Athemzug vernehme, und während er so lauschte, schritt er, mit den Händen um sich tappend, vorwärts. — Nichts regte sich, er vernahm nur den Ton der eigenen Tritte. Wohin war das unglückliche Mädchen entschwunden? Daß sie vorhin mit ihm am Fenster gesprochen, darüber konnte kein Zweifel walten. —

Carlos stieß an einen Stuhl und fuhr zurück bei dem Geräusch, welches er dadurch verursachte. In der nächsten Sekunde aber schritt er wieder vorwärts, und jetzt griffen seine Hände an die Tapetenwand, welche, wie er sich genau erinnerte, das Atelier der Gebrüder Breiberg in zwei Hälften schied, wo sich in der kleineren das Ruhebett befand, auf dem er die wunderbare Dolores an jenem unvergeßlichen Tage gesehen. Mit unwiderstehlicher Gewalt zog es ihn zu jenem Ruhebette hin; er fühlte sein Herz heftig klopfen und sein Blut wallen vor Kampflust und Anregung. Behutsam forttappend hatte er jetzt die Oeffnung erreicht, die in die andere Abtheilung des Zimmers führte. Er that einen halben Schritt hinein; flüsterte noch einmal mit inniger Stimme den geliebten Namen und — blieb dann plötzlich stehen, angefesselt vor Entsetzen.

„Halt, Barbar!" vernahm er eine Stimme, — o Gott! nicht in den süßen Tönen des geliebten Mädchens — eine wilde, unheimlich gellende Stimme. Und dann flammte mit Einem Male in der Ecke des Gemaches ein scharfes, intensives Licht auf, eine grauenhafte Gruppe hell beleuchtend, bei deren Anblick dem tapferen Manne das Haar schaudernd emporstieg und er sich schwach wie ein Kind an der Scheidewand halten mußte. — —

Vor ihm stand der verruchte Breiberg, der heuchlerische Clemens, mit wild verzerrtem Gesichte; seine boshaften Augen leuchteten wie die einer erzürnten Katze; sein zuckender Mund ließ hier und da die Zähne sehen, welche er ein paar Mal schallend zusammen klappte, wie man das wohl bei grausenhaften Automaten erblickt. — In seinem Arm aber hielt er die unglückliche Dolores, deren Haupt hintenüber fiel, deren sonst so schöne, glänzende Augen jetzt furchtbar in die Höhe starrten, deren langes Haar aufgelöst über die weißen Schultern flatterte, deren rechter Arm schlaff herab hing, während sie die linke Hand krampfhaft auf die schöne entblößte Brust gedrückt hatte, aus welcher hervor das — Heft eines Dolches ragte.

Don Carlos fühlte, wie seine Kniee unter ihm zusammen brechen wollten; er hielt sich mühsam an der Tapetenwand, die unter dem Griff seiner mächtigen Faust schwankte, er wollte auf das grinsende Ungeheuer losstürzen — er vermochte es nicht; er fühlte seinen ganzen Körper starr und gelähmt bis zu seinen Augen, die er nicht einmal im Stande war, von dem Gräßlichen, das er sah, auch nur eine Sekunde abzuwenden. Nur seine Brust vermochte sich in tiefen Athemzügen zu bewegen und aus seinem halb geöffneten Munde mit heiserem, pfeifendem Tone die Worte hervorzustoßen: „Ah, Mörder! Mörder! feiger Mörder!"

„Ja, Mörder!" rief ihm der Andere entgegen, „Mörder um deinetwillen! — Glaubst du, Verräther, uns wären deine Schritte unbekannt geblieben? Glaubst du, wir hätten nicht schon lange deine Absichten auf dieses von mir so heiß geliebte Mädchen entdeckt? Ach!" — dieses Ach! stieß er mit einem wilden Schrei heraus — „ich kümmerte mich wenig um das, was du gegen uns beginnen würdest, bis — Hölle und Teufel! — wir aus dem Munde dieses verrätherischen Geschöpfes erfuhren, daß sie dich liebe, ja, liebe wie man nichts sonst auf dieser Welt liebt. — Ja, blick hieher auf diese starren und doch so schönen Züge, auf diesen wunderbaren Körper, auf dieses ganze herrliche Mädchen. Ja, sie liebte dich mit Raserei, sie wollte dein sein, sie wäre es in der nächsten Stunde geworden, wenn nicht mein

scharfes Eisen die Bänder der Brücke gelöst hätte, die euch zu einander führen sollte. Jetzt steht ihr verzweifelnd am Abgrunde; sie ist
hinein gestürzt, du wirst ihr folgen."

Erst bei den letzten Worten, die der Verruchte sprach, löste sich
das krampfhafte Erstarren, welches den unglücklichen Spanier befallen.
Er riß den Dolch des großen Meisters Rubens aus seinem Busen
und wollte, wie der Jäger auf seine Beute, auf den feigen Mörder
losstürzen, als das helle Licht ebenso plötzlich, wie es erschienen war,
jetzt wieder erlosch und Don Carlos darauf durch die dichte Finsterniß
die ihn abermals umgab, die hohnlachenden Worte vernahm:

„Blöder Thor, du wirst mich nicht erreichen! Da nimm sie hin,
die herrliche Dolores, nimm es hin, dein kaltes, starres Liebchen!
Hahaha!"

Und hahaha! klang ein höllisches Gelächter rings umher vor den
Ohren des unglücklichen Mannes. Aber er hatte keine Zeit, darauf zu
horchen; es war ihm, als vernehme er zwischen dem gräßlichen Lachen
hindurch einen tiefen ersterbenden Seufzer. Dann fühlte er etwas gegen sich fallen, und als er die Arme danach ausstreckte, erfaßte er mit
Schauder den Körper des armen Mädchens. Willenlos sank er auf
das Ruhebett nieder, an dem er gerade stand, und zog mit hastigem
Griff das Schlachtopfer, welches auf den Boden niedergestürzt war,
näher an sich. Sie lag mit dem Kopfe auf dem Ruhebett, er faßte
nach ihrer Hand, um sie empor zu ziehen.

Diese kleine Hand war kalt und steif. Schaudernd ließ er sie
los, und sie rutschte in ihre frühere Lage zurück; er legte seine Hand
auf ihre Stirn, diese fühlte sich eisig an und war dabei von entsetzlicher Glätte; er betastete ihr langes, dickes Haar, das allein war
weich und beweglich; er wagte es schaudernd, ihre Schulter zu berühren und dann mit ängstlicher Hast nach dem Griffe des Dolches zu
suchen, den er mit einem Gefühl des Schmerzes aus der Wunde zog;
er legte seine Finger auf dieselbe, er fühlte nach quellendem Blut —
aber vergebens. Der feige Mörder hatte Dolores in ihr warmes,

liebendes Herz getroffen und hatte sie augenblicklich getödtet, es floß
kein Blut mehr.

Mit einer erschreckenden Geschwindigkeit war ihr vor Kurzem noch
so lebensfrischer Körper jetzt kalt und starr geworden; sogar von den
Lippen war alle Wärme verschwunden, sie waren unheimlich kalt anzu-
fühlen. Ja, fast seltsam kalt, und ebenso der ganze Körper so höchst
eigenthümlich starr und doch dabei wieder so beweglich, daß den unglücklichen Don Carlos fast ein Entsetzen anwandelte, nicht ein Entsetzen, wie es wohl begreiflicherweise durch die Nähe eines Todten hervorgerufen werden kann, nein, ein Entsetzen, ein Zurückschaudern wie
vor einem Gespenste, einem Phantom, das uns plötzlich überfällt, vor
einer gänzlich unerklärlichen, unheimlichen Entdeckung.

Hastig fühlte der Spanier auf dem Gesichte des Mädchens umher, dessen Kopf er in seinen Schooß genommen. Die Augen standen
weit offen, aber er war nicht mehr im Stande, sie zu schließen; er
drückte an ihre seinen Lippen — sie waren ohne alle Bewegung; er
versuchte ihren Mund zu öffnen — vergebens.

O nur ein einziger Lichtstrahl! dachte er in höchster Bestürzung
mit einem bisher nicht gekannten Weh im Herzen. Abermals hob er
ihren Arm und ihre Hand empor; er versuchte es, den ersten zu bie-
gen, es gelang ihm das nicht nur mit leichter Mühe, sondern der
Arm blieb auch in der Biegung stehen. Jetzt fuhr er erschreckt zur
Seite; er wollte aufspringen, als im Nebengemache eine tiefe Stimme
laut wurde, welche zu ihm sprach:

„Unglücklicher Sterblicher! Vergeblich ist dein Bemühen, das Leben
dieses armen Mädchens zurück zu rufen. Du konntest sie nicht erretten
trotz der geweihten Waffe des edlen Meisters Rubens, welche du bei
dir trägst und die sonst ein Talisman ist für jegliche Gefahr. Ja,
Unglücklicher! du konntest sie nicht erretten, weil du meine Lehren,
meine Vorschriften vergessen.“

Carlos war bei dem Klange dieser Stimme zusammengefahren, er biß seine Zähne über einander, er hielt krampfhaft den Dolch des großen Meisters Rubens in der Rechten.

„Und wer bist du?" fragte er hierauf nach einem tiefen Athem= zuge mit sanftem Tone, „der du zu mir, dem unglücklichsten der Sterblichen, also sprichst?"

„Ich bin der Geist des großen Zauberers Carabanzeros," war die Antwort; „ich muß dir unsichtbar bleiben, aber du sollst mich hören."

„Ich höre dich," versetzte der Spanier, wobei er die rechte Hand mit dem Dolche langsam erhob und aufmerksam horchend jene Stellung annahm, die man an dem Andalusier sieht, wenn er in Wuth gesetzt, die Navaja zum tödtlichen Wurf bereit hält.

„Erinnere dich," fuhr die Stimme fort, „daß schon in den ältesten Zeiten die Werke der tapfern Ritter häufig durch Künste böser Geister vereitelt wurden, weßhalb sie auch einen Gegenzauber stets bereit hatten, den sie nicht, wie du, vernachläßigten, wenn sie zur Rettung ihrer Damen auszogen. Du aber hast den Zauberspruch vergessen, der dich allein befähigen konnte, die unglückliche Dolores zu erretten, und den dir, da es zu spät ist, nun die bösen Geister hohnlachend wiederholen werden."

„Trau, treue Trine, trügrisch trüben Träumen nicht —"

tönte das Gemurmel vieler Stimmen aus der Dunkelheit hervor. —

„Treib trotzig triumphirend fort das tolle Traumgesicht,
Trockne die Thräne tragischen Trübsals tröpfelnd auf,
Trink trauten Traubentrankes Trostes=Tropfen drauf."

Doch war es dieser feierlichen Situation nicht angemessen, und durchaus nicht im Charakter eines höllischen Rachechors, daß einer der Geister plötzlich ausrief: „Herrgott! ich bin getroffen! Platz! das ist ernstlich."

Und es war in der That ziemlich ernstlich, denn der Spanier hatte beim letzten Worte des Zauberspruches seinen Dolch mit solcher Gewalt in das Nebenzimmer geschleudert, daß derselbe einem der Gesellen draußen eine tüchtige Fleischwunde am Arme beibrachte und dann noch mit der Spitze in die Thür hinein fuhr, wo er zitternd stecken blieb.

Larioz hatte aber nicht sobald jenen Ausruf des Schreckens gehört, als er nun seiner Sache vollständig gewiß, um sich her tappte, um irgend eine Waffe zu finden, die ihm dazu dienen könnte, einem zweiten Saul gleich über die Philister herzufallen. Er ergriff auch einen langen Malerstock und war eben im Begriff, in das Nebengemach zu stürzen, als er vor dem Fenster Licht aufdämmern sah und Windspiel bemerkte, der mit der brennenden Blendlaterne die Leiter emporstieg. Beim Scheine dieses Lichtes, der sich im ganzen Gemache ausbreitete, sah er dort weder den weisen Magier Carabanzeros, noch Einen von der höllischen Schaar — das Zimmer war leer, die Thür verschlossen und verschwunden der Dolch Rubens, welcher in derselben gesteckt.

Die Gefühle des Spaniers nach allem, was vorgefallen, sind schwer zu beschreiben. Wenn er sich auch in den Tiefen seines Herzens empört fühlte von dem trügerischen Spiel, welches Freunde mit ihm getrieben, so war es ihm doch anderntheils zu Muth, als sei ein finsterer Bann von ihm gewichen, — ihre, des unbekannten Mädchens, Gewalt über ihn; ja, er fühlte, daß alle die süßen Regungen, welche ihn bei dem Gedanken an sie begeistert, nun von ihrer Person gelöst erschienen und seinem Herzen zurückgegeben seien, um vielleicht ein anderes, minder zweifelhaftes Wesen zu beglücken.

Und doch blickte er fast schaudernd bei dem Schein des Lichtes, mit dem nun der kleine Kellner erschien, rückwärts, wo es aber auch in der That grausenhaft genug aussah, wie sie mit dem aufwärts gekehrten Gesichte auf dem Ruhebette lag, wie die langen, schwarzen Haare ihr über Schulter und Brust fielen, und wie sie dabei mit starren, glänzenden Augen so unverwandt in die Höhe schaute und mit den kalten und doch so rothen Lippen unaufhörlich lächelte.

Beim Anblick Windspiels zog Don Carlos die Augenbranen finster zusammen; tiefer Groll, Haß, Zorn regten sich in ihm, wenn er bedachte, daß auch der Kellner, dem er so freundlich sein Inneres erschlossen, fähig gewesen sei, ihn zu verrathen. Doch war die Bestürzung desselben beim Anblick seines Herrn und Meisters so ungekünstelt und der Schrei des Entsetzens, den er ausstieß, als er im Nebenzimmer die vermeintliche Leiche sah, zu wahr, als daß der Spanier hätte länger im Zweifel bleiben können, auch Windspiel habe geholfen, ihn zu mystificiren. Carlos nahm die Blendlaterne in seine Hand, hob sie über seinem Haupte empor und ersuchte den Anderen, näher an das Ruhebett zu treten.

Windspiel gehorchte zitternd, und der Spanier, der ihm zur Seite schritt, betrachtete sorgfältig den Ausdruck seines Gesichtes. Dieser steigerte sich bis zum Entsetzen, als nun der kleine Kellner den leblosen Körper der unglücklichen Dolores vor sich sah, und es dauerte ein paar Sekunden, ehe sein Auge einiges Mißtrauen zeigte beim Anblick des frischen Gesichtes der eben erst Verstorbenen. Dann aber lösten sich seine straff angezogenen Gesichtsmuskeln mit wunderbarer Schnelligkeit, er beugte sich rasch nieder, faßte eine von Dolores kleinen weißen Händen, strich ihr über die Stirn und rief dann laut aus: „Alle Wetter, das ist ja eine Gliederpuppe!"

Don Carlos schaute bitter lächelnd nieder, als er kopfnickend wiederholte: „Ja, das ist freilich eine!" Dann setzte er finster und fragend hinzu: „Und Sie wußten nichts davon, junger Mensch?"

„Ich? — Gott soll mich bewahren!" rief erschrocken der Andere. „Herr Don Carlos, Sie werden mir so etwas nicht zutrauen! Aber," fuhr er nach einer Pause mit leiser Stimme fort, „ich bin doch froh, daß es eine Gliederpuppe ist."

„Ja," gab der lange Mann zur Antwort, „wenn ich bedenke, daß der Dolch jenes doppelt heuchlerischen Bösewichts, jenes Breiberg,

auch die weiße Brust eines lebenden Wesens nicht verschont haben
würde, so will sich mir auch der Gedanke aufdrängen, als erscheine
es mir angenehmer, mit diesem Wesen hier zu thun zu haben. —
Armes Ebenbild eines schönen Mädchens," sagte er darauf mit be-
trübter Stimme, „das du hättest lebend sein können, das du, wenn
deine körperliche Hülle nicht falsch wäre, gewiß ein edles Herz, eine
fühlende Seele in deinem weißen Busen trügest, ich will deiner nicht
vergessen. Wenn es auch größtentheils schmerzliche Stunden waren,
die ich im Andenken an dich verlebte, so gab es doch auch Augenblicke, wo in der Erinnerung an dich eine nie gekannte Seligkeit mein
Herz durchströmte."

Bei diesen Worten hatte er sich mit einem Knie auf das Ruhebett niedergelassen, und eine ihrer feinen Hände ergriffen. „Lebe wohl,
Dolores! ich will an dich denken wie an eine theure Verstorbene, und
will jene feige Rotte, die es gewagt, mir, einem spanischen Edelmann,
diese Schmach anzuthun, wie deine Mörder halten und verfolgen. Bei
San Jago! das will ich. Und wenn ich Einen derselben niederwerfe,
so soll er mir, ehe seine schwarze Seele zur Hölle fährt, feierlich eingestehen, daß er dich, Dolores, dennoch für das schönste Weib dieser
Erde halte. Du ohne Herz bist immer noch ein gefühlvolles Wesen
gegen jene herzlosen Burschen — Friede sei mit dir!"

„Amen!" sprach Windspiel mit wehmüthigem Tone, und da er
sah, wie der tapfere Spanier die schöne Puppe sanft an den Schultern
faßte, um sie auf das Ruhebett zu legen, so hob er die Füße derselben
nach und kreuzte ihr die Arme auf der Brust.

Don Larioz nahm darauf ein großes Stück rothen Damast's,
welches auf einem Stuhle hing, deckte es über den Körper, der nun,
also verhüllt, mit der kennbaren menschlichen Form, ungleich schauer-
licher aussah. Hierauf zog er sein Taschenmesser hervor, ging in das
Nebengemach und schnitt dort aus der Zimmerthür drei Späne, welche
er sorgfältig auf den Damast legte, womit der Körper verhüllt war.

Dann verließ er mit dem kleinen Kellner das Zimmer, warf aber an der Thür noch einen Blick rückwärts und sprach:

„Jetzt wüßte ich mir nichts Grauenhafteres zu denken, als wenn die leblose Puppe unter ihrer Hülle auf einmal zu zucken anfinge und sich langsam aufrichtete."

Bei dieser Bemerkung schauderte Windspiel sichtbar zusammen, und ohne daran zu denken, dem Anderen den Vortritt zu lassen, kletterte er mit komischer Behendigkeit über die Fensterbrüstung auf die erste Sprosse der Leiter, während er sagte:

„Ach, Herr Don Larioz, lassen Sie um des Himmels willen Ihre grausamen Reden! So etwas bewegt und plagt mich entsetzlich! Obgleich ich weiß, daß es nur eine Puppe ist, so bliebe ich doch um nichts in der Welt in dieser Stube allein; ja, ich werde in meiner Kammer kein Auge zuthun können, sondern immer hinabblicken nach dem Fenster in der grauseligen Erwartung, die da lasse sich mit ihrem rothen Tuche sehen und winke mir drohend hinauf. O, mein Gott! ich will nie mehr auf Abenteuer ausgehen."

Er rutschte förmlich die Leiter hinab und war schon lange unten, ehe ihm Don Larioz folgte.

Es war spät geworden und rings umher Alles still. Die Beiden verließen den jetzt ganz dunklen Raum zwischen den Häusern, und als Windspiel an der Thür des Reibsteins seinen Hut abzog, um ehrerbietig eine gute Nacht zu wünschen, blieb der Spanier noch einen Augenblick vor ihm stehen, schlug die Arme über einander und sagte:

„Wissen Sie auch wohl, lieber Freund, daß an dem heutigen Abend doch irgend etwas fast auf den Tod verwundet worden ist?"

„Nein, das weiß ich nicht!" rief erschrocken der kleine Kellner. „Um Gottes willen! wer war es, der einen Todesstoß erhalten?"

„Mein Glaube an die Menschheit," entgegnete ernst Don Larioz. „Sie ist es im Allgemeinen nicht werth, daß man für sie kämpft und duldet. Ich fange an zu glauben, daß die Drachen der Heuchelei, der Lüge, des Hasses, der Verleumdung in unserem Zeitalter ein noth-

wendiges Uebel find, um die Schlechtgesinnten mit eben den Waffen zu
peinigen, mit denen sie ihre Nebenmenschen verwunden; es will mich fast
bedünken, es sei ein undankbares Werk, gegen diese Drachen zu streiten und sie nicht ruhig ihre Opfer wählen zu lassen. Aber was ich
nie gedacht, fühle ich jetzt — es muß ein süßes Gefühl sein um be-
friedigte Rache."

Damit ging er die dunkle Straße hinab, nicht so aufrechten
Hauptes wie gewöhnlich, vielmehr trug er den Körper etwas gebeugt,
wie zusammengedrückt von der Last schwerer Gedanken.

Achtundfünfzigstes Kapitel.

Ein unterbrochenes Opferfest.

An jenem Tage, an welchem zugleich mit Baron Fremont und Herrn von Tondern der Rechtsconsulent Doktor Plager das Palais des Grafen Helfenberg verließ, hatte der Advokat mit Hülfe seiner scharfen Ohren wohl die Aeußerung Fremonts vernommen, daß der polnische Graf Czrabowski einer der niederträchtigsten Schufte sei, die ungehenkt umherlaufen. Daß es ihm höchst unangenehm war, solches über einen Mann zu hören, der nächstens mit seiner Familie in enge Verbindung treten sollte, ist leicht begreiflich. Wenn er auch bei sich überlegte, daß der Baron in einem gereizten Zustande war und man daher dessen Worte nicht so genau nehmen dürfe, so wurde doch ein schlummernder Argwohn gegen den Grafen unwillkürlich in seiner Brust geweckt. Und als ein Mann, dessen Geschäft es war, That-sachen mit Hülfe von Worten, Blicken, ja, selbst von Winken zu einem erfreulichen oder unerfreulichen Ganzen zusammen zu stellen, konnte er auch in diesem Falle von der eben genannten Gewohnheit nicht lassen und flickte sich aus manchem, was ihm an seinem künfti-gen Schwager im Laufe der Zeit mißfallen, ein Gewand zusammen, mit dem man wohl Jemand bekleiden konnte, dessen Thun und Trei-ben zu Aeußerungen, wie die des Herrn Baron von Fremont, berechtigten. Sein alter Argwohn, der siegreich niedergekämpft worden war durch die Reden seiner Frau, der Madame Weibel, nicht zu vergessen des Vertrauens, welches der sonst so vorsichtige Schwager Banquier dem Polen bewies, vor Allem aber durch die Zuversichtlichkeit Clementinens, mit der sie überzeugt war, durch Vereinigung mit diesem edlen Charakter glücklich zu werden, fing jetzt wieder an, hohnlachend sein verzerrtes Haupt zu erheben und ihm zuzuflüstern: Die Sache ist faul, faul, sehr faul!

Auf dem ganzen Wege nach Hause beschäftigten ihn diese Gedanken, und als er die Treppen seiner Wohnung langsam hinaufstieg und, droben angekommen, aus dem Zimmer seiner Frau den Gesang Clementinens vernahm, welcher der Welt verkündigte, daß glücklich allein sei die Seele, die liebt, hätte ein wehmüthiges Gefühl sein Herz beschleichen können, wenn er nicht gleich darauf die harte Stimme der Schwiegermutter vernommen hätte, welche zur fröhlich Singenden sagte:

„Höre auf, Clementine, er kommt; wenn er dich so guter Laune hört, so wird er nothwendig etwas Unangenehmes für dich haben müssen, um den Uebermuth, wie er es nennt, zu dämpfen. Mag der Himmel wissen, warum es diesem Mann unmöglich ist, unserer Familie etwas Gutes zu wünschen."

Wir setzen den Fall, der Rechtsconsulent hätte wirklich unter dem Einflusse seiner eben erwähnten Gedanken einige Worte über den Grafen Czrabowski fallen lassen, so würde er dieses sicher in angenehmer, weicher, mitfühlender Art gethan haben, kaum als eine leichte Warnung, eher noch als eine sorgliche Frage, — ob denn Clementine auch in der That hoffe, mit ihrem Erwählten glücklich zu werden? Ja, er war unerklärlicherweise zur Wehmuth geneigt, die Kammern seines Herzens standen weit offen, harrend eines freundlichen Wortes, das von ihm mit Rath und That vergolten worden wäre. Aber nun bei der scharfen Aeußerung der geliebten Schwiegermutter, einer Aeußerung, die für ihn berechnet war und wovon er keine Sylbe verlor, klappten diese geöffneten Kammern seines Herzens heftig zu, seine Gefühle verwandelten sich in Haß und Groll, er tauchte mit dem Kopfe in die schützende Halsbinde hinab und erschien vor der Familie mit einem majestätischen Stirnrunzeln.

Zu gleicher Zeit trat auch Babette mit einem Briefchen an Fräulein Clementine Weibel, das so eben außen abgegeben worden war, in das Zimmer. Von wem dieser Brief kam, sah man deutlich an dem Farbenwechsel auf dem Gesichte der jungen Verlobten. Was in demselben stand, würde unfehlbar für den Herrn des Hauses Geheimniß geblieben sein, wenn er nicht, dies voraus wissend, auf seine Art manövrirt hätte, da es ihm begreiflich nicht uninteressant war, zu wissen, was der edle Graf schrieb.

Nachdem er also gefragt, ob vielleicht Jemand da gewesen sei, der ihn zu sprechen verlangt, sagte er zu Clementinen: „Ich komme eigentlich, dir zu sagen, daß ich einen Gang zu Ezrabowski thun muß, und wollte mich nur bei dir erkundigen, ob du nicht irgend einen Auftrag an ihn habest."

Clementine hatte den Brief gelesen, ließ ihn darauf mit der Hand, die ihn hielt, in den Schooß sinken und blickte nachsinnend zum Fenster hinaus. Sie hatte wohl die Frage ihres Schwagers verstanden, aber es dauerte eine kleine Weile, ehe sie eine Antwort gab, und auch dann nur indirekt, denn sie wandte sich an ihre Mutter und sagte ihr: „Stanislaus schreibt mir so eben, daß er auf zwei Tage verreist."

Madame Weibel blickte erstaunt in die Höhe; da sie aber bemerkte, daß ihr Schwiegersohn ebenfalls ein verändertes Gesicht zeigte, so änderte sie augenblicklich den Ausdruck des ihrigen und sprach lächelnd: „Er wird seine Gründe haben; laß' mich doch sehen, was er schreibt."

„Da, meine Mama," versetzte das junge Mädchen und reichte den Brief hinüber.

Madame Weibel durchlas denselben, auf ihrem Gesichte zeigte

sich ein freundliches Schmunzeln, und sie sagte mit Salbung, nicht ohne einen Seitenblick auf den Rechtsconsulenten zu werfen: „Ein nobler Mann, ein gefühlvoller Mann; es muß ihm gut gehen auf Erden, denn er ächtet und verehrt die Mitglieder seiner Familie."

„Herr Graf Czrabowski ist also verreist?" erlaubte sich der Hausherr zu fragen. „So nützt es demnach nichts, wenn ich gehe, ihn anzusuchen."

„Es wäre in der That überflüssig," erwiderte Madame Weibel mit erhobener Nase. „Du lieber Gott, mein Herr Schwiegersohn, Sie hätten früher so häufig Gelegenheit gehabt, Ihre Besuche zu machen, und dachten nicht daran. Der gute Graf wird sich schon daran gewöhnt haben, von Ihnen als Bagatelle behandelt zu werden, oder wird das, was noch wahrscheinlicher ist, nicht einmal bemerken."

„Auf Ihre freundliche Rede," sprach lächelnd der Rechtsconsulent, „werden Sie mir die Bemerkung erlauben, daß ich den sehr edlen Grafen von Czrabowski nie en bagatelle behandelt; ich habe nicht mein Mißtrauen verhehlt, so lange ich solches für gerechtfertigt hielt, und bin ihm freundlich entgegen gekommen, sobald sich — die Familie für ihn entschieden."

„Die Familie," wiederholte achselzuckend Clementine.

„Ich habe nicht gesagt, die Familie," gab der Hausherr zur Antwort, sondern ich sagte die Familie. Aber laßt uns nicht über Worte streiten. Also ich kann meinen Besuch beim künftigen Herrn Schwager sparen?"

„Vollkommen," meinte würdevoll die Schwiegermutter. „Die Familie erläßt Ihnen das; und Graf Stanislaus wird auch nicht untröstlich darüber sein, daß wir Sie zurückgehalten. — Er ist doch ein feiner, gebildeter Mann, Czrabowski, voll Aufmerksamkeiten gegen uns alle; wenn du auch nicht Frau Gräfin würdest, Clementine, so müßtest doch du und wir alle durch diese Verbindung glücklich werden und den Glanz empfangen, welcher der Familie Weibel eigentlich zukommt"

Jetzt hielt es der Rechtsconsulent für angemessen, an seinen Rück-zug zu denken, weßhalb er sich in sein Zimmer begab, worauf alsbald die Damen den Brief des edlen Grafen einer ziemlich genauen Be-sprechung unterwarfen.

Stanislaus schrieb an Clementine:

„Geliebtes Mädchen! Mein Onkel, Graf Wladimir Czrabowski, will uns bei unserer Vermählung durch seine Gegenwart erfreuen. Er reist zu diesem Zwecke den weiten Weg von Warschau hieher, weß-halb ich nicht weniger thun kann, als ihm eine Tagereise entgegen zu fahren.

„Es ist eine Pflicht der Dankbarkeit, von der ich dich hätte mündlich in Kenntniß setzen sollen; aber ich fürchtete deine süßen Augen, deine verlockenden Worte.

„Verzeihe mir, Geliebte; nebenbei habe ich noch immer etwas überflüssige Romantik an mir, und habe es mir so reizend ausgemalt, dich ein paar Tage nicht zu sehen, um dann mit einem Male zu jener seligsten Stunde meines Lebens vor dir zu erscheinen und mein Glück in Empfang zu nehmen.

„Fünf Schläge der Uhr darfst du an jenem Morgen zählen, beim sechsten wird an deine Brust sinken

Dein Stanislaus."

Madame Weibel fand diese kleine Trennung von ein paar Tagen reizend, Clementine versicherte, sie wisse nichts Poetischeres, als daß er mit dem sechsten Schlage der Uhr an ihr Herz sinken werde. Die Rechtsconsulentin allein schien mit ihrer hausbackenen Natur nicht vollkommen befähigt zu sein, die ganze ungeheure Romantik in dem Schreiben des sehr edlen Grafen von Czrabowski zu erfassen; ja, sie erhob sich gedankenvoll von ihrem Stuhle, ging in das Zimmer ihres Mannes, that, als wenn sie dort etwas zu suchen hätte, und fragte nur so nebenbei und in gleichgültigem Tone: „Wenn er verreist ist, gehst du wohl nicht in seine Wohnung?"

Doktor Plager rieb sich ein paar Sekunden lang die Stirn mit der Hand und versetzte alsdann: „Ich werde doch vielleicht nach seiner Wohnung gehen, um zu erfahren, wann er abgereist ist. Es könnte ja sein," setzte er mit Betonung hinzu, „daß er irgend einen Auftrag an uns zurückgelassen hätte."

Die Rechtsconsulentin blickte ihren Mann an, doch war auf dessen Gesichte nicht sonderlich viel zu lesen, er hatte den Mund gespitzt, als pfeife er irgend eine Melodie und ließ dabei die Augenlider niederfallen, wie wenn er seine Gedanken von den Eindrücken der Umgebung frei erhalten wollte.

„Dieser Graf von Czrabowski," sagte er, als er seinen Hut nahm, um wegzugehen, „ist, wie mich deine Mutter unzählige Male versichert hat, einer der ehrenhaftesten Charaktere, die in der Welt zu finden sind, und wenn er etwas thut, was wir anderen, minder hoch begabten Menschen augenblicklich nicht zu deuten verstehen, so hat er gewiß seine guten Gründe dafür, die wir auf alle Fälle achten müssen."

„Das ist recht gut gesagt," meinte etwas pikirt Madame Plager; „aber du denkst anders, das sehe ich dir an."

„Und wenn dem so wäre?" versetzte der Rechtsconsulent. „Bin ich nicht leider seit langer Zeit in diesem Hause gezwungen, meine Gedanken zu verheimlichen, als ob jeder derselben ein Verbrechen wäre? Diesen Kriegszustand verdanke ich deiner Mutter."

Madame Plager seufzte gelinde auf, und ob es nun nur die Neugierde war, die Gedanken ihres Mannes in Bezug auf ihren künftigen Schwager zu erfahren, oder ob wirklich die vernünftige Idee bei ihr zum Durchbruch kam, ihre Mutter dominire etwas zu viel und mische sich in Angelegenheiten, die sie eigentlich nichts angehen — genug, die Rechtsconsulentin fuhr mit sanfter Stimme fort: „Du hast darin nicht unrecht, aber ich, als deine Frau, könnte doch eigentlich verlangen, deine wahren Gedanken in wichtigen Dingen zu erfahren."

„Du, als meine Frau?" rief fast erstaunt der Hausherr. „Allerdings, wenn du das sein wolltest, hättest du nicht nur das Recht, sondern sogar die Pflicht, nach meinen innersten Gedanken und geheimsten Wünschen zu forschen. Aber, liebe Emilie, bis jetzt hast du noch keine Neigung gezeigt, dich auf jene Stufe zu erheben, die du eigentlich im Hause einnehmen solltest; du warst bisher nicht die Gebieterin desselben, du stelltest weniger die Frau deines Mannes vor, als die Tochter deiner Mutter; du gabst die Herrschaft aus deinen Händen, du ließest dieselbe listiger Weise mir entwinden, um deiner geliebten Mutter ein schweres Scepter in die harte Faust zu drücken, mit welchem sie sich das kindliche Vergnügen macht, Jedem von uns auf den Kopf zu schlagen, der sich erlaubt, die Nase etwas selbstständig zu erheben. O, das ist unerträglich, Emilie, und führt zu bösen Händeln."

Obgleich Madame Plager eifrig an ihrer Schublade zu kramen schien, hatte sie doch aufmerksam den Reden ihres Mannes gelauscht; man bemerkte das an ihrem freilich kaum sichtbaren Kopfnicken, sowie an einem beistimmenden Blicke, den sie zuweilen seitwärts empor sandte; ja, sie entfernte sich jetzt von ihrer Commode, nicht um das Zimmer zu verlassen, vielmehr um die Thür desselben in Betracht der Nachbarschaft zu schließen.

„Es ist wahr, viel könnte anders sein," sagte sie alsdann.

„O, viel, sehr viel, außerordentlich viel!" gab der Hausherr in stiller Freude zur Antwort. „Bei uns allen könnte Manches anders sein; nicht nur bei dir, sondern auch bei mir, — gewiß, bei mir nicht minder. Die Aufgeregtheit, mit welcher ich manche Sachen zu beurtheilen pflege, würde weniger hervortreten, und sich nicht so scharf äußern, wenn ich nicht zum Voraus wüßte, daß in euren Augen das Unrecht stets auf meiner Seite ist und daß alles, was ich rechtmäßiger Weise auszusetzen habe, von euch aus Grundsatz nicht anerkannt wird. — Du hast gute Eigenschaften, liebe Emilie," setzte er mit welcher Stimme hinzu, „vortreffliche Eigenschaften; aber statt auf meine wohlgemeinten Rathschläge und Ermahnungen zu hören, lässest

du dir von deiner Mutter in den Kopf setzen, du seiest, wie alle Mitglieder deiner Familie, von einer rührenden Vollkommenheit, und alles,
was ich mir erlaube dir zu sagen, geschehe nicht in der Absicht, Dies
oder Das in unserm Haushalte zu bessern, sondern nur, um dir das
Leben durch Vorwürfe und Plackereien unerträglich zu machen. Wir
haben alle unsere Schwächen, meine liebe Emilie, aber ich kann dich
versichern, daß ich es in jeder Beziehung mit dir und den Kindern
redlich und gut meine."

„Ach, wenn ich das gewiß wüßte! wenn ich daran glauben
könnte!" sprach Madame Plager mit leiser Stimme, wobei sie ihrem
Manne die rechte Hand ließ, die dieser ergriffen hatte und freundlich
zwischen seinen Fingern drückte.

„Den Glauben hattest du, aber du hast ihn gewaltsam unter-
drückt," erwiderte der Rechtsconsulent. „Warum solltest du auch den
Glauben nicht haben, da du aus meinen Handlungen sehen mußt, wie
gut ich es mit dir und den Kindern meine? Aber dein Vertrauen zu
mir stand auf schwachen Füßen, es war untergraben worden durch die
freundschaftlichen Worte deiner lieben Mutter, welche dir einredete, du
habest in allen Dingen Recht, und daher kamst du auch nicht zu einer
Erkenntniß deiner Fehler. Es sind überhaupt zu wenige Menschen
dazu geneigt, ihre Mängel einzusehen, und wenn man sie noch darin
bestärkt, sie hätten wirklich keine, so nehmen sie das aufs bereitwilligste
auf, und wo die Selbsterkenntniß fehlt, da ist auch eine Aenderung
ganz unmöglich." —

„Emilie!" hörte man aus dem Nebenzimmer die laute Stimme
der Madame Weibel und die gehorsame Tochter wollte augenblicklich
von ihrem Manne fortspringen, zu welchem Ende sie die hervorgesuch-
ten Chemisetten, Aermel und dergleichen so schnell und unordentlich
wie möglich in die Schublade hineinstopfte. Der Rechtsconsulent aber
hielt sie sanft zurück, indem er sagte:

„Beginne jetzt, das deinem Manne zu sein, was du ihm sein
sollst; räume deine Sachen gehörig auf; ich will deiner Mutter sagen,

wo du bist." Damit öffnete er die Thür, und da der Ruf der Madame Weibel zum zweiten und dritten Male immer schriller erscholl, rief er durch den Salon hinüber: „Emille ist bei mir, ihrem Manne, sie hat etwas hier zu thun und wird zu Ihnen kommen, sobald sie fertig ist."

„Sie ist bei ihm!" vernahm man die Stimme der Schwiegermutter mit einem eigenthümlichen Lachen. „O Gott! Clementine, hörst du es? sie ist bei ihm — das glückliche Weib! Hahaha! das ist wirklich ungeheuer komisch."

„Ja, bei mir," antwortete der Hausherr mit lauter Stimme. Und es wäre wahrscheinlich wieder eines der gewöhnlichen Wortgeplänkel entstanden, wenn Madame Plager ihren Mann nicht sanft zurückgezogen, alsdann die Thür geschlossen und mit weicher Stimme gesagt hätte:

„Ja, ich bin bei dir, und bleibe auch da, so lange du es wünschest. Deßhalb laß das Andere gut sein, ich versichere dich, daß ich unendlich froh wäre, wenn die Streitigkeiten einmal aufhören wollten."

„Für dieses Wort danke ich dir!" versetzte der Rechtsconsulent mit wirklicher Rührung. — Es war das seit Jahren nicht mehr vorgekommen, daß seine Frau der Mutter gegenüber auf seine Seite trat; er fühlte wie die Erbitterung, die sein Herz umlagerte, so oft er sich dem Hause näherte, plötzlich aufthaute, und wenn er den in der That jetzt guten Blick seiner Frau betrachtete, so war es ihm, als verheiße derselbe noch eine Reihe von schönen und glücklichen Tagen.

„O, wenn es möglich wäre," sagte er, „daß diese Streitigkeiten in unserem Hause wirklich ihr Ende erreichten! Und warum soll ich nicht darauf hoffen, da du so freundliche Gesinnungen zeigst, und da ja vielleicht deine Mutter, der ich übrigens alles Gute wünsche, geneigt ist, unser Haus mit dem der künftigen Gräfin Czrabowski zu vertauschen?"

„Dazu gebe der Himmel seinen Segen!" erwiderte die Frau mit einem leichten Seufzer. „Verlaß dich darauf, ich will das Meinige thun, damit ich wieder Ruhe und Frieden bekomme. Was das An-

tere anbelangt, so thu mir den Gefallen und geh in seine Wohnung;
ich weiß nicht, ich habe so meine eigenen Ahnungen, und es ist mir
immer, als sollte aus der Heirath doch nichts werden."

„Das wäre entsetzlich!" meinte der Rechtsconsulent, dem bei dieser
Vermuthung seiner Frau das glänzende Luftschloß zusammensank, das
er sich bei dem Gedanken an die Entfernung seiner Schwieger=
mutter aufgebaut.

„Das wäre entsetzlich!" wiederholte er mit um so schmerzlicheren
Empfindungen, da er, den künftigen Schwager betreffend, Aehnliches
schon gedacht hatte und da ihm jetzt wieder die Aeußerung Baron
Fremonts einfiel. „Aber sage mir um Gottes willen," fuhr er nach
einer Pause fort, „wenn dir der Charakter des Herrn Grafen nicht
ganz richtig vorkam, warum hast du denn früher deiner Mutter oder
Clementinen gegenüber nie etwas darüber fallen lassen? Da wäre
vor einiger Zeit noch Manches gut zu machen gewesen, während man
jetzt der Sache ihren Lauf lassen muß."

„Das ist ein Punkt," entgegnete Madame Plager, „über welchen
es unmöglich ist, mit einer der Beiden unumwunden zu sprechen.
Clementine verlangt zu sehr darnach, selbstständig zu werden, wie sie
es nennt, als daß es möglich wäre, Vernunftgründe bei ihr geltend
zu machen, und was die Mutter anbelangt, so weißt du, wie süß ihr
der Gedanke ist, durch die Verbindung mit einem vornehmen Herrn
den Glanz des Familiennamens zu erhöhen."

„Wäre denn Clementine nicht auch durch den guten Schilder selbst=
ständig geworden, ja, selbstständiger, als sie es dort vielleicht wird?
Schilder hätte sich ein Vergnügen, eine Ehre daraus gemacht, in un=
sere Familie aufgenommen zu werden, während der Herr Graf der
Ansicht sein wird, und in gewisser Beziehung vielleicht nicht mit Un=
recht, er hebe Clementinen zu sich empor. — Ich fürchte, ich fürchte,
Emilie, da sind noch andere Gründe, welche Clementine neben ihrer
ungeheuren Liebe Alles daran setzen lassen, daß jene Heirath zu Stande
kommt."

Madame Plager schlug eine Sekunde die Augen nieder, sie zuckte leicht mit den Achseln, ehe sie erwiderte: „Geh in seine Wohnung, thu mir die Liebe und erkundige dich so genau wie möglich nach ihm."

„Dir zu Liebe auf alle Fälle, meine gute Emilie," versetzte der Hausherr freudig bewegt, indem er einen Arm um seine Frau legte und sie freundlich an sich zog. — „O du mein Gott!" fuhr er herzlich fort, „auf ein angenehmes Wort von dir, welches ich so lange entbehrt, würde ich ja Alles thun. Ach, das wäre erschrecklich, wenn diese Heirath nicht zu Stande käme!"

Nach diesen Worten nahm er seinen Hut, um sich nach der Wohnung des Herrn Grafen Czrabowski zu begeben. Als er durch den Salon schritt, hörte er die Schwiegermutter im Nebenzimmer sagen: „Herzlos wie immer und fortwährend gegen unsere Familie intriguirend."

Worauf Clementine versetzte: „Ja, Mama, herzlos und voller Intriguen."

Der Rechtsconsulent ging in der That zur Wohnung seines zukünftigen Schwagers; er fand die Thür derselben offen stehen und eine alte Frau im Begriff, das bescheidene Zimmer mit dem Besen zu reinigen. Auf seine Frage nach dem Bewohner gab sie zur Antwort, sie wisse es nicht anders, als daß der Herr Graf auf ein paar Tage verreist sei. Der Doktor begab sich hierauf zu seinem Schwager, dem Banquier Springer, der nicht viel wußte, aber, als vorsichtiger Geschäftsmann schon eher zum Argwohn geneigt, ein verlängertes Gesicht zeigte, als ihm der Advokat von der plötzlichen Abreise sprach und dabei einige düstere Vermuthungen nicht unterdrücken konnte.

„Das wäre der Teufel!" sagte der Mann des Geldes, indem er in seinem geheimen Buche das Conto Czrabowski's aufschlug, dessen Soll ein sehr starkes Uebergewicht zeigte. „Was ist da zu machen?"

„Vorderhand ruhig abwarten," erwiderte der Advokat, „was uns der übernächste Tag bringen wird. Jetzt schon Schritte zu thun, die Aufsehen erregen könnten, das würde die Sache noch schlimmer machen."

„Aber Alles ist zur Hochzeit vorbereitet; deine Einladung zum Dejeuner nach der Trauung schon gemacht."

„Auf Verlangen der Schwiegermutter; ich habe daran nichts ändern können."

„Der Teufel, das gäbe einen unangenehmen Scandal!" bemerkte der Banquier auf und ab gehend. „Man sollte wahrhaftig gegen Clementine ein Wort fallen lassen."

„Wenn du das wagen willst, thu es, ich habe zu neuen Scenen keine Lust."

„Ich will mit meiner Frau darüber sprechen."

„Und ich mit der meinigen. — Auf Wiedersehen!"

Beide thaten also, und sowohl die Frau Doktor Plager als auch Madame Springer hielten es für das Beste, gegen ihre Mutter und Clementine so zart wie möglich dieser delikaten Angelegenheit zu erwähnen.

Madame Weibel aber erhob ihre Nase darauf äußerst drohend und sah in den Worten ihrer beiden Töchter nichts als das ruchlose, intriguante Treiben ihres Schwiegersohnes, des Rechtsconsulenten Doktor Plager, wogegen Clementine einige Krämpfe affektirte und die Erklärung abgab, ihr etwas Derartiges zu wiederholen, sei gerade so gut, als ihr ein Messer in die Brust zu stoßen.

Dabei blieb es denn auch; doch lagerte über den Häusern Springer und Plager etwas wie eine schwere Gewitterwolke; der Rechtsconsulent glaubte ferne Blitze zu sehen, und daß ein dumpfer Donner nicht mangelte, dafür sorgte die Schwiegermutter.

So kam denn der Morgen heran, an dem der edle Graf von Czrabowski beim sechsten Schlage an das Herz seiner Auserwählten sinken wollte, um sie darauf zur Trauung zu führen. Vergeblich hatte sich selbst Madame Plager bemüht, die Einladungen zum Kirchgange und zum darauf folgenden Dejeuner auf die vertrautesten Freunde des Hauses zu beschränken. — Madame Weibel hatte dagegen protestirt. „Wir brauchen uns nicht zu schämen," hatte sie gesagt, „nicht diese glänzende Verbindung meiner Tochter zu verbergen und unser Licht unter den Scheffel zu stellen; die Familie Weibel hat ein Recht, sich sehen zu lassen, und wird dieses Recht und den Glanz ihres Namens zu wahren wissen, wenn auch intrigante Persönlichkeiten sich bemühen, diesen wohlverdienten Glanz zu verdunkeln."

Und so erschien denn Madame Weibel geschmückt, wie man sie seit Jahren nicht mehr gesehen. Ein Kleid von schwerer brauner Seide umfloß ihre majestätische Gestalt, sie hatte eine Uhr mit Kette angelegt, verschiedene Armspangen aus den dunkeln Gefängnissen ihrer Etuis befreit, worin dieselben lange geschmachtet, und das Bild des seligen Weibel trug sie in ziemlicher Größe als Broche gefaßt vor dem Busen. Eine etwas kleine Haube, aber mit kolossalen farbigen Bändern saß wie hingeweht auf ihrem Hinterkopfe.

Daß sich Clementine in weißem, fleckenlosem Atlaß befand, verstand sich von selbst; auf dem Kopfe trug sie einen reichen Spitzenschleier, der durch den jungfräulichen Myrtenkranz zusammengehalten war. Aber sie sah sehr bleich aus, die arme Clementine, äußerst bleich; ihre Lippen zuckten zuweilen so ängstlich und auffallend, und wenn an diesem Morgen die Uhr schlug, so fuhr sie erschreckt zusammen.

Die Eingeladenen kamen pünktlich gegen neun Uhr, Verwandte, gute Bekannte und Freunde des Hauses. Da war schon früher erschienen die blasse Kaufmanns-Wittwe von gegenüber; sie hatte als Frau, welche den schönsten Theil dieses armen Erdenlebens schon praktisch durchgemacht, in das Ankleidezimmer kommen dürfen und dort der Braut flüsternd einige vortreffliche Rathschläge ertheilt. Da betrat die dürre Justizräthin mit feierlichem Gesichte und einem steifen Knix den Salon; sie war heute nicht so ganz anzusehen wie das Sinnbild der Gerechtigkeit; um ihren Mund erblickte man einige freundliche Falten, und nur zuweilen schoß ein scharfer Blitz aus ihren Augen; sie sah etwas leidend aus, denn sie hatte zu Hause eine kleine Scene gehabt mit ihren drei sehr heirathsfähigen Töchtern, welche sie mit einigen schrecklichen Warums gequält hatten. Warum bekommt die

Clementine Weibel so bald einen Mann? Warum sogar einen Grafen? Warum ist noch Keine von uns verheirathet? Warum haben wir noch nicht einmal hoffnungsvolle Verhältnisse? Der Sprößling des Justizrathes, ein zarter Gymnasiast, hatte die Schwestern zu trösten gesucht, indem er sehr unpassend recitirte:

„Fragt die Luft, warum sie säuselt."

Ferner erschien auch die Regierungsräthin mit dem lauten Organ, welche schon draußen beim Ablegen ihres Shawls ihre ungeheure Freude über das glückliche Ereigniß gegen Babette laut werden ließ, die ihrem neuen Kleide und den vielen in Aussicht stehenden Trinkgeldern zu Liebe jetzt schon Thränen der Rührung weinte.

Auch Wagen rollten vor das Haus, der Arzt der Familie mit seiner besseren Hälfte, Banquier Springer mit Frau, nicht zu vergessen den guten Schilder. Ja, auch Schilder kam, um der Braut mit zierlichen Worten zu sagen, wie es ihn in gewisser Beziehung freue, daß ein besserer Mann das erreicht, wonach er selbst einstens getrachtet.

Madame Weibel, deren Rührigkeit wir bereits aus den früheren Kapiteln zur Genüge kennen gelernt haben, hatte es heute bei der Verheirathung ihrer jüngsten Tochter für passend erachtet, die alte Frau darzustellen, das Familien-Oberhaupt, welches fühlt, daß nun seine Zeit gekommen ist, um endlich von den langjährigen Sorgen und Arbeiten auszuruhen. Sie saß in ihrem Lehnsessel, aus dem sie sich nur etwas erhob bei der Gratulation der älteren Damen, in welchem sie aber ihr Aufstehen nur eben andeutete, wenn ihr Einer aus der jüngeren Generation sein Compliment machte.

Clementine hielt sich neben ihrer Mutter; sie hatte die Hand auf die Rücklehne des Stuhles gelegt, und nahm die Glückwünsche freundlich entgegen; sie lächelte, aber ihr Lächeln hatte etwas Eigenthümliches etwas Erschreckendes. Dabei athmete sie tief und schwer, und wenn draußen ein Wagen rollte, so zuckte sie mit dem Kopfe, ohne umzublicken.

Nahe bei ihr in einer Vertiefung des Fensters befand sich Madame Plager und schien in großer Aufregung zu sein. Ein paar
Mal schon hatte sie sich an ihre Schwester gewandt und ihr gesagt:
„Ermüde dich nicht so sehr, Clementine, du siehst etwas blaß und angegriffen aus. Es wird dir Niemand übel nehmen, wenn du dich
jetzt, nachdem du Alle begrüßt, bis zur Kirchfahrt auf dein Zimmer
zurückziehst. Was meinst du, Mutter?"

„An einem solchen Tage muß man sich schon etwas gefallen lassen," hatte Madame Weibel mit strenger Miene entschieden.

Es war ein Viertel vor zehn Uhr.

Und Clementine blieb also neben dem Sessel ihrer Mutter stehen;
sie hielt mit der Hand krampfhaft die Lehne desselben, sie fuhr fort,
eigenthümlich zu lächeln und schwer und tief zu athmen.

Begreiflicherweise war bis jetzt noch keine Frage nach dem Bräutigam laut geworden; man kann sich denken, daß so ein Mann in
einer Stunde, wie die gegenwärtige, viel zu thun und zu besorgen hat.
Er wird gleich nach neun Uhr kommen, dachten die jüngeren Damen.
Wenn er nur vor zehn Uhr kommt! meinten die älteren.

Aber der Zeiger der Uhr ging unaufhaltsam vorwärts und warf eine
Minute nach der anderen hinter sich in die Vergangenheit. Wer am
meisten dieses Zifferblatt zu Rathe zog, war unstreitig der Hausherr
Doktor Plager. Wenn es ihn auch nicht eine Sekunde lang ruhig auf
einer Stelle ließ, so wandte er doch beständig den Kopf nach der Uhr,
selbst wenn er eine Frage beantwortete, selbst wenn er Jemand hände-
reibend versicherte, er als älterer Herr freue sich ungeheuer auf ein gutes
Frühstück nach vollbrachter Trauung. Doch bemerkte man von dieser
Freude durchaus nichts in seinen Gesichtszügen, vielmehr hatten seine
Augen etwas unheimlich Stieres, seine Nase schien spitzer als gewöhnlich,
und daß seine Unterlippe schlaff herabhing, daran war kein Zweifel.

„Gleich ist es zehn Uhr," sagte die blasse Kaufmannswittwe mit
einem süßen Gesichte zur Regierungsräthin; „ich bin begierig, ob der

Graf Czrabowski mit allen seinen Orden kommt — er soll sehr viele haben."

So war der Name genannt, den Niemand bis jetzt auszusprechen gewagt, und die Regierungsräthin warf einen sonderbaren Blick auf die Justizräthin, welche ihre dürren Achseln emporzog und flüsternd sprach: „Es wäre Zeit, daß er überhaupt jetzt käme."

„Ja, es wäre Zeit," meinte auch eine ältliche Honoratioren-Tochter, die bis jetzt in schmerzlich süßen Träumereien versunken dagestanden, und sie war es zuerst, die in herzlichem Mitgefühl den furchtbaren Gedanken: „Wenn er gar nicht käme!" nicht nur faßte, sondern auch gegen ihre Nachbarin leise aussprach.

„Wenn er nicht käme!" das flog, in Worten ausgedrückt oder durch Mienen bezeichnet, wie ein Lauffener durch den Salon, drehte ein paar Dußend Augen gegen das Zifferblatt und ließ einige Herren unvermerkt ihre Taschenuhr hervorziehen.

„Wenn er nicht käme — entseßlich — schauderhaft!" Alle Conversation schwieg mit einem Male vor diesem furchtbaren Gedanken; man hörte nur leises Husten und Räuspern der Damen, einige Oh's und Hm's der Herren, dann legte sich auch dieses Geräusch, und es flog ein stiller Engel durchs Zimmer.

Draußen schlug die Thurmuhr mit dumpfem Tone die zehnte Stunde, und die kleine Uhr im Salon that gellend die gleichen Schläge.

Ob Clementine Weibel die feste Ueberzeugung hatte, mit dem sechsten Schlage werde ihr Geliebter wirklich an ihr Herz sinken, oder ob eine Ahnung furchtbaren Unglücks in ihrer Seele aufstieg, wer kann das mit Bestimmtheit sagen? Ihr starres, fast lebloses Auge ließ das Leßtere vermuthen; man sah an ihren bebenden Lippen, daß sie die Schläge der Uhr nachzählte: Eins — zwei — drei — vier — fünf, und daß sie dabei ihre Finger immer krampfhafter in die Lehne des Sessels vergrub.

Da rollte ein Wagen durch die Straße herauf und hielt vor dem Hause.

Wie ein Zauberschlag verwandelte dieses Geräusch den Ausdruck aller Gesichter. Manche wandten sich nach den Fenstern, um hinaus zu sehen, Andere erklärten ihren Nachbarn oder Nachbarinnen, man könne das ungeheuer pünktlich nennen, Clementine that einen Athemzug, als wolle sie ihre Brust zersprengen, und der Rechtsconsulent warf einen fragenden Blick auf seine Frau.

Was hatte aber Madame Weibel während all der Zeit gethan? — Sie war ruhig und unbeweglich auf ihrem Sessel sitzen geblieben, die Nase hoch erhoben, den Mund ein wenig eingeklemmt, auf ihren Zügen nicht zeigend, ob auch ihr felsenfester Glaube wankend geworden sei.

Da öffnete sich die Thür, und den erstaunten Augen sämmtlicher Anwesender zeigte sich die lange Gestalt des ehemaligen Schreibers des Advokaten.

Don Larioz hatte draußen den Mantel abgelegt, und als er so die Blicke Aller fragend und erschreckt auf sich gerichtet sah, blieb er einen Moment unschlüssig an der Thür stehen. Das ist eine härtere Aufgabe, dachte er bei sich, als mit blinkender Waffe blutdürstigen Löwen entgegen zu treten, die von grimmigen Feinden auf mich los gelassen werden. Aber ich habe mir gelobt, mein Geschäft zu Ende zu bringen, und ich werde es thun.

Clementine war emporgefahren, als sich die Thür geöffnet, hatte eine Sekunde den Eintretenden angestarrt und stürzte, als dieser im Begriffe war, vorzutreten, mit lautem Aufschrei ihrer Mutter an die Brust.

Alles drängte sich mit Blicken des Erstaunens und der Frage nach der Thür, den Anderen voraus aber der Rechtsconsulent, der dicht auf seinen ehemaligen Schreiber zutrat und kaum die Worte hervorzubringen vermochte: „Was treibt Sie in mein Haus? Wen suchen Sie hier?"

„Nach langem Zaudern kam ich hieher, dieses zu übergeben, und da ich mir feierlich gelobt, dies zu thun, so war ich nicht im Stande, es zu unterlassen."

„Von wem ist das Papier?"

„Es betrifft den Herrn Grafen Czrabowski."

Mit ängstlicher Hast bemächtigte sich der Hausherr des verhängnißvollen Schreibens, während alle Umstehenden im Gefühle der Scheu und der Erwartung zurücktraten. Clementine hatte sich erhoben, unterstützt von ihrer Mutter, die ebenfalls aufgestanden war und mit einem wahrhaft erschrecklichen Blicke die Gruppe an der Thür anstarrte.

Herr Doktor Plager hatte gelesen, ließ die Rechte mit dem Briefe sinken und fuhr sich mit der Linken unter einem tiefen Seufzer über das Gesicht. Wenn auch die stärker bebenden Lippen der unglücklichen Braut keine Worte aussprachen, so entnahm man doch aus ihrem stieren Auge die Frage nach dem, was vorgefallen.

Auch die nächsten Bekannten des Hauses, vor allen Dingen der Schwager Banquier, drängten sich an den Rechtsconsulenten, und man hörte schon hier und da eine schüchterne Frage laut werden, während es rings umher verstohlen flüsterte: „Eine schreckliche Geschichte! — Was wird's mit Czrabowski sein?"

Unterdessen hatte sich der Hausherr so gut wie möglich gefaßt; er schluckte einigemale heftig, tauchte auch ein paar Mal in seine weiße Halsbinde unter und sagte, nachdem er einen festen Blick auf seinen ehemaligen Schreiber geworfen: „Es ist allerdings richtig, dieser Brief ist von dem Herrn Grafen Czrabowski; er ist leider verhindert, im Augenblicke hier zu erscheinen."

„Und wo ist er?" schrie Clementine, alle Rücksicht bei Seite setzend. „Warum kommt er nicht, wie er versprochen? Ich will Alles wissen, stoßt mir den Dolch vollends ins Herz!" — Sie stürzte vor, griff mit der Hand nach dem Schreiben, das ihr aber Doktor Plager nicht gab, vielmehr sanft ihren Arm zurückhielt.

„Gebt mir den Brief!" schrie sie mit gellender Stimme; es muß

Entsetzliches darin stehen, da ihn dieses Ungeheuer von einem Men-
schen gebracht hat." — Sie machte mit ihrer rechten Hand eine heftige
Bewegung gegen den Spanier, der fest und ruhig da stand wie ein
Fels in der schäumenden Brandung.

Und es brandete bedenklich um ihn her, denn auch die Schwiegermutter hatte sich ihm genähert, blickte ihm aus sehr kurzer Entfernung
in die Augen und sprach vor Wuth zitternd: „Er Abschaum der
Menschheit! das ist Sein Werk!"

„Das Schreiben habe ich allerdings veranlaßt," gab der Spanier
zur Antwort, dem bei den grauen umherrollenden Augen der Madame
Weibel die Erinnerung an jenen Abend im Bureau wieder so lebhaft
auftauchte, daß es ihm unmöglich war, vollkommen ruhig und gelassen
zu bleiben, — „veranlaßt, um meine Unschuld zu beweisen in Dingen, die man mir ungerechter Weise aufgebürdet. Ich bin kein Dieb,
Madame, ich habe das bewußte Concept nicht entwendet."

„Und wo ist er? — wo ist er?" — kreischte Clementine. —
„O Emilie! — o Mutter! — o Schwager Springer, wo ist er?
Sagt mir Alles, nur Gewißheit, selbst die entsetzlichste Gewißheit!"

„Die wird dir am besten dein theurer Schwager Plager geben
können!" rief Madame Weibel sich vergessend. „O, das ist eine schlecht
abgekartete Intrigue gegen unsere Familie!"

Der Hausherr wollte heftig etwas zur Antwort geben, doch warf
sich die Doktorin zwischen ihren Mann und die Mutter, Beide mit
leisen Worten und Mienen beschwörend, den Scandal nicht zu vergrößern.

„Wenn in dem Briefe nicht steht, wo sich der Graf von Czrabowski augenblicklich befindet," sprach der Banquier Springer mit be-
sorgter Miene, „so ist vielleicht jener Herr" — er zeigte auf Larioz
— „im Stande, uns einige Auskunft zu geben."

„Ja, er soll Auskunft geben!" schluchzte Clementine am Busen
ihrer Mutter, „er soll Alles sagen, Alles! — Wo ist der Verräther?"

„Das wissen wir alle; aber ist er nicht zurückgekommen?"

„Er wird nie mehr zurückkommen," versetzte Don Larioz.

„Er wird nie mehr zurückkommen! Hörst du es, Mutter?"

„Der Teufel soll ihn holen!" rief der Banquier Springer. „Aber wohin hat er sich gewandt? Man muß ihm nachsetzen!"

„Ja, wohin hat er sich gewandt?" fragte Madame Weibel mit dumpfer Stimme. „Beruhige dich, Clementine," setzte sie leiser hinzu, „man muß ihm nachsetzen; man wird ihn finden."

„So sprechen Sie doch, wenn Sie es wissen; wohin ist er?" sagte dringend der Hausherr.

Don Larioz fühlte in diesem Augenblicke trotz allem Unangenehmen, das sich vor seinen Augen begeben, eine gewisse Beruhigung, indem er die Antwort bedachte, die er auf diese verschiedenen Fragen zu geben hatte. Sein gutes Herz war glücklich, in den Jammer, der ihn in der That betrübte, etwas lindernden Balsam gießen zu können. Wie tief hätten seine Worte jenes unglückliche Mädchen verwunden müssen, wenn er auf ihre Frage zur Antwort gegeben: „Ezrabowski ist in die Welt gegangen, und ungerührt von den Thaten, die er verübt, wird er sein wildes Leben wahrscheinlicher Weise da oder dort fortsetzen." Wenn dem wirklich so gewesen wäre, so hätte er es wohl nicht über sich vermocht, das auszusprechen; so aber fühlte er sich beruhigt, ein Wort des Trostes sagen zu können.

Er wandte sich deßhalb mit einem Achselzucken an die Fragenden, und sprach mit einer Stimme, der man eine gewisse Rührung wohl anhören konnte: „Ja, jener Mann, der sich Graf Ezrabowski nennt, ist abgereist, um nimmer wieder zu kehren; er ist abgereist, wie es mir schien, in tiefer Reue über die Thaten, so er begangen. Auch bin ich überzeugt, daß diese Reue andauernd sein wird, denn er sprach gegen mich seinen festen Entschluß aus, der Welt zu entsagen und in ein Kloster zu gehen. Ich selbst," fügte Larioz stolz hinzu, „habe ihn zu diesem heilsamen Entschlusse bestimmt."

Geliebter Leser, raube mehreren Löwinnen ihre Jungen und singe ihnen alsdann unter Guitarre-Begleitung:

An eurem Schmerz will ich mich weiden,
Lachen eurer Todesqual!

und du wirst keinen schrecklicheren Anblick haben, als den, der sich unseren Augen darbietet, nachdem der tapfere Spanier also gesprochen.

Sprühend vor Wuth erhob sich die Schwiegermutter gegen ihn; Clementine zuckte mit ihren Fingern, sprang gewaltsam in die Höhe und konnte nur durch die vereinte Kraft ihrer beiden Schwestern gehalten werden, um nicht an dem, der ihrem Bräutigam das Kloster empfohlen, die thätlichste und schrecklichste Rache zu nehmen. Zum Glück befand sich der besonnene Herr Schilder an seiner Seite und deckte ihn mit seinem eigenen Körper gegen den Angriff der Madame Weibel, während der Banquier rasch die Thür öffnete, den langen Mann bei den Rockschößen ergriff und ihn gewaltsam auf den Gang hinaus zog.

Der Spanier befand sich wie im Traume, that einen tiefen Athemzug und blickte seinen Retter alsdann fragend an.

„Ist es denn wahr, was Sie eben sagten?" sprach dieser, indem er die Hände zusammen schlug. „Das Scheusal ist in ein Kloster gegangen?"

„Er hat es mir versprochen."

„O meine Gelder!" seufzte der Banquier. „So ist denn Alles, Alles verloren."

„Wahrscheinlich Alles," erwiderte Don Parioz, „bis auf seine Seele, die vielleicht durch eifrige Bußübungen noch gerettet werden könnte."

„Hol' der Henker seine Seele und Sie meinetwegen dazu, der ihm diesen Rath gegeben! — O meine schönen Gelder!" Der Geschäftsmann vergrub bei diesen Worten die Finger in seine Haare

Don Parioz nahm seinen Mantel, stieg die Treppen hinab und schüttelte unten an der Hausthür den Staub von seinen Füßen.

Kehren wir noch auf einen Augenblick in den Salon zurück, wo sich so Entsetzliches begeben. Clementine war von ihrer Mutter bei Seite geschafft worden, und sämmtliche Eingeladene mit Ausnahme der Familien=Mitglieder, verließen so schnell, wie es ihre delikate Lage gestattete, dieses unterbrochene Opferfest. Die Thüren schlossen sich hinter ihnen, die Wagen rollten davon, und das Zimmer, das wenige Minuten vorher noch so viele Leidenschaften umfaßt, zeigte jetzt Ruhe und Stille — die Stille des Grabes. Nur die Standuhr unter dem Spiegel pickte gleichförmig und gefühllos fort, und meldete klingend die Stunden, ohne sich im Geringsten um den fünften und sechsten Schlag zu bekümmern. —

Ehe wir aber dieses Haus für immer verlassen, müssen wir unserer Geschichte ein paar Tage voraus eilen und den geneigten Leser noch= mals in das Schlafzimmer des Rechtsconsulenten führen, wie an jenem Morgen, als wir diese Räume zum erstenmal betraten. Doktor Pla= ger steht abermals vor dem kleinen Handspiegel, der am Fenster auf= gehängt war, und ist wieder im Begriff, seine schwarze Halsbinde umzulegen. Er hat die beiden Enden derselben erfaßt, zieht sie rechts und links von sich ab und ist im Augenblicke mit dem künstlichen Knoten fertig; seine Mienen zeigen ein wenig Wehmuth, sind aber sonst nicht unfreundlich; er hat den Schlafrock abgeworfen und ist in seinen Rock geschlüpft.

So tritt er in den Salon, als Madame Plager gerade zur ande= ren Thür desselben hereinkommt. Diese drückt ihr Sacktuch an die Augen, eilt alsdann nach einem Fenster, das sie öffnet und hinaus blickt. Der Rechtsconsulent schaut über ihre Schulter, und wir be= merken unten vor dem Hause einen Reisewagen, mit Koffern und ·Hutschachteln beladen, der sich eben in Bewegung setzt.

In demselben befindet sich Madame Weibel, welche das Haus

ihres Schwiegersohns verlassen, um mit ihrer Tochter Clementine, welcher Aerzte und andere verständige Personen — Luftveränderung angerathen, eine längere Reise anzutreten.

Als der Wagen um die nächste Ecke verschwunden ist, zieht Madame Plager seufzend ihren Kopf in das Zimmer zurück und sagt: „Das wäre überstanden! — Draußen ist auch das andere Dienstmädchen, welches für Babette eintritt. Wenn du sie sehen willst, so kann sie herein kommen."

Worauf der Rechtsconsulent die Hände seiner Gattin ergreift und mit weicher Stimme zur Antwort gibt: „Wenn sie dir gefällt, mein Kind, so bin ich auch damit zufrieden."

Neunundfünfzigstes Kapitel.

Der Anfang des Endes.

Don Carlos hatte, wie wir im letzten Kapitel bemerkten, auf der Schwelle des ungastlichen Hauses den Staub von seinen Füßen abgeschüttelt, und sein Herz war tief bewegt, gekränkt, man hätte sagen können: zerrissen. Welche Täuschungen hatte er nicht in der letzten Zeit erfahren! Wie schmählich war sein guter Glaube nicht belohnt worden! Wie undankbar hatten sich nicht fast Alle, mit denen er in Berührung gekommen, dafür gegen ihn benommen, daß er, in redlichster Absicht, seiner Meinung nach nur das Gute gewollt, daß er schützend aufgetreten war, wo rohe Gewalt die Unschuld zu verderben gedachte!

Jener furchtbare Abend im Breiberg'schen Hause hatte in seiner Brust eine gewaltige Oede zurückgelassen; wenn er auch überzeugt war, welch schändliches Spiel man mit ihm getrieben, so blieb doch die schöne Dolores wie das Bild einer geliebten Verstorbenen, einer ruchlos Ermordeten vor seinem inneren Blicke stehen, und wenn er an jenen Abend dachte, so überkam ihn ein glühender Rachedurst, ein Haß, nicht nur gegen die Gebrüder Breiberg, sondern auch gegen die

Gesellen des Bundes zum Dolche Rubens, die ihm Vertrauen ge-
heuchelt und ihn dann so entsetzlich betrogen.

Er hatte schon gestern den Versuch gemacht, die Verbündeten in
dem bewußten Lokale zu treffen, aber die Thür desselben war verschlossen, und das getreue Windspiel, das vor dem ernsten Blicke des
Spaniers zagend erschienen war, hatte ihm kleinlaut die Versicherung
gegeben, der Bund habe sich auf unbestimmte Zeit vertagt, und die
Mitglieder desselben seien für länger verreist. Als der Spanier das
vernommen, drang er auch nicht weiter in den kleinen Kellner, da er
vernünftig genug war, einzusehen, dieser habe seine Weisungen erhalten
und könne gegenüber seinem Brodherrn nicht anders handeln.

Don Larioz hatte ihm freundschaftlich die Hand gereicht und
ihm die Versicherung gegeben, er hoffe ihm zu beweisen, daß er beständig dankbar bleiben werde für die Anhänglichkeit, welche Windspiel ihm bewiesen, und daß er sogar verzeihen würde, wenn Umstände
denselben bewegen sollten, auf die Seite seiner Feinde zu treten.
Dagegen hatte nun freilich der kleine Kellner feierlich protestirt, doch
entging dem edlen Spanier nicht, daß er dies mit einem scheuen Blicke
auf die Thür des Gastzimmers gethan, hinter welcher man die grobe
Stimme des Wirthes vernahm, der darüber sprach, daß mit dem be-
ständigen Schwatzen über unnöthige Sachen so viel Zeit verloren gehe.

Larioz hatte darauf, nicht ohne einen schmerzlichen Blick auf die
Fenster des Breiberg'schen Hauses zu werfen, den Reibstein verlassen
und legte sich noch am selben Tage auf Erkundigungen nach dem
Vorsitzenden des Bundes, dem dicken Kupferstecher Wurzel, dessen
Aufenthaltsort er denn auch ohne große Schwierigkeiten erfuhr. Den-
selben zu Hause zu treffen, war aber schon schwieriger, und hatte er
dies im Laufe des Tages mehrmals vergeblich versucht. Die einzige
Zeit, wo der Künstler in seiner Stube sei, wäre von Nachts zwölf
oder ein Uhr bis den anderen Morgen gegen Neun, hatte ihm die
Hauswirthin gesagt. Doch nehme er in diesen Stunden keine Besuche

wünsche ihn morgen zur Zeit der Dämmerung zu sprechen und hoffe
von ihm als einem Ehrenmanne, er werde ihn keinen vergeblichen
Gang machen lassen.

Nach diesen gestern gethanen Schritten war der Spanier fest überzeugt, er werde heute den Vorsitzenden des Bundes zu Hause treffen
und denselben gebührend zur Rechenschaft ziehen können. Er schritt
in tiefes Nachdenken versunken durch die Straßen, und wer sich seiner
erinnerte, wie er noch vor Kurzem so aufrechten Hauptes gewandelt
war, der mußte sich eingestehen, daß mit ihm eine große Veränderung
vorgegangen: er blickte nicht mehr wie sonst mit seinen klaren Augen
forschend umher; er schien im gegenwärtigen Augenblicke durchaus
nicht geneigt zu sein, sich um die Angelegenheiten anderer Leute zu
bekümmern, indem er den Schwächern gegen den Stärkeren in Schutz
nahm oder indem er sich bei einem Auflauf auf die Seite der miß-
handelten Person schlug, wenn er zwei Buben trennte, die im Begriff
waren, sich die Nasen blutig zu schlagen; er setzte sogar seinen Stock
nicht mehr so scharf und bestimmt auf das Straßenpflaster, und sein
umgehängter Mantel zeigte ein paar melancholische Falten, die man
früher nicht an demselben gesehen.

Diese Bemerkung hatte der Schneidermeister Schwörer später gemacht, der am heutigen Tage dem ehemaligen Schreiber an der Straßen-
ecke begegnete. Beide erkannten sich augenblicklich, und auf dem Gesichte des Spaniers zeigte sich ein trübes Lächeln, während Meister
Schwörer ehrerbietig den Hut zog. Und er hatte dazu alle Ursache,
denn Don Carlos hatte den Anstoß gegeben, ihn aus dem faulen Pfuhl,
in dem er versunken war, herauszujagen, und war der Hauptgrund
davon, daß er sein Beten und Singen in Beten und Arbeiten verwandelte, mit anderen Worten, daß er der Theorie des Herrn Brenner
gemäß Sonntagmorgens in die Kirche ging und alsdann nicht ver-
schmähte, am Abend nach gethaner Arbeit ein oder auch mehrere Gläser
Wein im Kreise lustiger Freunde zu leeren.

Und man sah es dem Aeußeren des Schneidermeisters an, daß

er sich außerordentlich wohl dabei befand, seit er die Heuchelei an den
Nagel gehängt und nun wieder Fräcke und Hosen zuschnitt, statt Bet-
stunden zu besuchen. Waren doch wieder eine Menge seiner ehemaligen
Kunden zu ihm zurückgekehrt, und gab es doch vornehme Häuser genug,
wo er nicht bloß im Bedientenzimmer, sondern auch in der Garderobe
des Herrn zu schaffen hatte. Danach wurde auch sein äußerer Mensch
geändert, und es dauerte nicht lange, so stellte Meister Schwörer, der
bis jetzt nur im grauen Rocke herumgeschlampt war, und den seine
Gesellen nie anders als mit niedergetretenen Pantoffeln gesehen, nach
dem jeweiligen Modejournal eine elegante Erscheinung dar. Der lange
Hals stak in einer Cravatte nach neuestem Schnitt, sein struppiges Haar
bedeckte ein untadelhafter glänzender Hut; und um seine eingefallenen
Wangen, denen er keine Umhüllung geben konnte, einigermaßen in Ein-
klang mit dem Ganzen zu bringen, ließ er dort einen Backenbart
wuchern, der wie Gesträuche über einem Abgrunde die tiefen Stellen
mitleidig verdeckte.

Ja, die Beiden, denen wir im Anfang unserer wahrhaftigen Geschichte begegnet, hatten sich freundlich begrüßt und gingen darauf wieder von einander, der Eine hierhin, der Andere dorthin. Der Schneider blieb alsdann übrigens einen Augenblick stehen, schaute sich mit
prüfendem Blicke um, und hier war es, wo er die Bemerkung machte,
daß ihm das Aeußere des langen Mannes durchaus nicht mehr gefalle.
Verschwunden sei die stramme aufrechte Haltung, und am Mantel zeigen
sich ein paar melancholische Falten, die von gebeugtem Rücken und
von gebeugtem Gemüthe sprächen.

Don Carlos, der natürlicher Weise nichts ahnte von den Beobach-
tungen des Schneidermeisters und sich auch wahrscheinlich wenig darum bekümmert hätte, ging seiner Wohnung zu, stieg aber, dort angekommen, statt nach seinem Zimmer zu gehen, zu dem des Doktors
empor. Doch war die Thür desselben verschlossen. Er klopfte an, erhielt aber nichts zur Antwort, als das Gekläff der kleinen eingesperrten Hunde.

Darauf schritt er die Treppe wieder hinab, um bei sich einzu-
treten; er warf Hut und Mantel von sich, legte die Hände auf dem
Rücken zusammen und ging mit großen Schritten auf und ab. Es
war ihm so seltsam zu Muthe, er vermochte nur mit Mühe einen vollkommen klaren Gedanken zu fassen. Was ihm in letzter Zeit begegnet,
drängte sich in mehr oder minder verzerrten Bildern vor seinen Geist,
und wenn er laut mit sich selber sprach oder auch in großem Ernste
die Gestalten anredete, welche bei ihm vorüber gaukelten, so war er
doch nicht im Stande, sie in bestimmten Umrissen vor sich erscheinen
zu lassen. Wenigstens sprachen sie zu ihm ganz anders, als er es wohl
erwartet hatte. So erinnerte er sich des Auftrittes im Hause des
Rechtsconsulenten und war vollkommen überzeugt, daß er Clementine
Weibel ohnmächtig neben sich gesehen, aber ebenso klar tönten die
Worte seines ehemaligen Prinzipals wiederholt in seinen Ohren: Bemühen Sie sich nicht, meine Herren und Damen, das ist gar kein leben-
des Wesen, das da vor Ihnen liegt, das ist nichts mehr und nichts
weniger als eine künstlich gearbeitete Puppe. Sehen Sie nur die starren
gläsernen Augen, die harten glänzenden Wangen, die trotz der Ohnmacht
so frischen Lippen mit dem immerwährenden unangenehmen Lächeln.

„Ja, dieses Lächeln," sprach Don Larioz mit dumpfer Stimme
und drückte beide Hände vor die Stirn, „dieses Lächeln kann ich ihr
nicht verzeihen; es war das sehr, sehr überflüssig. Wenn sie auch
eine Puppe war, so hätte sie doch nicht lächeln sollen, als sie mich so
in Schmerz aufgelöst an ihrer Seite sah. — Darin mußt du mir
Recht geben, ehrwürdiger Ahnherr," wandte er sich gegen das Bild;
„dieses Lachen war in der That sehr verletzend, und es hat mir am
meisten weh gethan. — Woher erschallte es doch dieses Lachen?" fuhr
er nach einer längeren Pause fort. „Richtig! aus dem Nebenzimmer;
da war jener maurische Weise — wie hieß der Kerl auch? — Caraba-
Carababinbabuncercs glaube ich; er ist an Allem schuld, und wie ich
erfahren habe, wohnt er auf dem Burgplatze und hält im gewöhn-

die schönste Aufgabe, die sich ein tapferer Ritter stellen kann. Es ist
das Geschäft dieses Weisen, arme Jungfrauen zu bethören und sie unglücklich zu machen; auch bin ich überzeugt, daß ich keinen kleinen
Kampf mit ihm werde zu bestehen haben. — Doch gleichviel; er komme
als gewaltiger Riese oder als schuppiger Drache; er trete mir entgegen
mit Eisen oder Feuer, unschädlich werde ich ihn machen, zur Ruhe
werde ich ihn bringen mit der Hülfe Gottes, meines starken Armes und
dieser vortrefflichen Toledaner Klinge."

Sein Gesicht hatte einen finsteren, unheimlichen Ausdruck angenommen, als er so und ziemlich laut zu sich selber sprach. Zuweilen
blieb er mitten im Zimmer stehen und schaute sich wie verwundert rings
um; dann aber spielte plötzlich ein Lächeln um seine Züge, und er
sagte: „Ah, richtig! jene Tage sind vorüber, wo mich hohe Bogen-
fenster umgaben, wo mit dem entzückenden Duft der Orangen das Geräusch des plätschernden Springbrunnens zu mir herein drang in mein
maurisches Gemach. — Pfui über diese Mauren! Es war eine große
und edle Nation, ehe Amora jene Fledermaus zur Welt brachte, aus
welcher sich später der garstige Zauberer entwickelte. — Und doch waren
sie schön, jene Zeiten, o, so schön! Bewahre ich doch aus ihnen noch
ein herrliches Andenken, das Bild der göttlichen Semire, das sie mir
in jener Nacht gab, am Fuß der uralten Cypresse, im Lorbeergarten
der Xeneralife. Sie sagten zwar, es sei ein Abencerage gewesen, und
brachten sie auf Anstiften des Zauberers vor diese verfluchten Zegri's,
aber ich allein bin entronnen, um sie Alle zu rächen. Fluch dir und
wehe, Carabunzeleros!"

Carlos war an den Tisch getreten, hatte das Kästchen geöffnet
und jenes Portrait heraus genommen, welches er aufmerksam und mit
innigem Blicke betrachtete. — „Ja, sie ist es," sprach er kopfnickend,
„ja, ja, sie ist es, und mich wollten sie überreden, dieses göttliche Gebilde habe nicht Fleisch und Blut, es sei eine kalte, leblose Puppe! —
Doch ich weiß ihre Absicht, es geschah nur, um mich von der rich-

Weisen zu überlassen. Aber wehe dir, Bursche, wehe dir! Wo ich dich
treffe, in welcher Gestalt ich dich finde, du sollst verdammt sein, du
sollst die Kraft meines Armes fühlen. Große Fürstin Mirza, verzeihe
mir; wie es Brauch war in alten Zeiten, muß ich abermals den
schwarzen Schleier über dein Haupt werfen und es in Dunkel und
Trübsal hüllen, bis dein schändlicher Verfolger gefallen ist, bis der
Klang meines Hüfthorns dich aus dumpfem Hinbrüten erweckt."

„Wer ist da?" unterbrach er hastig den Strom seiner pathetischen
Rede. „Wer wagt es, mich zu stören, mich, den König von ganz
Spanien? Carracho, Senor! Euer Kopf scheint mir Lust zu haben,
von den Schultern herab zu fliegen. Bei San Jago! — Ah!" setzte
er freundlich hinzu, „Ihr seid es, edle Dame!"

Es war der Tiger, welcher schüchtern in das Zimmer trat, schüchtern, weil die alte Frau geglaubt hatte, es sei außer ihrem Herrn
noch sonst Jemand da, mit dem dieser sich so laut unterhalte. Verwundert blickte sie um sich her, und als sie Niemand sah, schlug sie
in ihre Hände und rief aus:

„Ach Herr je! der Herr Don Carlos haben mit sich selber gesprochen!"

„Mit mir selber gesprochen?" erwiderte der Spanier im Tone
tiefer Verachtung; „alte Vettel! man nennt das einen Monolog, und
wenn Könige und große Herren sonst nichts zu thun wissen, so pflegen sie aus Langweile dergleichen zu halten. Du kannst das in der
Komödie häufig genug sehen. — Wiehert mein Schlachtroß drunten
am Thore?"

Der Tiger machte ein sehr dummes Gesicht, da er aber glaubte,
es sei schicklich, eine freundliche Antwort zu geben, so kicherte er und
sagte: „Ich habe in der That nichts wiehern gehört."

„Auch wohl möglich," versetzte Carlos, indem er die Hand auf
der Brust verbarg und mit langsamen Schritten nach dem Kamin
zuging, wo sein langer Stoßdegen lehnte. „Ich habe es hier mit
Zauberern und Weisen zu thun, lauter niederträchtigen Kerls, die sich

kein Gewissen daraus machen, meinen edlen Andalusier in einen alten
Besenstiel zu verwandeln. — Sei es darum, ich werde zu Fuß in
der Halle erscheinen, majestätisch groß, ein Held vom Wirbel bis zur
Sohle. Und beim Blinken meines Schwertes werden sie sich bis zur
Erde niederbeugen, die Wachen, und werden Löwen und Drachen in
ihre Schweineställe kriechen wie — wie — Oh, oh!" fuhr er tief
aufseufzend fort, „das ist ein jammervolles Bild, und Ihr mögt
sagen, Prinzessin, was Ihr wollt, es war nicht das Gemach, welches
man boshafter Weise Schweinestall benennt, es war ein ritterlich Ge-
fängniß in dem alten Thurm gegen Westen, wo ich allabendlich die
Sonne erlöschen sah, wenn ich in der engen Spalte träumend lag.
Dabei aber sah ich auf der Wiese gegenüber Schweine grasen; viele
Schweine, entsetzlich viele. Und das ist für einen edlen Mann immer
ein jammervoller Anblick. — Oh, daher kam die ganze üble Nachrede."

Er preßte die rechte Hand einen Augenblick an die Stirn, dann
machte er eine heftige Bewegung mit derselben und sprach: „Wohlan,
die Zeit drängt; ich habe einen weiten Weg zu thun und muß in der
Dämmerung vor des Verruchten Antlitz erscheinen." Er warf den
Mantel um die Schultern, nahm den langen Stoßdegen unter den
Arm, und machte gegen den Tiger, der mit gefalteten Händen und
offenem Munde dastand, eine achtungsvolle Verbeugung.

„So lebt denn wohl, Dame!" sagte er, „der Himmel sei meinen
Waffen günstig, und wenn dem so ist, werde ich Euch als Turnier-
preis allerlei Schnupftabaksdosen mitbringen, denn ich weiß, Ihr liebt
das Schnupfen sehr, und —" setzte er geheimnißvoll flüsternd hinzu,
indem er dicht an die Frau trat und ihr in das Ohr sprach — „das
Schnupfen ist eine heilsame Erfindung zur Betäubung der Nase; denn
es gibt Gerüche, die man nie mehr vergessen kann. — Lebt wohl,
Donna Brambilla, einstens sehen wir uns wieder."

Darauf ging der Spanier mit hoch erhobenem Haupte zur Thür
hinaus, wobei er nach rechts und links freundlich mit dem Kopfe

nickte, als befänden sich noch mehr Leute im Zimmer, von denen er Abschied zu nehmen habe.

Die alte Frau schlug höchst erstaunt die Hände zusammen, blickte ihrem Herrn mit aufgerissenen Augen nach und rief ein Mal über das andere: „O, daß dich — daß dich — o, daß dich! — Damit eilte sie, so schnell sie konnte, ebenfalls zur Thür hinaus und die Treppen hinab, ohne eigentlich recht zu wissen, was sie wollte.

Don Larioz befand sich noch im Hause, und jetzt vernahm die Frau droben seine Stimme, als er sprach:

„So, endlich kommst du, kleiner Page, nachdem du dich, Gott weiß wo, mit deiner Mandoline herum getrieben und vergessen, deinen Herrn und Meister zu wappnen?"

„Er spricht mit Gottschalk," sagte der Tiger zu sich selber, während er eilfertig die Treppen hinabstolperte.

„Es ist aber eigentlich besser so," fuhr der Spanier fort, „dein Arm dürfte noch zu schwach sein zu diesem ernsthaften Kampfe. Warte deßhalb auf mich am Thore der feindlichen Burg, und wenn du drinnen die Siegesfanfare hörst, so hebe meine Banner und lasse alle Welt wissen, daß ich die Feinde geschlagen. — Sehr viele Feinde. Laß einmal sehen, sechs Riesen, die boshaften Zwerge gar nicht mitgerechnet, acht Drachen, ein Dutzend Ritter, vielleicht auch ein paar darüber, zwei Stück heuchlerische Buben und ähnliches Zeug. Viel, sehr viel Arbeit! Doch, bei San Jago! sie wird gelingen. — Lebt wohl, ihr Großen meines Reichs, noch eine kurze Weile, und ihr sollt eure schöne erhabene Gebieterin begrüßen." — Er neigte ein wenig sein Haupt und ging auf die Straße.

„Jetzt will ich Euch was sagen," sprach eilig der bestürzte junge Mensch; „seht Ihr, ob der Doktor zu Hause ist, sagt ihm, Herr Larioz sei recht krank geworden, und wenn Ihr ihn nicht droben finden solltet, so sucht ihn in der ganzen Stadt. Ich will schauen, wo Herr Larioz bleibt, und es dann dem Doktor hier sagen, oder noch besser, er soll in die Wohnung meiner Eltern kommen, vielleicht, daß er dorthin geht. Lauft, lauft, was Eure Beine vermögen!"

Die alte Person stieg eilig die Treppen hinauf, während Gottschalk seine Mütze aus dem Bureau holte und dann dem Spanier auf die Straße nachsprang.

Dieser war ruhig dahin gegangen, den Kopf tief gesenkt und anscheinend gleichgültig, wohin ihn sein Weg führe. Doch schien er genau zu wissen, wo er sich befand, denn als er an die Straße kam, in welcher sein ehemaliger Prinzipal wohnte, wandte er sich mit einer Geberde des Abscheues nach einer entgegengesetzten Richtung. In Kurzem hatte er alsdann den Blumenmarkt erreicht, und sah nun vor sich die Gasse, in welcher das ihm wohl bekannte Haus der ihm befreundeten Familie Brenner lag. Dorthin wollte er, stand aber mit einem Male still und wandte sich nach dem Brunnen in der Mitte des Platzes, auf dessen Brüstung er einen Arm stützte und so wartend stehen blieb.

„Hier war es," murmelte er nach einer kleinen Weile, „wo ich jenen stolzen und verrätherischen Baron traf, dem ich meinen Handschuh hinwarf und ihn hieher zum Zweikampf lud. Aber die Zeit ist vorüber." setzte er hinzu und schaute gedankenlos auf das Zifferblatt der benachbarten Thurmuhr; „er kommt nicht mehr. Vielleicht hat ihn auch das Schicksal ereilt, und er ist anderswo gefallen im gerechten Kampfe. — Weiter, weiter also! ich will mich bei jenem glorreichen Gottesgericht, zu dem mich die Stunde ruft, nicht vergebens erwarten lassen."

Er raffte sich auf und schritt in die Gasse hinein, welche gerade vor ihm lag. Bald hatte er das alte Haus erreicht, in welchem die Familie Brenner wohnte, und wollte gerade eintreten, als er sich mit einem Male an etwas zu erinnern schien, sich umwandte und in das gegenüber liegende Haus ging, wo sich die ärmliche Restauration befand, in welcher Kathinka Schneller diente.

Bedächtig stieg er die Treppen hinauf, beschleunigte aber plötzlich seinen Schritt, als er von droben die Stimme des jungen Mädchens hörte, welche ausrief:

„Ich will mich aber von Euch nicht herum zerren lassen, ich habe keine Lust dazu, trinkt Euren Wein in Frieden und laßt mich in Ruhe!"

Diese Worte fielen wie glühende Funken in das aufgeregte Gehirn des tapferen Spaniers; er faßte seinen Degen fest unter den Arm, und wie ein Blitz durch die dunkle Nacht leuchtete mit einem Male der Gedanke in ihm auf, daß er jenem verfolgten Mädchen versprochen, ihr Schutz und Hülfe zu sein.

Hastig eilte Don Larioz die Treppen vollends hinauf, und da die Stubenthür halb offen stand, so konnte er mit einem Blicke das Gemach überschauen. An einem der Tische saßen zwei Männer, von denen der eine beide Ellbogen aufgestützt hatte und den Kopf auf den Händen ruhen ließ; er zeigte etwas stiere Augen und lachte über die Bemühungen des Anderen, der ihm gegenüber saß und im Begriff war, das widerstrebende Mädchen an sich zu ziehen. Der, welcher sich mit Kathinka Schneller beschäftigte, hatte ein glattes, feines Gesicht mit schwarzen Haaren und wohldressirtem, ebenfalls schwarzem Backenbarte; seine blassen Wangen waren momentan etwas geröthet, und er lachte gleichfalls über die Worte, welche Kathinka so eben ausgestoßen.

„Warum so spröde, mein Schatz?" sagte er. „Das war doch sonst nicht deine Art, wie eine Menge deiner Bekannten wissen."

„Ihr doch wohl nicht!" antwortete das Mädchen mit einer auffallenden Geberde der Verachtung. „Oder doch?" fragte sie. „Könnet ihr vielleicht mit Recht verlangen, ich sollte fortfahren, wie ich angefangen? Oder habe ich nicht erst in den letzten Tagen das Unglück gehabt, Euch zum' ersten Mal zu sehen?"

„Das ist allerdings richtig, aber da wir uns hier zum ersten Male gesehen, so wirst du dir schon von mir etwas gefallen lassen."

„Nicht das Geringste!" rief zornig das Mädchen, „und wenn

Ihr mich nicht gleich in Frieden laßt, so soll das Eurem glatten Gesichte übel bekommen."

„Das wollen wir einmal sehen," gab der Italiener François zur Antwort, indem ein unheimlicher Blick aus seinen Augen zuckte. „Helfen Sie mir doch einmal, Andreas, das widerspenstige Geschöpf halten."

„Das versteht sich," entgegnete dieser und ergriff mit der Faust das Handgelenk des Mädchens.

Da aber Kathinka Schneller die eine Hand frei behielt und aufs höchste gereizt war, so stieß sie den Kammerdiener mit ihrer Faust so derb ins Gesicht, daß er mit einem lauten Fluch zurück taumelte.

„Ah, Canaille!" sagte er, „so behandelst du die Gäste des Hauses? Schließen Sie die Thür, Andreas, und sagen Sie der Frau Schwarz, sie solle sich nicht unterstehen, uns zu stören. Jetzt wollen wir dich einmal züchtigen, wie du es verdienst." Er haschte nach der frei gebliebenen Hand des jungen Mädchens und hielt sie fest, während Andreas sich schwerfällig erhob, um der Weisung gemäß die Thür zu schließen.

Doch prallte er dort befremdet zurück, als auf einmal eine lange Gestalt schweigend eintrat und sich mit untergeschlagenen Armen in der Mitte des Zimmers aufpflanzte.

„So, so?" sprach diese, „ihr zwei Buschklepper wollt eine arme, schutzlose Jungfrau züchtigen? Ah, ihr habt nicht bedacht, wie plötzlich ein Rächer erscheinen kann. Zieht eure Schwerter, Ihr Schurken! An euch ist die Reihe, eine Züchtigung zu empfangen."

„Was ist denn das?" fragte François erstaunt, indem er scharf nach dem Eingetretenen blickte. „Hol' mich der Teufel!" rief er nach einer Pause, „das ist derselbe Mensch, Andreas, der neulich Ihren Herrn hier auf der Gasse entführte, wo dieser so schöne Sachen hätte sehen können."

„Der da?" sprach der Gärtner mit einem unbändigen Gelächter;

„das ist ja der verrückte Schreiber, mit dem sie neulich im Reibstein ihre Possen hatten. Mir hat es der Wirth erzählt."

„Oh, oh, er ist's, der sich in die Gliederpuppe verliebt hat und sie entführen wollte! Was hat der Kerl hier zu schaffen?"

Bei diesen Worten hatte François das junge Mädchen losgelassen, welches alsbald auf Carlos zutrat, ihre Hand auf seinen Arm legte und ihm ängstlich in das Gesicht schaute.

Wie dieses Gesicht aber auch im gegenwärtigen Augenblicke aussah, konnte es Angst und Schrecken einflößen. Die bleichen Wangen waren eingefallen, die Lippen zuckten seltsam, und aus den tief liegenden Augen strahlte ein unheimliches Feuer. Der Spanier schob das Mädchen sanft auf die Seite und trat einen kleinen Schritt näher zum Tische.

„Ja, ich bin der, von welchem ihr gesprochen," sagte er mit hohler Stimme; „man nahm mich freundlich auf im Bunde zum Dolche Rubens, man versprach mir, zu helfen, um ein unglückliches Mädchen zu retten, das dann durch die Macht eines bösen Zauberers in eine Gliederpuppe verwandelt wurde. O, ich weiß das alles ebenso genau, wie ich dich unter deiner jetzigen glatten und heuchlerischen Larve erkenne."

Damit streckte er den rechten Arm mit einem gewaltigen Ruck gegen den Kammerdiener aus.

„Neulich hattest du einen großen wilden Bart, aber bessere Augen. Ja, glotze mich nur so an, die Zeit der Rache ist gekommen, verfluchter Zauberer! aber deine Künste sollen dir nichts mehr nützen, mein Degen ist geweiht in der heiligen Kathedrale von Toledo."

Mit diesen Worten warf der Spanier langsam seinen Mantel von der rechten Schulter zurück und zog bedächtig den langen Stoßdegen.

„Frau Schwarz!" schrie entsetzt das junge Mädchen, „Frau Schwarz, kommen Sie geschwind, um Gottes willen!"

Don Carlos schüttelte sein Haupt und sprach mit ruhiger Stimme:

„Es soll dir nichts nützen, wenn selbst die Unschuld für dich bittet; du hast zehnfach den Tod verdient durch deine Zaubereien gegen mich und dadurch, daß du unter deiner jetzigen Gestalt arme verlassene Jungfrauen zu mißhandeln gedenkst."

„Das ist ein verrückter Mensch!" rief François auf's höchste erschrocken, indem er aufstand und einen Stuhl zur Abwehr erhob. „Schlagt ihn nieder, Andreas, wie einen tollen Hund!"

Der Gärtner, der etwas unsicher auf seinen Beinen zu stehen schien, faßte einen der schweren zinnernen Leuchter, die auf dem Tische standen, und schwang ihn gegen den Spanier, der, diese drohende Bewegung wohl sehend, rückwärts stoßend, den Gärtner mit dem Knopfe seines Degengefäßes so heftig auf die Faust traf, daß derselbe aufschrie und dann seine Waffe zähneknirschend in die andere Hand nahm.

Kathinka Schneller wollte sich zwischen die Beiden werfen, schrak aber zurück vor der blinkenden Degenklinge, welche in der Hand des Spaniers einen Bogen beschrieb, gerade in dem Augenblicke, als ihm der Italiener den gewichtigen Stuhl auf den Leib warf und dann vorwärts stürzte, um die Thür zu erreichen.

Doch hatte François nicht die Bewegung der Klinge berechnet, oder war er in dem Glauben, der Andere werde von dem Anprallen des Stuhles zurückgeworfen werden? Don Carlos aber blieb trotz des gewaltigen Schmerzes fest auf seinen Füßen stehen, und da er im gleichen Moment seinen Arm mit der langen Klinge ausstreckte, so rannte der Kammerdiener so furchtbar in dieselbe hinein, daß die Spitze auf seinem Rücken wieder herausdrang. Er stürzte mit einem gellenden Schrei zu Boden.

Auch der Spanier wankte in diesem Augenblicke; er öffnete krampfhaft seine rechte Hand, den Griff des Degens fahren lassend, während er mit der linken unter einem matten Aufschrei an sein Haupt griff. Seinen Körper durchflog ein convulsivisches Zittern, dann sank er in die Kniee, und gleich darauf schlug sein Kopf auf die Dielen des Fußbodens.

Andreas schleuderte einen schweren Leuchter, mit dem er einen
entsetzlichen Schlag auf den Unglücklichen geführt, jetzt schaudernd
von sich und verschwand in größter Schnelligkeit auf der dunklen
Treppe.

Das junge Mädchen rang weinend die Hände, und die Wirthin
des Hauses, welche durch den Lärm herbeigerufen worden war, erhob
ein furchtbares Jammergeschrei.

„O Unglück! Unglück!" kreischte sie; „das bringt mich ins Verderben. Lauf' auf die Straße, auf die Polizei, rufe die Nachbarn
herbei und erzähle ihnen, wie Alles gegangen ist; du hast es ja gesehen. Oder nein, ich will auch mit, ich will nicht hier allein
bleiben!"

Nach diesen Worten liefen Beide zur Stubenthür hinaus, waren
aber noch nicht die Hälfte der Treppe hinab geeilt, als ihnen ein
Mann, von einem Knaben gefolgt, athemlos entgegen sprang.

„Wo? wo?" schrie derselbe, „wo ist das geschehen? wo ist er?
Bleibt bei der Hand, ihr verfluchten Weibsbilder! — So rennt man
nicht davon! Hier schafft man Hülfe, und dann erst könnt ihr meinetwegen fort springen, um die Nachbarschaft mit eurem Geschrei zusammen zu rufen."

So sprach der Armenarzt Doktor Flecker, trieb die erschrockenen
Weiber in die Stube zurück und eilte ihnen nach.

„Ah!" sagte er, nachdem er schnell einen Blick auf die beiden
am Boden Liegenden geworfen. „Gottschalk, spring hinüber und
sieh, ob dein Vater da ist. Gott gebe, daß du ihn findest; er soll
augenblicklich hieher kommen und noch einen Mann mitbringen."

Jetzt leuchte auch der Tiger die Treppe herauf und blieb laut
weinend unter der Zimmerthür stehen.

Der Doktor war rasch zwischen die Beiden hingekniet, warf einen
prüfenden Blick nach rechts und links, und als er gehört, wie Larioz
mühsam und tief athmete, rief er den Weibern zu, demselben ein

Kissen unter den Kopf zu schieben. Dann wandte er sich an den Italiener, riß ihm die Weste auf und zog ihm mit fester, sicherer Hand den Degen, seiner Lage wegen nicht ohne Mühe, aus der Brust, — ein paar Tropfen stockenden Blutes quollen hervor. Hierauf betrachtete er ihn eine Sekunde, hob eines seiner Augenlider auf, und während er mit der einen Hand nach dem Pulse griff, legte er das Ohr auf die Stelle des Herzens, worauf man ihn murmeln hörte: „Da ist jede Hülfe vergeblich — todt! — Ein furchtbarer Stoß, wahrscheinlich mitten durchs Herz."

Jetzt fing die Wirthin des Hauses, die dem Doktor mit gefalteten Händen angstvoll zugeschaut hatte, laut an zu jammern. — „Daß sich Gott erbarm'!" schrie sie, „meinen besten Kunden, einen solch nobeln Herrn hier in meinem Gastzimmer zu erstechen! Und das von einem Schnapphahn, der nur hereinstürzt, vom Leder zieht und fertig macht! Wenn da keine Gerechtigkeit mehr geübt werden soll, da weiß ich nicht, wofür es überhaupt noch Galgen in der Welt gibt."

„Ja, ja, Gerechtigkeit vor Allem, Frau Schwarz," sagte der Doktor, indem er zornig in die Höhe blickte; „aber Ihr werdet mir zugeben, daß ich als Arzt vorderhand hier zu befehlen habe, und wenn ich Euch also sage, Ihr sollt Euer Maul halten, so hoffe ich, von Euren ungewaschenen Reden keine mehr zu vernehmen. — Verstanden?"

„Verstanden habe ich wohl," gab das Weib giftig zur Antwort, „aber der da —" sie zeigte mit einer verächtlichen Geberde auf Don Carlos, „soll mir vor das Criminalgericht, und ich will selbst einen Advokaten bezahlen, damit er sicher gehenkt wird. — O der arme Herr François!" rief sie schluchzend; „wer ihm das vor einer Stunde vorausgesagt hätte!"

„Ja, wenn es möglich wäre, vorauszusagen," entgegnete der Armenarzt, „so würdet Ihr jetzt etwas Unangenehmes wissen, was Euch widerfahren kann, wenn Ihr nicht augenblicklich stille seid."

Man hörte Tritte auf der Treppe und sah gleich darauf den Jäger Brenner mit ein paar anderen Männern eintreten, die eine Tragbahre hatten. Nach der Anweisung des Doktors wurde eine Matraze darauf gelegt und der Spanier behutsam hinaufgehoben. Der Jäger wischte sich die Augen, als er den treuen Freund seines Knaben so regungslos, leise athmend, mit blutendem Haupte da liegen sah. Gottschalk selbst, der gefolgt war, kniete neben die Tragbahre hin und hatte die herabhängende Rechte ergriffen.

„Wohin bringen wir ihn?" sprach einer der Männer. „In das Spital?"

Der Arzt blickte fragend auf den Jäger Brenner und gab zur Antwort: „Wenn wir ihn in das Spital schaffen, so kann ich mich nicht weiter um ihn bekümmern; ich habe da nichts zu sagen. Und doch wäre es mir lieb, ihn unter der Hand zu haben; seine Verwundung ist sehr gefährlich, es wird Mühe haben, ihn durchzubringen, und wenn wir ihn anderswo pflegen könnten, wäre es für sein Gemüth zuträglicher."

„Wo könnten wir ihn besser hinbringen, als zu mir?" sprach rasch der Jäger. „Ich habe es meiner Frau auch schon gesagt, und sie wird die kleine Hinterstube bereits zugerichtet haben. — Also angefaßt!" wandte er sich an die Männer, „ihr Beiden nehmt die Tragbahre, und ich will ihn auf der steilen Treppe schon halten, daß nichts geschieht."

„Aber die Polizei!" rief eifrig die Wirthin. „Wenn die Polizei kommt und ihn nicht findet?"

„So sagt der Polizei, ich, Doktor Flecker, habe für gut befunden, ihn fortzuschaffen; er sei da drüben in der Wohnung des Jägers Brenner, — wo er nicht entwischen wird," setzte er traurig hinzu. „Angefaßt, Leute!"

Kathinka Schneller hatte während des ganzen Auftrittes in einer Ecke neben dem Ofen gesessen, die Hände vor das Gesicht gedrückt, und erhob sich jetzt erst, als die Männer die Tragbahre anhoben. Sie trat dicht an Carlos heran, beugte sich über ihn, legte ihre Hand auf seine Brust, und ein paar Thränen fielen aus ihren Augen auf fein bleiches Gesicht. Darauf trat sie ans Fenster, und wartete, bis die Träger mit dem schwer Verwundeten auf der Straße erschienen und dann im gegenüberliegenden Hause verschwanden. Sie seufzte tief auf und setzte sich wieder auf ihren Stuhl neben dem Ofen.

„So," sagte sie alsdann, „hier will ich warten, bis die Polizei kommt, und ihr Alles genau sagen; der da am Boden liegt, hat angefangen, es war das überhaupt ein bösartiger Mensch, was Ihr auch sagen mögt, Frau Schwarz; und den Namen des Gärtners, welcher mit seinem Leuchter so furchtbar zugeschlagen, will ich bei Gott im Himmel nicht vergessen."

„Unterstehe dich, den über deine verfluchten Lippen zu bringen!" schrie die Wirthin und trat mit geballten Fäusten vor das Mädchen hin.

„Ich werde mich unterstehen," erwiederte kalt Kathinka. — „Den sie da eben fortgetragen haben, das war ein braver Herr, ein armer, braver Herr; er hat mich vertheidigen wollen und ist dabei ins Unglück gekommen."

Sie preßte ihre Hände laut schluchzend vor das Gesicht.

— — In dem Hause des Jägers hatte man den Verwundeten in einer leer stehenden Hinterstube auf ein gutes Bett gelegt, und während der Armenarzt beschäftigt war, seine tiefe Wunde zu untersuchen, stand mit Ausnahme der Großmutter, die ganze Familie in tiefer Rührung mit gefalteten Händen um den besinnungslos Daliegenden. Das Stübchen war klein, aber freundlich; es wurde von der Sonne geliebt, welche es Vormittags begrüßte und dann spät am Nachmittage, ehe sie verschwand, nochmals durch eine Häuserlücke einen letzten leuchtenden Blick darauf warf.

Das that sie auch gerade in diesem Augenblicke, und obgleich man das Fenster mit einem Stücke Zeug verhängt hatte, so stahl sich doch ein kleiner glühender Strahl herein und zuckte über das bleiche Gesicht des Kranken. Es war gerade, als spüre er diesen letzten Gruß und rufe derselbe seine Besinnung zurück; er that einen tiefen Athemzug, seufzte ein paar Mal, bewegte die Lippen und öffnete dann weit seine Augen. Sein erster Blick fiel auf den Armenarzt, der an seinem Kopfe beschäftigt war und sich nun über ihn beugte mit der Frage, wie es ihm gehe. Neben dem Doktor stand Margarethe Brenner, sie hielt Stücke weiße Leinwand in der Hand, und in ihren dunkeln Augen, die sie auf den Kranken gerichtet hatte, funkelten Thränen.

Carlos wandte seine Blicke von dem Arzt auf das junge Mädchen, und ein freundliches Lächeln zeigte sich auf seinen Lippen.

„Fühlen Sie Schmerzen?" fragte wiederholt der Doktor, worauf der Verwundete nach einer längeren Pause zur Antwort gab:

„Es kann wohl nicht anders sein, als daß ich einige Schmerzen spüre; er hat mich mit seiner Streitaxt hart getroffen, gegen alle Kampfregeln. Von rückwärts fiel er über mich her, während ich mit dem anderen Ritter beschäftigt war. — — Aber es war ein glorreicher Kampf, so viel ich mich erinnern kann; ich habe den Zauberer besiegt und bitte nur den edlen Herrn dieses Schlosses, um Verzeihnung, daß ich ihm Ungelegenheit mache, indem man mich hieher gebracht, um meine Wunde zu pflegen. — Welche Burg," fragte er nach einem kleinen Stillschweigen, „hat mir nach altem Brauch ihre gastlichen Thore geöffnet?"

Er athmete tief auf und schloß alsdann die Augen wieder.

Der Armenarzt schüttelte betrübt mit dem Kopfe und sagte leise zu dem Jäger: „Er ist schwer verletzt."

Nach einer Weile öffnete der Kranke hastig die Augen wieder, blickte das junge Mädchen lange und schweigend an und sprach: „Verzeiht, hohe Dame, daß ich nicht im Stande bin, mich zu erheben, um Euch meinen Dank zu sagen für diese freundliche Aufnahme. Erlaubt mir auch, edle Herrin dieses Schlosses, daß ich länger in Euer wohlwollendes Antlitz blicke, als es sich vielleicht mit der Schicklichkeit verträgt. — Eure Augen haben etwas unendlich Wohlthuendes, etwas Beruhigendes, und ich kann es nur als ein hohes Glück annehmen, vor den Mauern Eurer Burg so schwer getroffen worden zu sein. Es ist das aber schon häufig vorgekommen, und Gott fügt es oft so, daß, wo tapfere Ritter verwundet werden, edle Damen in der Nähe sind, um sie zu pflegen. — Der Himmel lohne es Euch! — — Aber nicht alle edlen Damen sind im Besitze so guter Augen, vor denen kein böser Zauber bestehen kann. — Ah!" machte er, und schaute mit einem Blick der Befriedigung rings umher, ehe er wieder das Auge nach Margarethen wandte. „Hier herein kann keines der Phantome, die mich in letzter Zeit so unsäglich geplagt."

„Wenn ihr zur Thür hinausschauen wollt," fuhr er mit einem starren Blicke dorthin fort, „so werdet ihr Alle, Alle unten an der Treppe sehen, wie sie sich vergeblich bemühen, herauf zu klettern. — Aber die Stufen derselben sind glatt wie der Rücken einer Schlange, und neben meinem Lager steht eine der himmlischen Heerschaaren, deren Anblick sie erzittern macht. — Ja, Alle, Alle zittern vor ihnen, denn es sind Gebilde böser Geister — alle Gesellen des Bundes, der Zauberer mit seinem langen wirren Barte — und auch sie — sie — die schlottrige Gliederpuppe, die für einen Augenblick Leben erhielt, um sich an mich anzuklammern und mein Herzblut zu trinken, damit ich ihr gleich werde. — War sie doch nahe daran, ihren Zweck zu erreichen, denn ich fühle wohl, wie schwer und unbeholfen meine Glieder herabhängen; ich glaube, bis nahe zum Herzen bin ich ihr schon gleich geworden. — Aber du wirst mich retten, edle Herrin dieses Schlosses."

Während er so sprach, ließ er zuweilen seine Augenlieder zufallen, ohne aber seine Rede zu unterbrechen.

Der Doktor hatte dem Kranken einen leichten Verband angelegt, faßte nun seinen Puls, und während er die Schläge zählte, sah man ihn mit gespannter Erwartung auf Carlos blicken.

Dieser zuckte mit einem Male heftig zusammen, richtete sich gewaltsam in die Höhe und starrte mit unheimlich leuchtenden Augen um sich her.

„Oh!" rief er alsdann mit lauter Stimme, „von Neuem entbrennt der Kampf, gebt mir den Schild und mein gutes Schwert! Haltet

mich nicht; da hilft keine Schonung, sie oder ich! Dort kommen sie
heran. — Gott und San Jago! — Das ist ein schreckliches Gemetzel!"
sagte er stöhnend und machte mehrmals den Versuch, von seinem Lager
aufzuspringen, wobei er kräftig mit den Männern rang, die ihn hielten.
„Die Uebermacht ist groß," seufzte er alsdann, „doch Muth, Muth!
die Kraft meines Armes wird uns den Sieg verschaffen! — Ah! er
hat mich schwer getroffen," sprach er nach einer Weile, indem er tief
anathmete und dann matt zurücksank; „aber das Andenken an sie, die
schützend neben mir steht, wird mich wieder aufrichten."

Ein paar Mal bewegte er hierauf seine Lippen, ohne daß man
ein Wort vernahm.

Der Jäger richtete tief betrübt einen so fragenden Blick auf den
Doktor, wobei er leicht dessen Arm berührte, daß dieser ihn anschaute,
dann mit dem Kopfe schüttelte und leise zur Antwort gab:

„Er stirbt noch nicht. Wir werden dergleichen Anfälle noch mehrere
haben — das ist ein kräftiger, gesunder Körper, bei dem noch nicht
alle Hoffnung verloren ist. Ich werde jetzt selbst in die Apotheke
gehen und Einiges für ihn besorgen; laßt Margarethen bei ihm, wenn
Ihr sie entbehren könnt, Frau Brenner, und einen der Männer. Fahrt
mit Umschlägen fort, wie ich gethan; ich komme bald wieder."

„Aber Herr Larios wird nicht sterben?" sagte Gottschall, der dicht
neben seinem Freunde stand und aus dessen Augen eine Thräne um
die andere tropfte.

„Haben Sie wirklich Hoffnung, Herr Doktor?" fragte auch
der Jäger.

Und der Armenarzt erwiederte: „Die Hoffnung ist etwas so Wohlthuendes für uns, daß wir sie gewaltsam in unserem Herzen behalten
müssen, wenn auch unser Verstand sie verjagen möchte. Wer will
hier sagen, was die nächsten Tage bringen werden? Der Zustand
unseres armen Freundes ist sehr schlimm, und wenn wir mit Gottes
Hülfe wirklich im Stande sind, seine Wunde zu heilen, wer bürgt

uns dafür, daß alsdann nicht noch etwas Schrecklicheres eintritt als der Tod?"

„— Schön war der vergangene Tag," murmelte der Kranke; „ich habe sie gefunden, die ich lange gesucht. — Hilf mir, du mit den guten, frommen Augen, wehre das schlottrige, wankende Gespenst von mir ab. — So — so ist es gut, habe Dank — Dank — Dank."

Sechzigstes Kapitel.

Ein Spazierritt.

Baron von Breda ritt langsam die Anhöhe hinauf, einen Weg, den wir bereits kennen und den wir schon ein paar Mal mit ihm gemacht. Er hielt die Zügel seines Pferdes nachlässig in beiden Händen, die er vor sich auf den Sattelknopf stützte, sein Kopf war tief hinabgebeugt und er so in Gedanken versunken, daß Lord es allein übernehmen mußte, allen Begegnenden auszuweichen, was denn auch das kluge Thier gerade so gut that, als würde es von einem aufmerksamen Reiter gelenkt.

Seit längerer Zeit vermochte der Baron nur einem einzigen Gedanken nachzuhängen, einem süßen und doch wieder so schmerzlichen Gedanken, der nach und nach sein ganzes Wesen erfüllte, den er wohl auf Augenblicke verjagen konnte, der aber dann wieder mit der Gewalt einer wilden Wasserfluth alle die Schutzdämme zerriß, welche seine Vernunft mühsam aufgebaut, alle die guten Pläne zerstörte, die er zum eignen Heil und zu dem eines anderen geliebten Wesens gefaßt, — glühende, wilde Gedanken, von denen er wohl fühlte, sie müßten sein Herz zerstören, seine Sinne abstumpfen, ihn selbst zum bedauernswerthesten der Menschen machen — Neraehens: er, sonst so

ihren wilden Fluthen zuzuschauen, die Zerstörungen zu betrachten, die
sie in seinem Inneren anrichteten.

Eugenie hatte sich seit zwei langen Tagen nicht vor ihm sehen
lassen; er hatte es über sich vermocht, sie, wie er wohl gekonnt hätte,
nicht aufzusuchen. — Vielleicht beruhigt es mich, sie ein paar Tage
nicht zu sehen, hatte er gedacht; aber er hatte das achselzuckend ge=
dacht, denn er fühlte im selben Augenblicke, daß jetzt um so mehr all
sein Denken, all sein Fühlen sich mit ihr, der Abwesenden, beschäf=
tigen werde.

Und so war es auch. Früher, nachdem sie mit ihm gesprochen,
nachdem sie ihm zugelächelt, nachdem sie ihm ihre liebe Hand gereicht,
hatte er gern sein Haus verlassen, sich schon beim Fortgehen auf das
Wiederkommen freuend, auf ihren lustigen Ruf: Ah, Onkel George!
mit dem sie ihm entgegen flog. Jetzt, wo er sie nicht mehr sah, hielt
es ihn gewaltsam fest in der Nähe seines Hauses, ja, so viel es ihm
möglich war, in der Umgebung ihrer Zimmer. Freilich hatte er sich
vorgenommen, diese nicht zu betreten, aber es konnte ja möglich sein,
daß sie dieselben verlassen würde, daß sie ihm plötzlich entgegen träte
oder daß er vielleicht ihre Aeußerung vernähme: Onkel George könnte
mich wohl besuchen.

Aber sie that das nicht, sie blieb still auf ihrem Zimmer, sie saß
viel an ihrem Fenster, von wo man nach den Bergen blicken konnte,
hinter denen das alte Landhaus ihres Vaters lag. So sagte Frau
von Breda und setzte hinzu: „Die arme Eugenie leidet; sie sieht
bleich aus, und leicht treten ihr die Thränen in die Augen, was man
sonst nicht an ihr gewohnt ist.“

Wir müssen gestehen, daß den Baron diese Nachricht nicht schmerz=
lich berührte; er athmete tief auf und fand eine Beruhigung darin,
daß Eugenie nicht heiter sei; es bestärkte ihn in seinem Vorsatze, noch
eine Weile zu warten, ehe er sie aufsuchte; ja, er vermochte es über
sich, das Haus zu verlassen. Und so sehen wir ihn denn langsam

Oben angekommen, stand Lord einen Augenblick still und wandte, wie er hier gewöhnlich that, seinen Kopf nach der Stadt zurück. Es war ein wundervoller klarer Nachmittag, die erste Frühlingszeit, welche sich rings umher in Jubel und Lust ankündigte. Die feinen Zweige und Aeste der niederen Bäume und Gesträuche zeigten nicht mehr ihre kahlen, eckigen Formen; sie waren mit jenem uns so wohl bekannten duftigen Flor umsponnen, der jetzt schon anfing, aus dem Violetten ins Grüne überzugehen. Ein freudiges Aufathmen, ein inniges Sehnen nach der nächsten herrlichen Zeit schien die ganze Natur zu beleben, und was lange geschlummert unter Schnee und Eis im starren Schooß der Erde, schickte sich jetzt an, überall an das Tageslicht hervorzubrechen. Wohin das Auge blickte, drangen die feinen grünen Blätter aus dem Boden hervor, zeigten sich die ersten Frühlingsblumen. Und nicht bloß das Auge allein bemerkte die herannahende entzückende Zeit, sah dieses neue, schöne, regsame Leben, auch jedes Herz fühlte in diesem Augenblicke den Drang, wenn es in starrem Schlafe befangen war, seine Fesseln zu brechen und sehnsuchtsvoll aufzublühen, sei es in glücklicher Liebe, in herrlicher Blumenpracht, sei es im hoffnungsreichen Grün, sei es im Glanze fließender Thränen.

Da lag die Stadt vor dem einsamen Reiter, glänzend im Strahl der Sonne, umwallt von flimmernden Nebeln und vergoldetem Rauche. Deutlich sah er sein Haus vor sich liegen, das Dach mit der rothen Fahne, über welcher die vergoldete Spitze wie ein funkelnder Stern stand. Unter diesem Sterne war das Fenster, an welchem sie jetzt wohl saß und vielleicht nach dem Berge blickte, wo er so eben hielt. Ja, es war ihm, als wisse er bestimmt, daß sie sich jetzt dort befinde, daß sie ihre süßen Augen hieher richte, daß sie an ihn denke, herzlich und lieb. Es konnte nicht anders sein; so kann ein Gefühl nicht lügen, ein Gefühl, das ihm zauberhaft mit einem Male nicht nur ihr Bild, sondern ihr inneres Wesen, selbst wenn er die Augen schloß, so unerklärlich nahe brachte, daß es ihm war, als spüre er den Hauch ihres Mundes, als höre er ihre Worte: O Onkel George!

Doch auch diese liebliche Phantasie flatterte vorüber, und als sie dahin gezogen war und er sein Herz wieder ruhiger schlagen fühlte, da erkannte er deutlich, daß es mehr als ein Traum gewesen, was ihn eben umgaukelt; da wußte er genau, daß ihre Gedanken den seinigen in diesem Momente wirklich begegnet waren.

Er wollte eben sein Pferd umwenden, um nach der Stadt zurückzukehren, als er den Berg herauf einen anderen Reiter in starkem Trabe sich nähern sah. Sein scharfes Auge erkannte Fremont, der ihm schon von Weitem mit der Hand zuwinkte. George von Breda hielt sein Pferd zurück, und der Andere war in einigen Minuten bei ihm.

„Ich dachte es mir doch," rief ihm Fremont zu, „dich hier auf deinem gewöhnlichen Wege zu treffen. — Wenn es dir nicht unlieb ist, so reiten wir eine Strecke zusammen."

„Wie soll mir das unlieb sein?" fragte Herr von Breda. „Reiten wir. Welcher Zufall führt dich hieher?"

„Eigentlich kein Zufall; ich suchte dich in deinem Hause, und als mir deine Frau sagte, du seist ausgeritten, dachte ich mir gleich, dich hier zu finden."

„Du sahst meine Frau?"

„Ja, sie war im Wintergarten mit Fräulein von Braachen. Letztere aber," setzte Fremont mit etwas spöttischem Tone hinzu, „hatte ich nicht das Glück zu sprechen; deine Frau sagte, die junge Dame wäre leidend, und diese zog sich, als ich das Glashaus betrat, auf ihr Zimmer zurück."

So war sie doch an ihrem Fenster! dachte aufathmend der Baron, den die Nachricht, Eugenie sei im Wintergarten gewesen, schmerzlich berührt hatte.

Die Beiden ritten im Schritt den Abhang hinunter.

„Ein herrlicher Tag!" sprach Fremont, „ein entzückender Tag! Man fühlt ordentlich mit den Pflanzen und Gräsern; man möchte —

Er sagte das mit einer Munterkeit, die aber etwas Forcirtes an sich hatte, wobei er seinen ernsthaft aussehenden Freund mit einem scharfen Blicke von der Seite betrachtete.

George von Breda nickte mit dem Kopfe und erwiderte: „Es ist wirklich sehr schön, und man ist erfreut, den langen Winter hinter sich zu haben."

„Wo steckst du denn eigentlich?" fuhr der Andere nach einer kleinen Pause in demselben munteren Tone wie früher fort. „Was treibst du? Man sah dich ja in den letzten Tagen nirgendwo. Ich wette, daß ich eine ganze Menge Neuigkeiten für dich habe. — Apropos! weißt du auch, daß dieser famose Czrabowski abgereist ist? — weißt du? verschwunden, ohne daß er seine Abschiedsbesuche gemacht hat. — Ein pfiffiger Schuft! Er hat manches ehrlichen Mannes Beutel leichter gemacht."

„Und auch wohl den deinigen," gab Herr von Breda zur Antwort; „ich habe dir das voraus gesagt. — Aber du warst in meinem Hause, wie du sagtest?" setzte er mit einem fast ängstlich forschenden Blicke hinzu. „Hättest du mit mir etwas Besonderes zu sprechen?"

„O — ja, ich hätte schon Einiges auf dem Herzen," versetzte Fremont zögernd, „doch hat das noch Zeit."

„Wie du willst," sprach der Baron mit einem scheinbar gleichgültigen Tone.

„Ich wollte," fuhr der Baron fort, „dir nur von diesem Czrabowski sagen, daß er mich auch einiger Maßen daran gekriegt hat. Aber daran ist Niemand schuld, als der verdammte Tondern."

„Dein intimster Freund."

„Hol' ihn der Teufel! ich hielt ihn für einen noblen Kerl, und ich gestehe es, er war mir zuweilen angenehm."

„Er gab dir gute Rathschläge."

„Die ich besser nicht befolgt hätte. Aber über geschehene Dinge soll man nicht klagen."

„Namentlich nicht," erwiderte George von Breda mit einem trü-

ben Lächeln, „wenn man eine gute Lehre für die Zukunft empfangen hat."

„Die habe ich empfangen; sie war etwas theuer, hat mich jedoch
curirt."

„Und ist Tondern mit deiner Heilung zufrieden?"

„Ich werde das nicht genau sagen können," meinte Fremont nach
einer Pause; „auch er ist abgereist."

Dabei beugte er sich nieder und schien die Zügel seines Pferdes
ordnen zu wollen.

„Ah, er ist abgereist?" fragte verwundert Herr von Breda. „In
der Art wie Czrabowski?"

„Fast ebenso, nur mit mehr Glanz und mehr Uebermuth. Du
kennst ihn ja. Die vielen Opfer, die ich ihm gebracht, bezahlte er
mir auf seine Weise mit Grobheiten —"

„Und negociirte dabei eine neue Anleihe?"

„Den Teufel auch! er wäre schön bei mir angekommen! Meine
Kasse ist nicht unerschöpflich wie die Seiner Erlaucht des Herrn
Grafen Helfenberg, dem es auf Zehntausend mehr oder weniger nicht
ankommt, um seine Plane durchzusetzen."

Das sagte er mit einem sehr sarkastischen Tone, wobei er abermals einen scharfen beobachtenden Blick auf seinen Nachbar warf.

„So? Helfenberg hat ihm geholfen, sich mit seinen Gläubigern
zu arrangiren?"

„Was willst du? Manus manum lavat, sagt der Lateiner; du
siehst, ich bin nicht umsonst in die Schule gegangen. — Reiten wir
den Waldweg zu Braachens?" fragte Fremont, indem er sein Pferd
anhielt.

„Wenn es dir egal ist, so reiten wir auf der Chaussee weiter,"
gab George von Breda zur Antwort, ohne den Blick nach links zu
wenden.

„Ich gönne ihm sein Glück, vor Allem aber seine wieder herge=
stellte Gesundheit. Es war doch ein gar zu entsetzliches Loos, das
ihn betroffen. Mit welch freudigem Blicke der das Frühjahr betrach=
ten muß!"

„Man sagt, er wolle eine größere Reise antreten."

„Ich hörte nichts davon."

„Und sich vorher verheirathen!" lachte Fremont mit einem bos=
haften Blicke.

„Bah! Stadtgeschwätz! — So viel ich weiß, hat Helfenberg
durchaus keine Liaison."

„Das weißt du so genau?" fragte der Andere lauernd in lang=
samem Tone.

„Mir ist wenigstens nichts bekannt."

Fremont fuhr spöttisch lächelnd mit den Fingern durch die Mähne
seines Pferdes, worauf er dasselbe einen Sprung vorwärts thun ließ.
Dann sagte er: „Wird dir noch bekannt werden, guter Breda, sehr
bekannt werden; darauf kannst du Gift nehmen."

„Und wenn auch — du thust ja gerade, als müsse mich das
außerordentlich interessiren. Mir kann es wahrhaftig gleichgültig sein,
wer Gräfin Helfenberg wird; ich habe weder eine Schwester, noch eine
Tochter, die danach trachtet."

„Nein — aber eine Cousine, der das vielleicht gefallen könnte,
aber —"

„Ah, Fremont!" rief der Andere, indem er sein Pferd anzog;
„das ist ein Scherz, den ich von dir am allerwenigsten erwartet hätte."

„Und warum gerade von mir nicht?" rief Fremont in sehr über=
müthigem Tone. „Wohl gar, weil die Leute sagten, auch ich trachte
nach der Hand des Fräulein von Braachen?"

„Du warst so eben in meinem Hause?" fragte Herr von Breda
in sehr ernstem Tone.

„Zum Teufel! ja, das war ich."

„Und wolltest mich sprechen?"

„Allerdings."

„So sprich denn! Ich will dir aufmerksam zuhören."

„Ich war eben dabei, als du mich unterbrachst," sagte Baron Fremont mit einiger Heftigkeit. „Es scheint, du willst mich nicht zu Worte kommen lassen. Und doch habe ich Sachen zu berichten, die dich ebensowohl interessiren werden wie mich, die vielleicht dein ruhiges Blut in einige Wallung bringen könnten."

George von Breda biß sich auf die Lippen, als der Andere so sprach; er fühlte den heftigen Schlag seines Herzens und gab sich gewaltige Mühe, ruhig zu scheinen, was ihm auch gelang. Dann erwiderte er: „So rede denn, Fremont! Aber erlaube mir, dir zu bemerken, daß ich gerade nicht in der Laune bin, um mich von Stadt=gerede unterhalten zu lassen."

„Was will ich von Stadtgerede!" versetzte Fremont, der mit einem Male sehr aufgeregt erschien. „Wer bekümmert sich darum? Ich sage nur, was ich und gute Freunde gesehen."

„So, du hast etwas gesehen?" fragte der Baron in ziemlicher Spannung.

„Gesehen und gehört. Wo soll ich mit meinen Berichten an=fangen?"

„Wo du willst," sprach Herr von Breda anscheinend mit großer Ruhe. Darauf faßte er die Zügel von Lord fest mit der linken Hand, stemmte die rechte in die Seite und ließ den Kopf niedersinken, als betrachte er aufmerksam die frischgrünen Ränder des Chaussee=grabens und die aufbrechenden Knospen der Gesträuche.

„So will ich denn bei dem anfangen, was ich gehört. Es ist auch älter als meine eigenen Wahrnehmungen und bildet eigentlich das Fundament dieser höchst merkwürdigen Geschichte. — Du mußtest wohl nicht einmal," unterbrach sich Fremont, seinen Freund befragend, „daß Fräulein Eugenie von Braachen den Herrn Grafen von Helfen=berg schon seit längerer Zeit kennt?"

„Ob sie ihn kennt! — Schon ehe sie in dein Haus kam, hatte sie Zusammenkünfte mit ihm."

„Das ist nicht wahr!"

„Wenn du mich auf diese Art unterbrichst, lieber George, so ist es am Ende besser, ich behalte das für mich, was ich dir mittheilen wollte."

„Du hast Recht; ich will dir ganz ruhig zuhören."

„Die Zusammenkünfte zwischen Beiden fanden in dem kleinen Försterhause Statt, welches der Jäger Klaus in der Nähe des Gutes des Herrn von Braachen bewohnt. Dort sah Eugenie den Grafen."

„Sie ging oft dorthin," murmelte Breda. „Vielleicht traf sie ihn zufällig." setzte er lauter hinzu.

„Nehmen wir an, sie habe ihn zufällig getroffen, wenn es dir Vergnügen macht, so zu glauben. Mir verschlägt es wenig, da ich meiner Sache gewiß bin und dir den Beweis geben kann, mit welch überraschendem Interesse Graf Helfenberg für die junge Dame nicht nur dachte, sondern handelte. Du wirst dich erinnern, daß er vor einiger Zeit ein Testament machte. Wir hatten die Ehre, als Zeugen dabei zu sein. Es war, wie die Rechtsgelehrten sagen, ein mystisches Testament; doch erhielt ich zufällig Kenntniß von einigen Legaten."

„Nun — — Fremont?"

„Eines derselben bestimmte Fräulein Eugenie von Braachen nach dem Ableben des Grafen das große Schloß Stromberg mit allen Ländereien und Einkünften. — Konnte er einen größeren Beweis von Interesse, ja, ich wage zu behaupten, von glühender Liebe für Eugenie geben?"

„Wenn das wahr wäre," sagte Baron von Breda mit dumpfer, klangloser Stimme.

„Wovon du dich gleich überzeugen sollst," fuhr Fremont eifrig fort und zog ein Papier aus seiner Rocktasche. „Sieh das gefälligst durch."

George von Breda ließ die Zügel seines Pferdes fallen, griff hastig nach dem, was ihm sein Freund darreichte, und entfaltete das uns wohlbekannte Concept. Während er las, biß er die Lippen auf einander, seine Wangen entfärbten sich mehr und mehr, und das Papier zitterte auffallend in seinen Händen. — „Wie kamst du dazu?" fragte er alsdann, indem er es, ohne aufzublicken, zurückgab.

„Ich erhielt es durch einen Zufall."

„Ah!" machte Breda, indem er seine Hand an die Stirn drückte und einige Augenblicke über etwas nachdachte. Dann zuckte es ver-ächtlich um seinen Mund, und er sagte: „Dir war also bekannt, daß Eugenie eine reiche Erbin werden würde — und darauf fandest du es für gut, dich um ihre Hand zu bewerben? — Pfui, Fremont!"

„George!"

„Das Pfui mußt du nicht auf dich beziehen, mein lieber Fre-mont," fuhr Herr von Breda nach einer Pause mit sonderbarem Lächeln fort; „es war ein Ausruf des Bedauerns, welches der Blind-heit galt, mit der deine Augen geschlagen waren. Also" — er be-tonte jedes Wort aufs schärfste — „du mußtest dieses Mädchen erst mit Geld umgeben sehen, ehe du ihren Besitz für wünschenswerth hieltest? Ich bedaure dich aufrichtig. — Und wie Recht hatte ich!" — Dieses Letztere murmelte er vor sich hin.

„Du bist sehr aufgeregt," versetzte der Andere achselzuckend, „deßhalb will ich deine Worte nicht genau nehmen. Auch möchte ich gern mit deiner Erlaubniß in meinem Berichte fortfahren."

„Thu das."

„An dem Interesse, welches der Graf an Eugenien nimmt, ist also nicht mehr zu zweifeln, ja, ich möchte behaupten, auch daran nicht, daß er sie leidenschaftlich liebt. Wie sehr diese Liebe von der jungen Dame erwiedert wird, kann ich begreiflicherweise mit Be-stimmtheit nicht sagen, doch spricht dafür eine Zusammenkunft, welche Beide vor wenigen Tagen in der Stadt hatten."

„In der Stadt, und zwar in einem alten, unscheinbaren Hause in einer engen Gasse."

„In der Nähe des Blumenmarktes?" fragte George von Breda fast unhörbar, und es schien, als müsse er die Worte fast gewaltsam hervorpressen.

„Du weißt darum?"

„Vielleicht. Doch fahre fort."

„In jenem alten Hause also," sprach Fremont, nachdem er einen Blick des Erstaunens auf seinen Nachbar geworfen, „traf der Graf Helfenberg mit Fräulein von Braachen zusammen. Was sie da —"

„Halt, Fremont!" rief Baron von Breda in diesem Augenblicke mit lauter Stimme, indem er den Arm des Anderen faßte und stark drückte; „habe die Freundschaft für mich und sprich keine Dinge, die du nicht beweisen kannst — denn ich will das bewiesen haben," setzte er zitternd vor Aufregung hinzu. „Wer sich untersteht, so etwas zu sagen, soll den Beweis gegen mich zu führen im Stande sein, oder er oder ich hätte das letzte Wort auf Erden gesprochen."

„Was ich sagte, kann ich beweisen," gab Fremont kalt zur Antwort, „du wirst aber am besten einen Beweis erhalten, wenn du dir die Mühe nimmst, Fräulein von Braachen in dieser Angelegenheit zu befragen."

„Wenn sie es mir eingeständе!" rief George von Breda in schmerzlicher Bewegung.

„Will sie diese Geschichte verheimlichen, so werde ich mich bemühen, dir die besten Beweise beizubringen. Sollte mir das indessen nicht gelingen können, so wirst du mich zu allen deinen Wünschen bereit finden." — Aber dieses hochmüthige Mädchen wird nicht läugnen, dessen bin ich sicher, dachte er, indem er anhielt und sich mit einer entschlossenen Miene gegen seinen Nachbar wandte.

Dieser aber schien nichts davon zu bemerken; er ließ sein Pferd noch einige Schritte ausgehen, dann wandte er es und ritt ein paar Minuten im langsamsten Schritte gegen die Stadt zurück, indem er

beide Hände wie früher fest auf den Sattelknopf drückte und den
Kopf tief herabsinken ließ.

Fremont blickte ihm erstaunt nach.

Auf einmal zeigte sich eine andere Bewegung in dem davoneilenden Rosse und seinem Reiter. George von Breda hatte sich hoch aufgerichtet, und einen Moment darauf flog Lord in einem rasenden
Galopp dahin.

Die Strecke zurück zu messen, zu welcher er vorhin eine ziemliche
Zeit gebraucht, dauerte nur wenige Minuten, und erst auf der Anhöhe,
von wo man auf die Stadt hinabsah, mäßigte er einen Augenblick
den Lauf des Thieres. Er schaute ein paar Sekunden wie gedankenlos auf die Häusermassen unter sich. Die Physiognomie derselben
hatte sich in der kurzen Zeit geändert; die Sonne war hinter einem
leichten Gewölk verschwunden, welches den Horizont umsäumte; Dunst
und Nebel, der auf der Stadt lag, war kalt und farblos geworden;
die Fernen, die vorhin so kräftig und violet leuchteten, sahen frostig
aus, wie zum Einschlafen bereit.

Der Reiter warf einen Blick auf sein Haus — der Stern, der
vorhin so schön über demselben gefunkelt, war ausgelöscht, verschwunden.

Es dauerte noch eine kleine Viertelstunde, da lenkte George von
Breda sein Pferd in den Hofraum bis zur Haupttreppe des Hauses,
wo er anhielt und abstieg. Er war so in Gedanken vertieft, daß er
nicht einmal bemerkte, wie eine Menge neugieriger Leute sich an die
Einfahrt drängte und das Gebäude betrachtete: er sah nicht einmal
die beiden Polizeisoldaten, welche am Eingange des Wintergartens
standen und ihn ehrerbietig begrüßten. Bei dem Hufschlage seines
Pferdes lief einer der Stalljungen eiligst herbei und machte ein gar
bestürztes und sonderbares Gesicht. Aber der Herr des Hauses achtete
nicht darauf.

Der Jäger Brenner öffnete die Thür, und erst als derselbe sagte:

glaubte nicht anders, als der Baron habe die Leute am Thor und die Polizei am Glashause bemerkt — fuhr dieser aus seinen Träumereien empor und frägte: „So, was gibt's denn? Es ist doch — nichts passirt?" Er sprach glücklicher Weise den Namen nicht aus, der sich ihm gewaltsam aufdrängte.

„Die Polizei ist im Hause," versetzte der Jäger, „um den Gärtner Andreas in Verhaft zu nehmen."

„Ah so! — weiter nichts?" gab der Baron mit einer Gleichgültigkeit zur Antwort, die den treuen Diener ins höchste Erstaunen setzte.

„Andreas," fuhr derselbe nach einer kleinen Pause fort, „hat heute, glaube ich, Streit in einem kleinen Wirthshause gehabt und dort mit einem Leuchter Jemand auf den Kopf geschlagen, der nun gefährlich verwundet, man könnte sagen, sterbend, darniederliegt."

„Gut, gut!" versetzte eilig der Baron, „sage das meiner Frau."

„Die Frau Baronin sind ausgegangen."

„Nun, so melde es ihr, wenn sie zurückkommt."

Damit ließ er den Jäger stehen, und eilte in flüchtigen Sätzen die Treppe des Hauses hinan. Doch nur die erste Hälfte erstieg er so rasch, dann faßte er das Geländer mit der Hand, blieb stehen und sprach zu sich selber: Ruhig, ruhig! was könnte es wohl nützen, wenn ich wie ein Rasender, der ich freilich bin, in ihr Zimmer stürzte! Gelassen — ruhig! Es wird mir viel kosten, es nur zu scheinen, aber ich will. — Ja, ich will, setzte er hinzu und lächelte trübe vor sich hin. Wo ist der starke Wille geblieben, den ich früher zu haben wähnte? — Ja, früher, früher, das war eine glückselige Zeit, und wenn ich mir vornahm, an etwas nicht zu denken, nicht unter quälenden Gedanken zu leiden, so sagte ich einfach: ich will! und dann geschah es. — Und auch jetzt möchte mein guter Wille sein altes Recht behaupten, aber er kann nicht, er kann gewiß nicht. Wenn mir auch das Herz zerspringen möchte — ich kann nicht eine Sekunde leben, ohne an sie zu denken, und wenn ich mich zwingen will, so zuckt es mir in meinen Augen. — O des Unglücks!

Der Baron knirschte mit den Zähnen und stieg alsdann nach einiger Zeit die Treppe vollends hinauf, langsam, oft stehen bleibend, Stufe um Stufe.

Aber so zögernd sein Schritt auch war, er hatte jetzt den ersten Stock erreicht, er wandte sich links — er stand vor ihrem Zimmer noch ein paar Sekunden mit ebenso tiefen Athemzügen, und er klopfte leise an.

„Herein!"

———

Einundsechzigstes Kapitel.

Erklärungen.

Seit zwei unendlich langen Tagen hatte Baron von Breda den Ton dieser Stimme nicht mehr gehört. Bei dem lieben Klange derselben schrak er ordentlich zusammen, und es dauerte ein paar Augenblicke, ehe er öffnete.

Er trat in das kleine Vorgemach, welches sich zwischen Eugeniens Schlaf- und Wohnzimmer befand. Sie stand an der Thür des letzteren, sie streckte ihm beide Hände entgegen und rief fröhlich aus:

„Ah! Onkel George! Du kommst mich zu besuchen." Doch plötzlich wiederholte sie das Onkel George mit ganz anderer, trüber, leiser Stimme und setzte ebenso hinzu: „Du willst nach mir sehen." Dabei ließ sie ihre Hände niedersinken, ehe die seinigen dieselben erfaßt hatten, wandte sich um und trat an ihren Schreibtisch zurück, der an dem Fenster stand, welches George von Breda droben von der Anhöhe gesehen, an demselben Fenster, welches Graf Helfenberg in den Plänen des Hauses so eifrig betrachtete, und von welchem dieser so süß und doch wieder so schmerzlich geträumt. Eugenie saß viel an diesem Fenster, und sie ließ sich auch jetzt wieder neben demselben auf ihren kleinen Fauteuil nieder. Dann sprach sie: „Es ist schön von dir, Onkel George, daß du nach mir siehst."

Der Baron hatte vorhin mit einem unnennbaren Schmerze bemerkt, daß ſie ihre Hände ſinken ließ, ſtatt ſie ihm, wie ſonſt, darzu-
reichen. O, er hatte ſich darauf gefreut, dieſe lieben Hände wieder berühren zu können, er hatte auf dem Wege hieher viel darüber nachgedacht. Er wollte ſie freundlich an ſich ziehen, er wollte in das klare,
glänzende Auge blicken und ſie dann haſtig ohne Vorbereitung fragen:
„Nicht wahr, Eugenie, das haſt du nicht gethan, was mir Fremont
erzählte? Du hatteſt mit dem Grafen Helfenberg keine Zuſammen-
künfte, du ſahſt ihn nicht dort in dem kleinen Hauſe in der Gaſſe
am Blumenmarkte? — Nein, nein, gewiß nicht, ich glaube es nicht!"

So hatte er zu ihr ſprechen wollen, ſanft, innig, herzlich, und er
war überzeugt, ſie würde alsdann lächelnd mit dem Kopfe ſchütteln,
ihn mit ihren wunderbaren Augen anſchauen und dann ſagen: „Nein,
Onkel George, gewiß nicht. Wie kannſt du ſo etwas glauben?"

O, es waren wilde, glühende Träume, die durch ſein Gehirn
zuckten, die aber nun mit einem Male hohnlachend davon flatterten,
als ſie ſich von ihm abwandte und eine tödtliche kalte Leere in ſeinem
Herzen zurückließen, — eine Leere, die ſich gleich darauf mit grauſa-
men Geſpenſtern bevölkerte, welche ihm triumphirend zuriefen: „Vorüber iſt die Zeit, wo ſie ſich dir vertrauensvoll, wo ſie ſich dir liebend
genähert; jetzt weicht ſie von dir zurück, ſie ſcheut deinen Blick, — das
iſt die Schuld — die Schuld."

„Willſt du dich nicht ſetzen, Onkel George?" ſagte das junge
Mädchen nach einer Pauſe, worauf der Baron ſtillſchweigend einen
anderen Fauteuil herbeirollte und ſich ihr gegenüber niederließ.

Beide ſchauten ſich eine Sekunde lang an, und Eines fand, daß
das Andere blaß und angegriffen ausſehe.

„Es iſt doch ſchrecklich," unterbrach Eugenie das Stillſchweigen
wieder, „was mit Andreas vorgeht, Nanette hat es mir ſo eben erzählt. Es hat dich gewiß alterirt, Onkel George."

„Was denn? — Ah ſo! der Gärtner. — Ja, es paſſiren ſelt-
ſame Sachen hier im Hauſe."

Das junge Mädchen wandte ihren Blick dem Fenster zu, worauf der Baron fortfuhr: „Du warst leidend, Eugenie? Deine Tante hat es mir gesagt. Man sieht es dir auch an. Doch ich hoffe, das ist sehr vorübergehend."

„Ja, es wird vorübergehen," antwortete sie mit einem leichten Seufzer. „Ich danke dir, Onkel George, daß du endlich einmal nach mir siehst."

„Daß du endlich einmal nach mir siehst," hatte sie gesagt, und diese Worte ließen das Herz des Mannes ihr gegenüber schneller schlagen. Hatte es sie vielleicht geschmerzt, daß er sie zwei lange Tage vergessen? Hatte sie sich vielleicht deßhalb von ihm gewandt und ihm nicht ihre Hände gereicht, wie sie sonst immer zu thun pflegte?

„Wenn ich auch nicht nach dir gesehen, meine gute Eugenie," sagte er warm, „so war ich doch in Gedanken oft bei dir."

„O, in Gedanken," entgegnete sie träumerisch, wie mit sich selber sprechend. „Du hattest doch freundliche Gedanken über mich, Onkel George?"

Sie hatte ihren leichten Sessel so nahe an das große Fenster gerückt, daß sie den Arm auf die Brüstung desselben legen konnte, was sie auch that, worauf sie den Kopf in die Hand legte und nun ihr Gesicht vom Wiederscheine des Abendhimmels leuchtend angestrahlt wurde.

„Gewiß in freundlichen Gedanken," gab der Baron zur Antwort, „wie immer, wenn ich mich mit dir beschäftige. Mögen auch diese Gedanken anfänglich oft ernst, fast trübe sein, so ändern sie sich doch fast jedes Mal, wenn sie dich zum Gegenstande haben; denn ich kenne dich, mein gutes Mädchen. Nicht wahr, Eugenie, ich habe dich immer gekannt, wie du bist?"

Er hätte in diesem Augenblicke viel darum gegeben, wenn sie ihm ihr Gesicht zugewandt und ihn vertrauensvoll angeschaut hätte. Aber sie that das nicht, sie blickte in die Landschaft hinaus, vielleicht in den dämmernden Himmel, der immer mehr erblaßte und seine trüberen Töne ebenso auf ihren Zügen wiederspiegelte.

Es wollte Abend werden.

George von Breda bewegte sich unruhig auf seinem Fauteuil; er fühlte, vorüber flog, und vielleicht unbenutzt, einer der günstigsten Momente, um mit Eugenien zu sprechen.

„Ich war ausgeritten," sagte er, „meinen alten, gewöhnlichen Weg. Dort hinaus, wo es zum Gute deiner Eltern geht. Von der Höhe sieht man mein Haus und, wenn ich nicht irre, auch das Fenster, an dem du gerade sitzest."

„Ja, man wird es sehen, Onkel George," erwiderte das Mädchen mit leiser Stimme, „denn durch die fast noch kahlen Zweige der Bäume erblicke ich von hier aus jene Anhöhe."

Der Baron nickte mit dem Kopfe und fuhr fort: „Dort oben traf ich mit Fremont zusammen, oder vielmehr er kam mir nach. Dann ritten wir eine Strecke mit einander."

„Das war wohl angenehm für dich, Onkel George, denn der Herr Baron von Fremont kann recht unterhaltend sein."

„O ja, recht unterhaltend!" versetzte George mit einem so auffallenden Lachen, daß das junge Mädchen den Kopf herumwandte und ihn erstaunt anblickte. „Sehr unterhaltend! Denke dir nur, Eugenie, in dieser unserer Unterhaltung war auch von dir die Rede. Wie kann das für mich anders als sehr amüsant gewesen sein?"

„Du bist in einer eigenthümlichen Laune, Onkel George," sprach ängstlich das Mädchen. „Solche Worte habe ich noch nie von dir vernommen, und es macht mich fast erschrocken, wie du sie aussprichst."

„Du hast Recht, ich bin ein wenig aufgeregt," gab er zur Antwort, indem er sich mühsam bezwang, ruhig zu scheinen. „Das kommt aber daher, Eugenie, weil ich mich fürchte, mit dir über etwas zu reden, was mir schwer auf der Seele liegt."

„O, sprich darüber, Onkel George! Auch mir ist es gerade zu Muthe, als sollte ich von dir etwas erfahren, was mich tief bekümmerte."

„Du hast ganz richtige Ahnungen."

„Sehr richtige Ahnungen," wiederholte Eugenie mit fast tonloser Stimme.

„Nun gut denn! — Ehe ich dir aber sage, Eugenie, was mich betrübt — o, betrübt ist nicht das rechte Wort," setzte er leidenschaftlich hinzu — „was mich niederdrückt, was mir das Herz zerreißt, spreche ich meine Hoffnung aus, daß du mir ein paar Fragen mit deiner gewöhnlichen Offenheit und Wahrheitsliebe beantworten werdest. Ich weiß, daß du nicht fähig bist, eine Unwahrheit zu sagen, daß dein Ja ein wirkliches Ja, dein Nein ein wirkliches Nein ist. Und deßhalb zittere ich in Erwartung deiner Antwort."

„Ich werde dir in Allem die Wahrheit sagen, Onkel George," entgegnete Eugenie mit fester Stimme.

Es war unterdessen in dem Zimmer so dämmerig geworden, daß Keines der Beiden die Gesichtszüge des Anderen mehr recht unterscheiden konnte. Der Baron sah gegen das hellere Fenster abgezeichnet die Gestalt des jungen Mädchens in dunkeln Umrissen, während er selbst im tiefen Schatten saß.

„Kennst du den Grafen Helfenberg?" fragte er mit leiser Stimme.

„Nein, Onkel George, ich kenne ihn nicht."

Er athmete tief auf und sagte dann: „So lange du draußen auf dem Gute wohntest, warst du zuweilen in dem Hause des Jägers Klaus. Sahst du dort nie Jemand, der dir unbekannt war, der dort nicht hinzugehören schien, der sich mit dir unterhielt?"

„Niemand, als einen Neffen des Jägers Klaus."

„Ein Neffe des Jägers?" fragte der Baron in großer Spannung. — „Wer war das?"

Seine Worte mochten etwas heftig sein, denn das junge Mädchen wandte abermals den Kopf in das Zimmer hinein und schwieg eine Weile, ehe sie zur Antwort gab: „Der Neffe des Jägers war ein armer kranker Mensch; er erregte mir das tiefste Mitleiden, und ich hielt es für ein Werk der Barmherzigkeit, freundlich mit ihm zu sprechen, wenn ich ihn sah."

George von Breda war hastig von seinem Stuhle emporgesprungen
und schien mit Heftigkeit entgegnen zu wollen, doch besann er sich
eines Anderen und preßte die Lippen auf einander; dann sprach er,
aber erst nach einer Pause: „Und du solltest nicht gewußt haben, daß
jener arme kranke Mensch, der in so hohem Grade dein Mitleid erregte, an dem du durch freundliche Reden Werke der Barmherzigkeit
übtest, der Graf Helfenberg gewesen ist?"

„Was sagst du, Onkel George?" rief das Mädchen erschrocken —
„O, meine Ahnung!"

„Ah, du hattest also Ahnungen?" fuhr der Baron bitter fort.
„Aber deine Ahnungen waren nicht klar genug, um dir, wenn wir
von dem kranken Grafen sprachen, die hübschen Scenen im Jägerhause
ins Gedächtniß zurück zu rufen und dich auf die Idee kommen zu lassen,
als sei der Neffe des Jägers und Graf Helfenberg eine und dieselbe
Person. Es fehlt dir doch sonst nicht an Phantasie."

„Ich verstehe deine Vorwürfe, Onkel George," erwiderte Eugenie,
schmerzlich bewegt, „o, ich verstehe sie sehr, sehr! Aber ich kann dir
sagen, daß sie ungerecht sind."

Der Baron lachte laut auf und machte, um sich zu sammeln, einen
Gang durch das Zimmer. Wie angenehm war es ihm in diesem Augenblicke, daß er die Gesichtszüge Eugeniens nicht erkennen konnte, daß
er nicht ihr glänzendes Auge sah mit dem so lieben und offenen
Blicke! Für das, was er zu sagen hatte, war ihm die Dunkelheit gerade recht, und deßhalb erregte es in ihm sogar ein unbehagliches Gefühl, als er einen Blick durch das Fenster auf die Landschaft warf
und bemerkte, wie drüben der Mond aufgegangen sein mußte und
mit seinem bleichen Scheine die Bäume vor dem Fenster, ja, dieses
selbst streifte. Nur Eugenie saß noch in tiefem Schatten und regte
sich nicht.

„Gut," nahm er nach einer Pause wieder das Wort, „du kanntest
ihn also nicht, als du damals mit ihm an dem erwähnten Orte zusammen kamst? — Nehmen wir an, es sei so. Doch muß das Mit-

leiden, welches du dem Grafen Helfenberg bewiesen, und die Freund-
lichkeit, mit der du ihn behandelt — auffallender Art gewesen sein. —
Ja, auffallender Art," wiederholte er, als er sah, daß das junge
Mädchen am Fenster zusammen zuckte oder ein wenig ihre Haltung
veränderte; „denn den Grafen brachten dein Mitleiden und deine
Freundlichkeit dazu, dich leidenschaftlich zu lieben."

„O, Onkel George!"

„Dich so zu lieben," fuhr dieser mit erhöhter Stimme fort, „daß
er dich in einem rechtskräftigen Testamente zur Erbin eines großen
Theiles seines Vermögens eingesetzt. — Dazu gratulire ich dir. Uns
aber, Eugenie, die wir dir mit so viel Offenheit und Liebe entgegen
kamen, kann ich zu deinem heimlichen Wesen nicht gratuliren."

„Gott ist mein Zeuge," sprach das Mädchen mit zitternder
Stimme, „daß ich nicht daran gedacht, Heimlichkeiten gegen dich zu
haben. Du sagtest vorhin, mein Ja sei Ja, mein Nein Nein. So
glaube denn auch meiner Versicherung, Onkel George, ich habe nichts
davon gewußt, daß ich mit dem Grafen Helfenberg sprach."

„So galten also deine Freundlichkeiten dem Neffen des Jägers? —
O laß mich das nicht glauben, Eugenie!"

„Ich will den Sinn deiner Worte nicht verstehen," gab Eugenie
mit erkünstelter Ruhe zur Antwort. „Aber wenn ich dir etwas werth
bin, Onkel George, so fahre nicht fort, mir so wehe zu thun."

„Wenn du es wünschest, werde ich schweigen," sprach der Baron
in kaltem Tone.

„O nein, so sollst du nicht schweigen!" rief sie leidenschaftlich aus.
„Dann sprich lieber; ich will alles geduldig anhören, und wenn es die
härtesten Worte sind. — Rede, Onkel George, ich bitte dich darum!"

Der Baron ging mit großen Schritten auf und ab; er kämpfte
mit sich selber, er schien unentschlossen; er war schon im Begriff, das
Zimmer zu verlassen, als ihn das Andenken an die vielen schmerzlichen
Stunden, die er in der letzten Zeit verlebt, an die höhnischen Reden
Fremonts zurückhielt und ihm die Worte auspreßte:

„Gut denn, bei deinen Zusammenkünften im Hause des Jägers
kanntest du also den Grafen nicht? — Wer war es denn, Eugenie,
dem du vor zwei Tagen, nachdem ich dich unten im Wintergarten zuletzt gesehen, in einer unscheinbaren Gasse der Stadt, nahe bei dem
Blumenmarkte ein Rendezvous gabst? — Galt dieses Rendezvous nicht
dem Grafen Helfenberg? — Oder fand sich Fräulein von Braachen
dort mit dem Neffen des Jägers Klaus zusammen?"

„Onkel George!" rief das junge Mädchen heftig erregt aus; „du
sagst mir da entsetzliche Dinge, Dinge, an die du selbst nicht glaubst!"

„Ich werde nicht daran glauben, wenn du mir die Versicherung
gibst, es sei nicht so gewesen. Kannst du das, Eugenie?"

Sie antwortete nicht, und der Baron wiederholte heftig seine
Frage, indem er näher trat und mit seiner Hand die Lehne des kleinen
Fauteuils, auf welchem er gesessen, faßte.

„Kannst du das, Eugenie? kannst und willst du?"

Das Mädchen blickte schweigend in den Abend hinaus, in das
Mondlicht, welches jetzt nicht nur auf das Fenster schien, sondern auch
ihr Gesicht mit seinem hellen Schimmer übergoß. Sie sah entsetzlich
bleich aus und ihre Augen standen voll Thränen.

„Sage mir ein einziges Wort, Eugenie!" bat der Baron dringend
und mit bebenden Lippen; „ein einziges Wort, es sei nicht so, und
ich will glücklich sein."

Eugenie bewegte die Lippen und er horchte athemlos auf ihre
Worte.

„Was wahr ist, werde ich nie läugnen," sprach sie leise, aber bestimmt. „Ich war dort in einem Hause jener unscheinbaren Gasse,
aber ich ging zu keiner Zusammenkunft, Onkel George."

„Und du trafst dort nicht den Grafen?"

„Ich traf dort den Neffen des Jägers, den ich nur als solchen
kannte."

„Also dem Neffen des Jägers Klaus," rief der Baron in leiden-
schaftlicher Heftigkeit ausbrechend, „gab Fräulein Eugenie von Braa-

chen ein Rendezvous! Einem Menschen zu Lieb, den du nicht kanntest,
setztest du deinen Namen, deinen Ruf aufs Spiel! Einem Unbekannten opfertest du dies alles! Und du dachtest nicht an den entsetzlichen Schmerz, den du uns — mir damit bereiten würdest? — einen
Schmerz, der nur darin eine Linderung findet, indem ich mir sage,
daß ich mich in dir geirrt, daß du — daß du . . ."

„Onkel George!" bat Eugenie flehend, denn sie ahnte, daß sie
etwas Furchtbares hören würde.

„Daß du —" stieß er mühsam hervor, denn die Schläge seines
Herzens drohten ihn zu ersticken — — „daß du," rief er mit bebenden
Lippen, „eine würdige Tochter deiner Mutter bist!"

Das unglückliche Mädchen preßte die Hände vor das Gesicht, sie
wollte aufschreien — sie brachte keinen Ton heraus; sie versuchte es,
sich von ihrem Stuhle zu erheben — sie vermochte es nicht.

Es vergingen ein paar qualvolle Sekunden, ehe sie die Worte
hervorbrachte: „Onkel George, das hättest du nicht sagen müssen, das
ist ein Unglück!"

O, wenn er in diesem Moment ihr offenes, ehrliches Auge hätte
erblicken können, die guten, lieben Züge ihres Gesichtes, deren Anblick
ihn so oft beruhigt, beglückt! — Aber er sah nichts vor sich, als ihre
zusammengebrochene Gestalt, einen schwarzen Schatten, dessen Spiegel-
bild in seinem zerrissenen Herzen stand, bereit, sein ganzes künftiges
Leben kalt und nächtig zu umziehen.

„Ich habe es gesagt," sprach er mit kaltem Tone; „ich habe
gesagt, was mich mit Qualen der Hölle erfüllt, und werde fortan
schweigen. Aber du hast die Worte hervorgerufen, die du vorhin gehört, du hast dir selbst zuzuschreiben, was du in den letzten Tagen
Furchtbares in meinem Hause erlebt. Rechne du mit der Welt ab;
sie ist einmal nicht anders. Und wenn der geringste meiner Diener
es gewagt, dich zu beleidigen, so hat er vielleicht gedacht, er sei nicht
schlechter als der angebliche Neffe des Jägers. — O des Unglücks!"

fuhr er mit gebrochener Stimme fort, „o des Unglücks! ich kann den
Gedanken nicht ertragen, er könnte mich wahnsinnig machen!"

Eugenie hatte sich von ihrem Stuhle erhoben, langsam und an=
scheinend ruhig; daß sie das aber nicht war, sah man an der leiden=
schaftlichen Hast, mit der sie jetzt wieder ihre beiden Hände vor das
Gesicht preßte, nachdem sie den, welcher so zu ihr gesprochen, während
seiner letzten Worte mit einem angstvollen Blicke betrachtet. Der
Schluß dessen, was er sagte, fiel mit einem schmerzlichen gellenden
Aufschrei zusammen, den das gequälte Mädchen ausstieß, während sie
vorwärts stürzte bei dem Baron vorüber, und dann, als werde sie von
jähem Schrecken gejagt, in dem dunkeln Vorzimmer verschwand.

George von Breda starrte ihr nach, er drückte seine Rechte vor
die Augen, er athmete tief und schwer; er erwachte wie aus beängsti=
gendem Traume.

Ja, sie war fort, sie saß nicht mehr vor ihm am Fenster; der
helle Schein des Mondes drang jetzt in das Gemach und zeigte den
nun leeren Fauteuil, auf welchem sie noch so eben gesessen, glänzte
auf dem Papier ihres Schreibtisches, den gerade noch ihre Hand be=
rührt, zeigte das weiße Taschentuch, das ihr entfallen war und auf
dem Boden lag. Ihm war einen Augenblick zu Muth, als habe er
all das Furchtbare, was sich hier begeben, wirklich nur geträumt. —

Und doch — nein, nein, es war nicht so! Dort war sie hinaus
gestürzt aus dem Zimmer; ihr Gewand hatte ihn gestreift; es war
ihm, als habe er den kleinen Theil einer Sekunde lang den süßen
Hauch ihres Mundes gespürt, als sie jenen schmerzlichen Schrei aus=
gestoßen. — Dann war sie verschwunden. — Ja, verschwunden war
sie; er befand sich allein in ihrem Zimmer, allein mit dem Mondlichte,
das, gefühllos und kalt, doch mitleidiger als er gewesen war, denn
es hatte sanft ihre Wangen berührt, hatte die Thränen ihres Auges
geküßt, während er unbarmherzig, ohne Mitleid ihr Herz zerrissen. —
Ah, Fluch dieser entsetzlichen Stunde!

Rasch eilte er an die Thür des Zimmers, dann auf den Gang,

an die Treppe; er horchte in das Haus hinab -- tiefe Stille herrschte
überall; doch nur einen Augenblick. Im nächsten vernahm er den
Gesang einer weiblichen Stimme, der gedämpft an sein Ohr schlug.
Es war das Kammermädchen Eugeniens, die zu ihrer Arbeit sang.

> Ach, wenn du wärst mein eigen,
> Wie lieb sollt'st du mir sein!

Der Baron eilte nach dem Corridor, nach dem Zimmer seiner
Frau —

> Wie wollt' ich tief im Herzen
> Nur tragen dich allein!

Er öffnete den Salon der Baronin; dort brannte ein Licht, mit dem
er durch das ganze Appartement schritt. Es war Niemand da. Dann
eilte er die Treppen hinab, um sich in den Wintergarten zu begeben;
unten stand der Jäger Brenner an der geöffneten Hausthür.

„Ist meine Frau nicht zu Hause?"

„Die Frau Baronin ist noch nicht zurückgekehrt," antwortete der
treue Diener und betrachtete mit einem eigenthümlichen Blicke die verstörten Züge seines Herrn.

„Hast du," fragte dieser zögernd, „Fräulein Eugenie gesehen?"

„Vor wenigen Minuten; das gnädige Fräulein gingen hier zum
Hause hinaus."

„Vielleicht nach dem Wintergarten?"

„Ich glaube nicht, denn ich selbst habe die Thüren, die ins Freie
führen, verschlossen."

„Und wohin ging sie?" fragte der Baron, und ein furchtbarer
Gedanke überfiel ihn mit so niederschmetternder Gewalt, daß er unwillkürlich seine Hand auf das Schloß der Thür legte.

„Ich kann mich irren," entgegnete der Diener, „aber es war, als
eilten das gnädige Fräulein zum Hofthor hinaus."

„Bei dunkler Nacht? — Bist du wahnsinnig?"

Herr von Breda biß sich die Lippen blutig und setzte nach einer
Pause, sich bezwingend, hinzu: „Ah! es ist möglich. Vielleicht hat
sie der schöne Abend ins Freie gelockt; sie wird meiner Frau ein paar
Schritte entgegen gegangen sein. — Laß mir ein Pferd satteln!" rief
er nach einigem Nachdenken plötzlich mit großer Heftigkeit. „Aber
schnell, schnell!"

„Soll ich Lord vorführen lassen?"

„Welches du willst, nur so rasch wie möglich."

Während der Jäger nach dem Stall eilte, den erhaltenen Befehl
auszurichten, und dann als ein umsichtiger Diener den Hut seines
Herrn aus dem Eßzimmer holte, lehnte George von Breda an der
Thür seines Hauses mit Gefühlen und Gedanken, die in ihrem furchtbaren blitzähnlichen Erscheinen und Verschwinden schwer zu beschreiben
sind. Zuweilen raffte er sich auf und machte ein paar Schritte gegen
die Treppe, wo er aber auf der obersten Stufe stehen blieb und scharf
in die Nacht hinaus schaute, als sei es ihm möglich, durch Häuser
und Mauern hindurch etwas von ihr zu erblicken. Aber so emsig er
auch spähte, es blieb Alles rings umher still und ohne Bewegung. Auf
das Glasdach des Wintergartens warf das Mondlicht helle Strahlen und
carikirte die Formen desselben auf den Kies des Hofes in langgestreckten
Schattenbildern.

Jetzt kam einer der Reitknechte um das Glashaus herum, ein
Pferd im Trabe herumführend. Lord war es nicht; Lord hatte einen
seiner Hufe geschont, als man ihn vor einer Stunde in den Stall
zog. Es war ein kleineres braunes Pferd, welches Eugenie zu reiten
pflegte. George von Breda schwang sich in den Sattel, nachdem er
aus den Händen des Jägers seinen Hut genommen, den dieser darreichte, und ritt hierauf absichtlich im Schritt zum Hofe hinaus.

Vor demselben wandte er sich rechts und trabte dann die uns bekannte Anhöhe scharf hinauf, wobei er aufmerksam vor sich hinspähte;
er konnte die breite Straße, die in dem weißen Mondlichte so hell

vor ihm lag, bis oben übersehen — er bemerkte jedoch nicht das Geringste.

Zuweilen hielt er sein Pferd an und zwang es. Momente lang ruhig zu stehen, wobei er angestrengt in die Nacht hinaus horchte, um irgend etwas zu vernehmen, was er doch wohl nicht hätte vernehmen können — umsonst; es herrschte tiefe Stille, es rauschten nicht einmal die Zweige, es flüsterte nicht das alte erstorbene Gras, denn es spielte nicht das leiseste Lüftchen über Berg und Thal. Dem Reiter kam es in seinen wilden Träumereien vor, als halte die Natur erwartungsvoll ihren Athem an sich.

Der Baron hatte die Anhöhe erreicht, und als er abwärts blickte, wo sich links der Waldweg abzweigte, da war es ihm, als sehe er dort in die Schatten hinein eine helle Gestalt verschwinden. So rasch sein schwaches Pferd den Abhang hinab zu laufen vermochte, ging es dahin, und es dauerte nicht lange, so bog er von der breiten Straße ab in den bekannten verwahrlosten Pfad ein. Hier betraten die Hufe seines Rosses weiches Moos und hervorsprießendes Gras, wodurch der Schall derselben so gedämpft wurde, daß er selbst kaum etwas davon vernahm und es ihm fast unheimlich erschien, so wie ein Schatten dahin zu gleiten.

Das Mondlicht drang hier und da durch die noch wenig belaubten Zweige, warf auf die Straße selbst und an die angrenzenden Gebüsche seltsame Schatten und Lichter, und zuweilen streifte der kalte glänzende Schein das Gesicht des Reiters. Aber er merkte nicht darauf, er ritt vorwärts, so rasch es nur immer gehen wollte, und ihm voraus drangen seine unruhig spähenden Blicke, Schatten und Buschwerk durchdringend.

Jetzt — ja, er täuschte sich nicht — dort vor ihm auf der linken Seite des Weges schwebte eine helle Gestalt; bei der nächsten Biegung des Pfades verschwand sie, um gleich darauf wieder zum Vorschein zu kommen. Doch befand sie sich nicht auf dem Waldwege; er sah sie jenseits des ziemlich breiten und tiefen Grabens, welcher denselben

begrenzte; sie schien nicht zu fliehen, sie wandelte oder schwebte vielmehr ruhig dahin. Er wußte selbst nicht, warum ihn ein eigenthümliches Grausen erfaßte, als er die weiße Gestalt vor sich erblickte; es
war ihm zu Muthe, als sei er selbst mit dem schnellsten Pferde nicht
im Stande, sie zu erreichen, obgleich sie anscheinend ohne große Geschwindigkeit dahin glitt; er fühlte, wie ein Schauder seinen Körper
durchflog; er verspürte ein seltsames Frösteln; er sah sich unwillkürlich genöthigt, eine Anstrengung zu machen, um fest im Sattel zu
bleiben. Es flatterte wie ein Nebel vor seinem Gesicht, und wenn
er auch versuchte, über sich selbst zu lächeln, so bedeckte er doch für
ein paar Sekunden lang die Augen mit der rechten Hand. —

Dort war die weiße Gestalt, wie er sie vorhin gesehen, und er
bemerkte, daß er sich ihr jetzt rasch nähere. Bald war er im Stande,
die Umrisse ihrer Figur zu erkennen — ja, es war Eugenie, die laut-
los und ohne aufzublicken, auf wenige Schritte Entfernung neben ihm
wandelte. Er versuchte es, ihren Namen auszusprechen, und wenn
auch derselbe laut und deutlich in seinem Herzen wiederklang, so schien
sie ihn doch nicht gehört zu haben; wenigstens bemerkte man an ihr
keine Bewegung, sie setzte auch ruhig ihren Weg fort, den Kopf auf
den Boden gesenkt, die Hände herabhängend.

Wieder erfaßte ihn der seltsame Schauder wie vorhin, doch versuchte er es, zu lächeln und näherte sich dem Graben so viel wie
möglich. Wohl kannte er denselben von seinen häufigen Ritten; er
wußte, wie tief und breit er war, und jetzt maß er ihn noch einmal
beim zweifelhaften Lichte des Mondes mit langsam prüfendem Blicke.
Lord hätte ihn hinübergetragen; ob auch das schwächere Pferd?

Nochmals rief er ihren Namen, und damit das geringe Geräusch,
welches die Hufe seines Pferdes machten, seine Worte nicht übertönen
sollte, zog er die Zügel an und bog sich, so weit es ihm möglich war,
zu ihr hinüber.

„Eugenie," sagte er, „ich beschwöre dich, setze deinen Weg nicht
so kalt und theilnahmlos fort; laß mich einen Augenblick zu dir

sprechen, laß mich dir sagen, wie mein Herz gelitten, wie mich Andere gequält haben, und ich mich selbst, ehe ich jene unglückseligen Worte sprach, die dich begreiflicherweise so schwer verletzen mußten."

Die weiße Gestalt glitt neben ihm dahin, ohne aufzublicken, ohne das geringste Zeichen einer Bewegung.

„O Eugenie!" rief der Baron leidenschaftlich. „Und weiß ich doch nicht einmal, ob du es wirklich bist, du lässest mich dein Gesicht nicht sehen, du schwebst dahin wie ein Phantom. O, bei Allem, was dir heilig und theuer ist, wende deinen Blick gegen mich, sage mir nur ein einziges Wort, sei es das härteste; nur ein Wort, nur eine Silbe! laß mich den Klang deiner Stimme hören!"

Und fort glitt die weiße Gestalt, ohne aufzuschauen, ohne Zeichen des Lebens.

„Bist du es nicht, Eugenie, die ich da vor mir sehe? — Ah, thörichte Gedanken! — ja, du bist es! — ich erkenne deine Gestalt, ich erkenne deinen Gang, wie könnte ich mich täuschen! — Aber ich flehe dich an, Eugenie, sage mir ein einziges Wort. Wie kann sich dein Herz so plötzlich verhärtet haben! Bedenkst du nicht, wo du wandelst, mein armes, liebes Mädchen? kennst du diesen Weg nicht mehr? — O, sprich mit mir bei den freundlichen Erinnerungen, die er auch in dir hervorrufen muß! — Ich gestehe es dir ein, ich habe entsetzliche Reden gegen dich ausgestoßen — ich war im Wahnsinn. Aber laß mich dir sagen, was ich gelitten, wie namenlos elend ich war, und du wirst, du mußt mir verzeihen. — Ah," fuhr Herr von Breda erschrocken fort, als er sah, wie unbeirrt durch seine Reden die weiße Gestalt vor ihm dahin schwebte, „es ist nicht gut von dir, Eugenie, so zu handeln; du fühlst nicht, wie wild mein Herz schlägt, wie mein Blut tobt. Gib mir ein Zeichen, daß du mich hörst, sei es selbst ein Zeichen, das mich noch unglücklicher macht, als ich es schon bin, eine abwehrende Bewegung mit der Hand. Ich will derselben folgen, ich will umkehren und es deiner Güte, deiner Barmherzigkeit überlassen, was du thun willst. O, nur ein Zeichen — ein Zeichen!

— du kannst es mir geben, du sollst es mir geben, du mußt es mir geben!"

Und als die weiße Gestalt hierauf ihren Gang nicht hemmte, sondern ruhig wie bisher dahin glitt, faßte er in furchtbarer Aufregung die Zügel seines Pferdes fester, nahm das schwache Thier zusammen, und nachdem er es ein paar Schritte von dem Graben zurückgezogen, zwang er es zu einem Sprung über denselben. — —

— — Da war es, als stürze der Himmel auf ihn herab und habe ihn unter seinen Trümmern begraben, oder als sinke er in einen tiefen Abgrund, der sich langsam über ihm schlöße. Es umgab ihn finstere Nacht, in welcher mit einem Male unzählige Sterne rastlos umherzuckten; lange, lange rollten die glänzenden Körper wie leuchtende Blitze über ihn dahin, sie strebten sichtbar nach Vereinigung, doch wenn sie sich näherten, um in einander zu fließen, so stießen sie sich wieder ab und begannen aufs Neue ihren wahnsinnigen Kreislauf. Dann, nachdem er in tiefer Betäubung lange darauf gewartet, flossen zwei in einander, dann drei und vier und bildeten eine dämmerige Helle in der tiefen Finsterniß, die ihn umgab. Er athmete wieder sehnsüchtig aufblickend nach dem Schimmer, der sich über seinem Haupte mehr und mehr vergrößerte. Endlich zuckten matte Strahlen von ihm aus; diese Strahlen rissen in zackige Gebilde aus einander; die Finsterniß um ihn her verschwand mehr und mehr, und es war ihm, als schwebe er aus einer tiefen Kluft empor an die Oberfläche der Erde, und er bemerkte, wie die kühle Nacht seine Stirn fächelte, wie das bleiche Mondlicht in seine halb geöffneten Augen drang.

In diesem Momente fühlte der Baron deutlich, daß er nicht mehr, wie er bisher zu thun geglaubt, sanft aufwärts schwebe, sondern daß ihn eine rauhe Wirklichkeit erfaßt und ihn unsanft empor reiße. Doch führte diese Erschütterung seine Besinnung rasch zurück; er hielt etwas krampfhaft zwischen seinen Händen, was ihn gewaltsam empor zog; er öffnete die Augen, er konnte sich erinnern, wo er war, was ihn hieher geführt; er hatte mit seinem Pferde über den Graben setzen wollen, das schwache Thier war gestürzt und hatte ihn heftig zu Boden geworfen. Wie lange er so gelegen, wußte er nicht, jetzt aber bemerkte er, daß es sein Pferd war, welches ihn empor gerissen, und dessen Sattel er niederstürzend mit den Fingern erhascht und krampfhaft festgehalten.

Ah, der heutige Abend! — Dieser trat nun wieder mit all dem Entsetzlichen, was er an demselben erlebt, vor seine Seele; er fühlte wieder, was er vorher empfunden, aber nicht mehr so wild und schmerzlich wie bisher; es lag wie ein Schleier über seinem Gedächtniß, und wenn er an Eugenie dachte, an die furchtbaren Worte, die er ihr vor Kurzem gesagt, an ihr Verschwinden, an seinen nächtlichen Ritt, an den Waldweg und die weiße Gestalt, so kam ihm das alles vor, als habe er es vor Jahren erlebt, so wollte es ihm nicht das Herz zerbrechen, wie eben noch, so berührte es ihn wie ein sanftes Weh. Es war ihm, als singe ihm Jemand ein trauriges Lied von dem, was er gelitten, und was ihn dabei am heftigsten erschütterte, war der Klang der Stimme, welche das melancholische Lied sang — o, eine Stimme, deren Ton ihn schmerzte und ihm doch wieder so wohl that, — ihre Stimme.

„Onkel George!" tönte es neben ihm; „ich mußte dich verlassen; bei Gott! ich konnte nicht anders; ich mußte den Ort fliehen, wo ich so glücklich, o so sehr glücklich gewesen bin, und dann wieder so namenlos elend. Ich durfte dir auch vorhin nicht antworten, als ich dich an meiner Seite sah, — während dessen habe ich innig gebetet, um deine Worte nicht zu hören, um sie von meinem Herzen abzuwehren. O, sie wollten immer eindringen, und wenn sie das gethan, so hätte ich umkehren müssen und dir entgegen fliegen, wie in schönen, glücklichen Tagen, was ja doch nicht sein kann nach dem, was du mir gesagt. Deine Worte haben den Schleier zerrissen, der meine Sinne befangen hielt; ich sehe klar und deutlich in dein Herz, in das meinige. — O Onkel George, starre nicht so entsetzlich vor dich hin;

jetzt flehe ich dich an, wende dein Auge zu mir, ich bin´ es ja, die zu dir spricht, ich, Eugenie — — — deine Eugenie."

„So, du bist es wirklich?" sagte er leise, wie aus einem tiefen Traum erwachend, „es ist kein Gespenst, keine weiße Gestalt, die vor mir dahin schwebte und mich verlockend nach sich zog? — — Ja, ich erkenne deine Stimme, deine süße Stimme. — Und — — da bist du wirklich." (Er schaute empor und sah das geliebte Mädchen vom Mondlicht umflossen vor sich stehen; er sah ihr bleiches, so liebes Gesicht, er sah ihre wunderbaren Augen. „Ja, ja, du bist es, Eugenie," fuhr er fort, nachdem er das Gesicht einen Moment mit der Hand beschattet. „Du bist zurückgekommen, um — — Abschied von mir zu nehmen."

„Ja, Onkel George," rief das Mädchen hastig und leidenschaftlich, „um Abschied von dir zu nehmen! Das fühlst du wohl."

Bei diesen Worten reichte sie ihm beide Hände, die er zögernd ergriff, dann aber, als er deren warmen Druck fühlte, krampfhaft festhielt.

„Ich fühle es," gab er leise zur Antwort, „daß du mich fliehen mußt; aber der Grund, warum du mich fliehst, ist so schrecklich für mich, und doch wieder so süß — — du fliehst mich, weil du mich liebst, Eugenie. — — O, bestätige meine Worte nicht!" setzte er hastig hinzu, „um alles nicht, was dir heilig ist! Denn wenn du es thust, wirst du mir im nächsten Augenblick entschwinden wie eine herrliche Phantasie, wie ein süßer Traum, wie ein Engel, der in seinen Himmel zurückkehrt."

„So wird es sein — es muß sich so erfüllen, und ich danke Gott für diesen Augenblick. Ja, ja," rief Eugenie mit einer furchtbaren Leidenschaftlichkeit, „ja, ja, George, ich liebe dich, wie man auf dieser Welt etwas lieben kann! ich habe dich lange geliebt und nur in dir gelebt, unbewußt geliebt und so gelebt. Und als es mir endlich klar geworden, hat mich ein Schauer überflogen, ein Schauer des tiefsten Schmerzes und doch wieder der höchsten Lust und Seligkeit! — O mein George, und wie gut ist es, daß Alles so gekommen! Es konnte nicht anders kommen; wir hätten uns beide noch unglücklicher, noch elender gemacht, als wir es so schon geworden sind. — Laß mich nicht diesen tiefen Schmerz auf deinem Gesichte lesen! O, glaube mir, auch ich fühle dein und mein Unglück, aber ich fühle auch wieder, daß wir jetzt einen Augenblick durchleben, einen süßen, seligen Augenblick, der eine Reihe von traurigen Jahren werth ist; das ist mein Gedanke, und in ihm will ich leben und wohl lange Jahre mich damit begnügen."

Sie hatte sich ihm genähert, so mit ihrer weichen, angenehmen Stimme sprechend, er zog sie sanft an sich, und als das junge Mädchen an seine Brust sank, fühlte auch er, daß er einen süßen, seligen Augenblick verlebte, der im Stande sei, sein Leben eine lange, lange Zeit hindurch freundlich auszuschmücken. Er beugte sein Haupt auf ihr Gesicht nieder, da berührte er mit dem Munde ihr duftendes Haar, sie zuckte leicht zusammen, aber sie schmiegte sich fester an ihn. Er küßte ihre Stirn und Augen und preßte seine Lippen auf die ihrigen, lange, lange, — eine Ewigkeit des Glücks und doch wieder ein so kurzer Moment.

Darauf richtete sich Eugenie in seinem Arme empor, nicht zurückfahrend, nicht erschreckt, nein, ruhig und mild, und als er vor innerer Aufregung und gewaltigem Schmerze fast weinend ausrief: „O meine Eugenie, so gefunden und verloren!" und als er sie aufs Neue an sein klopfendes Herz zog, entwand sie sich ihm nicht; ihre Lippen fanden sich wieder und ruhten abermals auf einander im herrlichen Rausche einer kurzen Seligkeit.

Dann ließ sie sanft ihren Arm herabsinken, welchen sie vertrauensvoll auf seine Schulter gelegt, und ihre Hand in die seinige gleiten, worauf er sprach: „So müssen wir uns also trennen, Eugenie; aber noch nicht so bald, aber noch nicht in nächster Sekunde. Du mußt mir schon gestatten, daß ich dich geleite bis ans Haus deiner Eltern. Dort will ich von dir Abschied nehmen."

„Das habe ich erwartet, George," erwiderte das junge Mädchen,
„und ich freue mich, diesen Weg nochmals mit dir zu machen."

Und so gingen sie dahin, Hand in Hand; das Pferd des Barons,
dessen Zügel er um den Arm geschlungen, folgte.

„Es ist nicht das erste Mal, daß wir im Mondschein diesen
Weg machen," sagte Eugenie, nachdem sie ein paar Schritte gegangen.
„Weißt du, George, ich habe dich früher oft bis zur kleinen Brücke
begleitet, als ich noch ein kleines Mädchen war und dich mit meinen
seltsamen Fragen quälte. — Siehst du dort jenen Baum, dessen
Zweige von allen Seiten wie Schleier herabhängen und den Stamm
fast verdecken, so daß ihn nur hier und da ein feiner Strahl des
Mondlichtes treffen kann? — Der Baum stand damals gerade so
wie heute, und ich fragte dich: Warum hängen die Zweige so herab?
— Erinnerst du dich?"

„Ob ich mich erinnere!" versetzte George traurig.

„Auf meine Frage gabst du mir zur Antwort: Die Zweige
drängen sich so dicht um den Stamm, damit ihnen nichts von den
Erzählungen desselben verloren gehe, die er ihnen im Mondschein
hält; sie lauschen aufmerksam seinen Worten, wie Kinder und Enkel
auf die Worte der Großmutter, die sich auch so um sie her schaaren."

So gingen sie dahin, Hand in Hand, und das Pferd folgte.

„Später bin ich einmal allein zu dem Baume gegangen," fuhr
Eugenie fort, „und schlich mich hinter die Zweige, um von seinen
Erzählungen zu vernehmen; aber er war stumm für mich, ich verstand
nichts von dem Geflüster seiner Blätter und Aeste."

„Das kommt daher," versetzte gedankenvoll der Baron, daß dein
Herz damals noch nicht im Stande war, die Sprache all der schein-
bar leblosen Gegenstände zu verstehen. Du hattest noch nicht gelitten,
du hattest noch nicht die Sprache des Leides, die Sprache getäuschter
Hoffnungen gelernt. Betrachte dir jetzt den Baum, mein gutes
Mädchen; spricht er nicht zu dir?"

„O, ich verstehe dich, George," erwiderte Eugenie mit bebender

Stimme. „Ja, jetzt erzählt er mir von jenen vergangenen glücklichen Stunden, wo ich ihn zuerst gesehen."

„Und nun, nachdem du seine Sprache gelernt, wird er dir immer= fort erzählen, so oft du ihn siehst, Angenehmes und Trauriges, viel= leicht mehr des Letzteren. Mir hat er schon oft mit dem Geflüster seiner Zweige das Herz zerrissen, und wenn ich ihn noch häufig sehen müßte, ich glaube, es wäre mein Tod — und mein Glück," setzte er mit dumpfem Tone hinzu. „Aber nicht er allein erzählt mir so Furchtbares, auch dort die beiden halb zertrümmerten Thorpfeiler, die Bank, wo du so oft gesessen, Eugenie, der Weg, den wir häufig ge= gangen, alles das erfüllt mich mit wildem Schmerz, denn es ruft mir dein Bild zurück."

„So denke an mich, George, wie ich an dich denken werde, gern, herzlich und ruhig."

„O, ich habe nicht dein Gemüth!" rief er schmerzlich. „Dein Herz ist groß, gut und rein; ich werde deiner gedenken nicht sanft und ruhig, sondern mit wilder Leidenschaft; ich werde dein Bild sehen bei Tag und Nacht, im Strahl der Sonne und des Mondlichtes, am blauen Himmel, unter dem Grün der Bäume, im glänzenden Thautropfen, in jeder aufblühenden Rose. Und alles, alles das wird mir sagen, daß ich dich verloren."

„So komme dem zuvor," gab das Mädchen mit weicher Stimme zur Antwort; „sage es dir selber, George, fest und bestimmt, daß es ja doch nicht anders sein kann. Und nun — lebe wohl! Dort sehe ich Licht zwischen den Bäumen hervorschimmern, es ist im Salon meiner Mutter."

„Aber deine Ankunft wird sie erschrecken."

„Gewiß nicht, George," erwiderte Eugenie kopfschüttelnd; „sie ist darauf vorbereitet; sie sagte mir vor Wochen etwas Aehnliches, was mich damals mit Schrecken erfüllte, da ich sie nicht vollkommen ver= stand. Jetzt verstehe ich sie; meine Mutter wird glücklich sein, mich wiederzusehen."

„Und ich soll dich nicht wiedersehen, Eugenie?" rief der Baron in wildem Schmerze, indem er das Mädchen fest an sich drückte.

„Wer sagt das, George? — Das zu denken, wäre mir fürchterlich. — Wir werden uns noch oft wiedersehen, ruhiger, heiterer."

„Vielleicht auch glücklicher, Eugenie!" sprach George von Breda leidenschaftlich.

Sie hob das Gesicht empor und blickte nach den Sternen, die in ihrer milden, beruhigenden Pracht am Himmel funkelten.

„Laß mir meine Fassung," bat sie alsdann, „die ich mir so mühsam errungen. — Gute Nacht, George!"

„Gute Nacht, meine Eugenie! — Gott sei mir gnädig! Gute Nacht!"

Damit schieden sie, und als Beide den Platz verlassen, wo sie zu einander gesprochen, flüsterte das Gras geheimnißvoll, vom Nachtwinde bewegt, das Mondlicht zitterte darüber hin, die Sterne blickten traulich und gleichmüthig herab, als sei dieser Platz, wo zwei Herzen so unsäglich gelitten, gerade wie jeder andere auf der weiten, weiten Welt.

Zweiundsechzigstes Kapitel.

Der Neffe des Jägers.

Wie Eugenie die Nacht verbracht, das wußte sie eigentlich selbst nicht, obgleich sie wenig geschlafen. Sie hatte ein Traumleben geführt, ihr Inneres hatte sich mit Träumen beschäftigt, die, wie sie entstehen, wieder verschwinden und jetzt tiefen Schmerz, dann unendliches Wohlbehagen in uns zurücklassen.

Wie das junge Mädchen so plötzlich ins Haus gekommen, war Alles höchst überrascht, aber der alte Baron vergaß diese Ueberraschung recht bald wieder in der Freude seines Herzens, seine Tochter um sich zu haben, und lachte so heiter und vergnügt, als ihm seine Frau sagte, es sei doch eine eigene Grille von Eugenie, so beim Einbruch der Nacht anzukommen und das väterliche Haus für ein paar Tage mit ihrer Gegenwart zu beglücken. Dieser Ausdruck kam ihm außerordentlich spaßhaft vor, und als er vom Lachen darüber kaum wieder zu sich selbst gekommen, fing er aufs Neue an, über das Gesicht, welches Onkel George morgen früh machen würde, wenn Eugenie nicht zum Frühstück käme, sich zu belustigen.

Das arme Mädchen litt nicht wenig unter den Ausbrüchen dieser Heiterkeit, und um ihr zu entgehen, hätte sie sich, so spät es auch bereits war, doch noch in das bewußte Zimmer ihres Vaters führen

lassen, um die alten Scherben zu bewundern, mit welchen die Sammlung während ihrer Abwesenheit vermehrt worden war. Doch that
Frau von Braachen hiergegen Einspruch; sie hatte ihre Tochter, erschreckt von deren plötzlichem Erscheinen zu so später ungewohnter
Stunde, forschend angeblickt, und ihrem geübten Auge war es nicht
entgangen, daß das Lächeln auf deren Lippen ein schwacher Versuch
war, ein tiefes Weh nicht sehen zu lassen, welches ihr Herz erfüllte.

Die Zeit, bis sich der Baron zur Ruhe begab, däuchte ihr eine
Ewigkeit, und als dies endlich geschehen und sie mit ihrer Tochter
allein war, faßte sie deren beide Hände, zog sie sanft an sich, und um
Eugenien das Reden zu erleichtern, sagte sie ihr, ohne daß sie von
dem Vorgefallenen etwas gewußt hätte, doch alles das, was sich begeben haben mußte und was sie ahnungsvoll lange vorher gefühlt,
daß es sich so begeben würde.

Unter wohlthätigen Thränen fügte Eugenie Einzelheiten bei, und
bald hatte Frau von Braachen das vollständige trostlose Bild dessen,
was wir uns bemüht, dem geneigten Leser im vorstehenden Kapitel
anschaulich zu machen.

Lange sprachen Mutter und Tochter mit einander, lange und
ernst, wobei zuweilen Eugenie, in Thränen ausbrechend, flehentlich
bat, von ihr nicht zu verlangen, was sein und ihr Herz brechen müsse,
und wo auch wiederum Frau von Braachen das junge Mädchen weinend an sich drückte und sie beschwor, einen Schritt zu thun, der
vielleicht im Stande sei, in das zerrüttete traurige Haus Ruhe und
Frieden zu bringen.

„Und wenn ich dir jedes Opfer brächte, Mutter," sagte Eugenie,
— „und ich weiß wohl, es ist meine Pflicht, mich für dich und den
Vater zu opfern, — würde es unserem Familienleben, das du mir
eben in so schöner Gestalt vor Augen gezaubert, etwas nützen können?
Wird nicht," setzte sie mit ganz leiser Stimme hinzu und erhob die
gefalteten Hände an ihre Stirn, „ein Schatten bleiben, traurig genug
für dich, grausenhaft für uns Andere?"

Frau von Braachen machte bei dieser Aeußerung ihrer Tochter einen Gang an den Schreibtisch, nahm aus einem Fache einen Brief, und sagte, indem sie denselben Eugenien darreichte: „Ein Schatten wird es allerdings bleiben, aber nur für mich." Und dann setzte sie hinzu, nachdem Eugenie einen Blick in das Papier geworfen und es ihrer Mutter schaudernd zurückgegeben: „Laßt die Todten ruhen."

„Amen!" sprach das unglückliche Mädchen, und „Amen!" wieder= holte sie innig, während sie ihre Hände in wildem Schmerze vors Gesicht preßte; „Amen! laßt die Todten ruhen." Sie schluchzte laut und gewaltsam, wobei ihre Thränen zwischen den Fingern hervor= quollen.

Sie hatte doch lindernde Thränen, die einem Anderen versagt waren, einem Anderen, der auf müdem, stolpernden Pferde einsam in der Nacht durch Feld und Wald ritt, in einem weiten Bogen um die Stelle auf dieser Erde, die sein einziges Glück barg.

Als Mutter und Tochter von einandergingen, hatte die Baronin wie segnend die Hände auf das Haupt ihres Kindes gelegt und dann, als Eugenie sprach: „Ich will so thun, wie du es wünschest," dankend empor geblickt.

Dann war das junge Mädchen schwankend auf ihr Zimmer ge= gangen, und als sie dort die alten bekannten Gegenstände so unver= ändert wieder sah, nach jenem kurzen Zeitraume, der so viel Glück und Elend über sie gebracht, sank sie am Fenster auf die Kniee nieder, verbarg das Gesicht in ihre Hände und betete lange und inbrünstig. Sie war gefaßter, als sie sich wieder erhob und an dem Fenster leh= nend in die Nacht hinaus blickte.

Es schwebte eine feierliche Ruhe über dem Spiegel des See's, über dem Rasen des Bodens, über dem Gipfel der Bäume. Sie stand da lange, lange; sie sah die Scheibe des Mondes auf dem glatten Wasser glänzen, und alsdann dieses nur geheimnißvoll leuchten, da das Gestirn der Nacht hinter den Bäumen verschwand. — Einmal fuhr sie erschreckt zurück, denn als sie in die Dunkelheit hinausstarrte,

war es ihr, als sehe sie am Ende einer Waldlichtung einen einsamen
Reiter langsam gespensterhaft vorüber ziehen. Sie schauderte bei dieser
Phantasie, sie schloß die Vorhänge und suchte ihr Lager.

Als sie nach tiefem, wenngleich unruhigem Schlummer erwachte,
strahlte das helle Licht eines klaren Frühlingsmorgens in ihre Augen;
sie erhob sich, kleidete sich in ein einfaches Gewand von dunklem
Zeug, das sie früher getragen, und begab sich nach dem Zimmer ihrer
Mutter, wo sie die Eltern beim Frühstück antraf. Darauf mußte sie
des Vaters Seltenheiten bewundern, unter denen der verhängnißvolle
Krug des Herrn von Tondern noch immer die erste Stelle hatte; dann
nahm sie bebend in tiefem Leide Abschied von der Mutter, die zu ihrer
Schwester nach der Stadt fuhr, und dann war sie für einige Zeit
frei und eilte in den Wald hinaus.

Wie athmete sie tief auf, als sie wieder unter die alten ernsten
Bäume trat! wie schien jeder der Stämme sie gleich einem alten Bekannten zu empfangen! wie glänzte ihr der See zum Willkommen so
freudig entgegen! wie murmelte grüßend das Schilf an seinen Ufern!
— Ach, sie fühlte sich so verlassen und traurig: sie war um so
schmerzlicher bewegt, als sie sich des letzten Males erinnerte, wo sie
ebenfalls ihren Weg hieher genommen, an jenem Tage, wo sie sich
von dem alten Klaus verabschiedet, einem Morgen, der mit all seinen
Einzelheiten so erschreckend lebendig vor ihre Seele trat. Sie erinnerte
sich, wie sie die Hände rechts und links ausgestreckt, um auf Augenblicke zu erfassen, was zu erfassen war zum herzlichen Abschied: die
Rinde alter Bäume, dürre Blätter und nackte Zweige, die sie grüßend
durch ihre Finger gleiten ließ.

Heute war sie wiedergekommen, aber das Wasser des See's schien
sie befremdet anzuschauen, die alten Bäume, die kleinen Sträucher ihr
kein freundliches Willkommen entgegen zu rufen. Alles, Alles — die
hervorsprossenden Gräser, die schwellenden Knospen, einzelne Frühlingsblumen, die zu ihren Füßen neugierig die bunten Köpfchen empor-
hoben, blickten sie erstaunt und fragend an und schienen ihr zu sagen:

Warum bist du so wieder gekommen mit einem traurigen Herzen, du, die doch sonst so fröhlich und heiter an uns vorbei eilte, jubelnd, glücklich? Warum bist du geflohen aus einem Hause, wo man dich so sehr geliebt? Warum hast du ein Herz gebrochen, das dir ganz angehört? — Warum? — Warum?

So schienen der See, die Bäume, die Sträucher und die kleinen Blumen zu fragen. Und da sie alle ihre alten Spielkameraden waren, ihre Vertrauten, die ein Recht hatten, diese Fragen an sie zu stellen, so bemühte sich auch das junge Mädchen, während sie so dahin schritt, ihnen aufs umständlichste Antwort zu geben; sie erzählte ihnen Alles, sie verhehlte ihnen nicht das Geringste; sie sagte, wie sie draußen so sehr glücklich gewesen, wie dieses Glück mit jedem Tage größer und schöner geworden sei, wie sie geliebt habe, herzlich, innig, unbewußt, und wie sie ebenso wieder geliebt worden sei; wie sie dadurch einen süßen, unvergeßlichen Traum geträumt und dann so furchtbar unglücklich geworden, als sie nun endlich erwacht.

Ja, so sprach sie zu ihren alten treuen Bekannten, dahin schreitend über frisch sprossende Gräser, unter schwellenden Knospen, umweht von Frühlingsluft, beglänzt von Sonnenlicht, umduftet von dem wunderbaren Hauche, den die nun wieder jungfräuliche Erde in den ersten Tagen ihres Frühlings ausströmte. Dabei hatte Eugenie die Hände gefaltet, und aus den offenen klaren Augen perlte eine Thräne um die andere. Sie ließ die bekannten Wege, die kleinen Hügel, wo sie so gern verweilt, hinter sich, immer erzählend, immer gewissenhaft darlegend, was sie im Innersten ihres Herzens barg.

Und so erreichte sie die Waldvertiefung, in der die kleine Jägerhütte lag, vor welcher der alte Klaus auf einer Bank saß. Und als sie dort hinab eilte, waren ihre Worte: Das habe ich alles gefühlt und gelitten; ich habe mich losgerissen von ihm, den ich über Alles — o, so unendlich geliebt — und nun bin ich wieder bei euch und weiß nicht, wie das alles so schnell gekommen. — Hierauf war sie auf die Bank neben dem Jäger niedergesunken, lehnte ihr Haupt an seine Schulter und weinte laut und bitterlich.

Eine lange, lange Weile gab dieser nichts zur Antwort, und zwar aus dem Grunde, weil sein Herz zu voll war, nicht weil er nicht mit ihr fühlte; denn daß er das doch that, merkte sie an dem leichten Drucke seiner rauhen Hand, die er sanft auf ihre weichen Finger gelegt hatte; und endlich sagte er mit leiser Stimme: „O, es ist gut, gnädiges Fräulein, daß Sie wieder da sind; Alles freut sich darüber, Alles."

„Nicht Alles, Klaus," versetzte das Mädchen, indem sie traurig mit ihrem Kopfe schüttelte. „O, ich weiß Jemand, den es tief schmerzt, daß ich jetzt hier bin."

„Ja, das ist wohl möglich," sagte der Jäger; „die Sie nicht mehr täglich sehen, denen wird das recht traurig sein. Aber Sie haben das Glück, gnädiges Fräulein, daß, wo Sie hinkommen, Aller Augen vor Freuden leuchten. Sie haben die Gabe des guten Gesichtes, und Alles fühlt sich wohl und glücklich in Ihrer Nähe. Sehen Sie, sogar die unvernünftigen Geschöpfe, der alte Hund, wie er vor Freude wedelnd vor Ihnen steht, und selbst die Katze erkennt Sie wieder, denn da mag sonst kommen, wer will, sie begrüßt Niemand als mich und Sie. — Sie haben Verstand, diese Geschöpfe," meinte er nachdenklich.

Eugenie hatte sich von der Bank wieder erhoben, drückte die Hand auf ihr Herz und blickte tief aufathmend rings umher. Da lag das stille Häuschen so friedlich zwischen seinen Bäumen, und keiner fehlte, ebensowenig wie eine von den Planken an dem Gehege. Auf den kleinen Fenstern glänzte der Sonnenschein breit und behaglich, denn das Rebgewinde, welches sie umgab, war noch vollkommen kahl, und die neidischen Blätter konnten die Strahlen noch nicht abhalten. Sie schritt um die Hütte herum, wobei ihr der alte Jäger und der Hofhund folgten. — Alles war an seinem Platze wie damals, wo sie es verlassen.

Darauf ging Eugenie in das Haus hinein, und als sie die Stube wiedersah, preßte es ihr wohl das Herz schmerzlich zusammen, denn sie hatte gedacht, wenn sie einmal wieder hieher käme, so würde es sie recht innig und herzlich freuen, daß sie wieder da sei.

Und doch war es anders gekommen, ach! so ganz anders. Sie suchte mit Gewalt ihre finsteren Gedanken zu verjagen und redete sich ein, sie habe nichts Schmerzliches erfahren, seit sie zum letzten Male hier gewesen. Und dabei war ihr der kleine Ort, so traulich und voll Ruhe, gern behülflich.

Hier in dem Stübchen war Alles so feierlich still; die Schwarzwälderuhr pickte, die Sonnenstrahlen legten einen goldenen Streifen auf den Fußboden hin oder spielten im Reflex von dem Bache draußen wie lauter leuchtende Punkte an der Decke. Dazu murmelte das Wasser so geheimnißvoll, und zuweilen, wenn sich ein leichter Wind erhob, rauschten die Zweige der mächtigen Bäume, welche das Häuschen umstanden, und erzählten wie von wunderthätigen Waldblumen und Märchengold.

Ja, es war hier in der alten einsamen Jägerhütte wieder so märchenhaft wie sonst, und wenn Eugenie, wie sie jetzt wieder that, das Spinnrad der alten Frau Klaus vor sich hinstellte, die Bilderbibel vom Gesimse nahm und aufgeschlagen über ihre Kniee legte, wenn Hund und Katze wedelnd und schnurrend zur Thür hereinkamen und sich am Boden zu den Füßen des jungen Mädchens hinschmiegten, und wenn man sie dann so traurig lächelnd da sitzen sah mit dem klaren, leuchtenden Auge vor sich hinblickend, den Mund leicht geöffnet, um die tiefen Athemzüge durchzulassen, die von gewaltigem Weh und Herzeleid erzählten, — so war das alles wie die wunderbare Illustration zu dem Ende eines trüben Märchens: Es war einmal ein alter Jäger, der hatte eine wunderliebliche Tochter.

Sie hatte viel Kummer und Schmerz erfahren, da geschah es, daß sie, als sie lange an ihre traurige Vergangenheit gedacht, sich ermattet niederließ und vom Gesang der Vögel und vom Rauschen des

Windes sanft in den Schlaf gewiegt wurde. Die Katze schlief mit ihr, nicht so aber der große starke Hofhund. Wie das Mädchen die Augen schloß, öffnete er die seinigen, hob den Kopf, schaute, so weit er konnte, um sich und horchte fern, fern in den Wald hinaus, ob sich dort nichts Ungewöhnliches rege. Eugenie träumte von Sternen und Waldblumen, die mit einander in Streit gerathen waren, wer von ihnen das Schönste und Glücklichste sei. Ja, sie wandten sich an das junge Mädchen, und dieses wollte schon zur Antwort geben: daß im Walde die Blumen, am Himmel die Sterne Jedes an seinem Platze das Schönste und Glücklichste sei, weil Keines von ihnen leiden müsse, unter einer traurigen und unglücklichen Liebe, — da war es ihr, als höre sie Knurren und Murren vor sich. und wie sie schlaftrunken die Augen öffnete, sah sie den großen Hofhund aufrecht an der Wand stehen, die beiden Tatzen an die Fensterbrüstung gelegt, und, wie sie im Traume gehört, knurrend und murrend.

Wahrhaftig, sie meinte sie träume noch fort, denn vor dem Fenster sah sie den Kopf eines Pferdes, das in die Stube blickte, und dann anfänglich die Hand des Reiters, der das Rebengewinde aufhob und nun, hell von der Sonne bestrahlt, erstaunt und lächelnd das traurige Kind hier in der einsamen Jägerhütte fand. Ein Ausruf der Verwunderung entfuhr dem Reiter, und dieser Ausruf ließ Eugenie plötzlich aufspringen und staunen und horchen. Sie strich über ihre Stirn, als wolle sie sich vergewissern, daß sie nicht mehr schlafe, und fühlte sich erst beruhigt, als sie die Stimme des alten Klaus vernahm, der draußen mit dem Reiter sprach. Dieser hatte sein Pferd von dem Fenster zurückgezogen und dasselbe gegen den alten Jäger gewandt; aber wenn er auch auf dessen Reden hörte, so drehte er doch den Kopf von ihm ab, senkte ihn tief herab und schaute forschend in das Zimmer.

Das alles sah Eugenie mit einem raschen Blick, und daß der Reiter so hereinsah. scheuchte sie in den fernsten Winkel des Zimmers zurück.

Der Reiter konnte sie nicht mehr sehen, sie ihn aber wohl, denn der Strahl der Sonne lag leuchtend auf ihm; sie erkannte ihn und zitterte; sie vernahm seine Stimme und preßte ihre beiden Hände vor das Gesicht. Entfliehen konnte sie nicht; denn das Häuschen hatte nur einen Ausgang, und zu diesem trat nun ein junger Mann herein, der an der Thür stehen blieb, ehrerbietig seinen Jägerhut vom Kopfe nahm, sich vor dem Mädchen verneigte und alsdann sagte: „Es ist nicht ganz der Zufall, der mich hieher führt, mein Fräulein. Sind Sie vielleicht geneigt, mich freundlich anzuhören?"

„Hier nicht! o mein Gott, hier nicht!" rief ängstlich das Mädchen, wobei sie mit verstörten Zügen um sich schaute. „Gewiß hier nicht, Herr Graf."

Sie eilte ihm hastig entgegen, und da er sah, wie sie die Thür gewinnen wollte, trat er auf die Seite, um sie vorbei zu lassen. Mit raschen Schritten erreichte sie das Freie; vor der Hütte aber schien sie sich einen Augenblick zu besinnen, ob sie die Anhöhe hinan nach Hause eilen solle oder anhören, was ihr Jener zu sagen habe.

Graf Helfenberg war ihr rasch gefolgt, und da er die Unschlüssigkeit auf ihrem Gesichte las, sagte er bittend: „O Fräulein Eugenie, erlauben Sie mir nur wenige Worte. Womit habe ich es verdient, daß Sie diesen Ort verlassen wollen, ehe Sie mich gehört?"

„Ich darf Sie nicht hören," gab sie im Tone einer rührenden Bitte zur Antwort, „jetzt nicht hören! Weiß ich doch, wer Sie sind. Ja, wenn es noch der Neffe des Jägers wäre, der zu mir spräche — aber Sie, Graf Helfenberg —"

„Und hat sich Graf Helfenberg gegen Sie verfehlt? — Verdient er es nicht, daß man ihm einen Augenblick Gehör schenkt?"

„O, wenn Graf Helfenberg," erwiderte Eugenie mit bebender Stimme, „als solcher vor mich hingetreten wäre, Alles wäre ganz anders gekommen, einfacher — besser. — Der Neffe des Jägers hat viel Unglück über mich, über uns gebracht."

Sie ließ sich, wie von ihren Gedanken überwältigt, auf die Bank vor der Hütte nieder. Der große Hund kam wedelnd herbei, legte seinen Kopf auf ihren Schooß und sah sie mit den großen Augen zutraulich an.

„Ich erlaubte mir, Ihnen vorhin zu sagen," sprach der junge Mann, der an Eugeniens Seite getreten war, „daß es nicht der Zufall ist, der mich heute Morgen hieher geführt. Was mich übrigens zu jeder Stunde antreiben würde, Ihre Nähe zu suchen, Fräulein Eugenie, wird Ihnen nach dem, was vorgefallen, nach dem, was Sie erfahren, wohl nicht unbewußt sein. Sie sehen, ich spreche ohne Rückhalt; ich spreche wie Jemand, der im Begriffe ist, Alles zu gewinnen oder Alles zu verlieren. — O, lassen Sie mich ausreden," setzte er hinzu, als er sah, wie sie hastig die Hand erhob; „es ist mit guten Reden wie mit Thränen: sie beruhigen das Herz, sie führen oft zum Heile. — Sie sagten vorhin, es wäre Ihnen lieber, wenn der Neffe des Jägers noch zu Ihnen spräche, und ich versichere Sie, Fräulein Eugenie, auch mir wäre das nicht unerwünscht, denn der kranke Neffe des Jägers von damals war nicht so unglücklich als ich, wie ich jetzt vor Ihnen stehe. Nicht leben zu können, wenn man auch durch Jugend ein Anrecht darauf hat, ist allerdings hart, aber unglücklich leben zu müssen, wenn uns das Glück nahe, erreichbar, das ist wohl mehr, als ein Menschenherz zu ertragen im Stande ist. In diesem Falle bin ich; deßhalb aus Mitleid hören Sie mich an."

Das Mädchen neigte ihren Kopf und sagte mit kaum vernehmlicher Stimme: „Ich werde Sie hören; reden Sie."

„So muß ich denn Ihr Gedächtniß um einige Jahre zurückführen," sprach Graf Helfenberg. „Es war ein heißer Sommertag, als ich Sie zum ersten Male sah, Fräulein Eugenie, hier auf dieser Stelle saß; ich kam auf flüchtigem Pferde mit leichtem, heiterem Sinn, ich eilte im frohen Muth der Jugend, gesund, vergnügt, eine angenehme Zukunft vor Augen, durch das Waldrevier, wo ich so oft fröhlich gejagt.

„Bei jenem Ritte war es mir seltsam zu Muth; ich hatte weite

Reisen vor mir, ich dachte mir: Wirst du auch hieher zurückkehren, froh und glücklich? Ich wollte die erste Begegnung an dem Morgen, sei sie freundlich, sei sie traurig, für eine gute Vorbedeutung nehmen. Aber der Wald war stille wie ein Kirchhof; es huschte kein Reh an mir vorüber, es begegnete mir nichts, was den Jäger hätte unangenehm berühren können; heiß drückte die Sonne auf Berg und Thal, alle lebenden Wesen hatten den wohlthuenden Schatten gesucht. Da kam ich dort jenen Hügel herunter, und da ich Niemand bei der Hütte sah — auch hier war Alles so feierlich, so märchenhaft still — so ritt ich dort ans Fenster, bog die Ranken des Rebgewindes aus einander und sah — Sie, Eugenie, ein verkörpertes Märchen.

„O, verzeihen Sie mir, daß ich nicht anders kann, als Ihnen meine Gedanken so lebhaft darzulegen; jener Augenblick ist mir unvergeßlich. Ihr Anblick traf mich tief; ich schaute dem lieblichen Bilde, das sich mir darbot, mit Entzücken zu, bis der Hund aufschlug, bis Sie sich erschreckt emporrichteten, dann verschwanden, bis Alles in einander verschwamm und verging, wie es vorkommt in jenem Märchen, dem die richtige Lösung fehlt.

„Ich wandte mich an Klaus mit der Frage, wen ich gesehen; der alte Jäger, der mich, einen wilden jungen Menschen, kannte, hielt es für passend, mir zu sagen, die kleine Fee, welche ich in seinem Zimmer gesehen, sei die Tochter einer armen Anverwandten.

„So ritt ich meines Weges, die liebe und freundliche Erscheinung für nichts weiter nehmend als eine gute Vorbedeutung, die ich gesucht. Aber sie selbst," setzte er leiser hinzu, „vergaß ich deßhalb nicht, die kleine liebe Fee — Dornröslein; und wenn mir ihr Bild vor die Seele trat, — und das geschah so oft, ach, so sehr oft, Eugenie! — so ließ ich in meinen Träumereien dichtes Rankengewinde, blühende Schlingrosen rings um Sie her zusammen wachsen, eine undurchdringliche Wand bilden, die Sie vor den Augen der Welt verbarg, an einer Stelle, welche nur dem Glücklichen bekannt war, der Sie einstens aus tiefem Zauberschlafe erwecken solle. — —

„— — Ich war nicht jener Glückliche, denn als ich zurückkehrte waren alle Poesie, alle Blüthen von meinem Leben abgestreift. Im Frühlinge desselben war ich erstorben und verdorrt, und so trat ich plötzlich wieder vor Sie hin, ich dem Grabe nahe, Sie eine frische und aufblühende Knospe. Da erfuhr ich auch, wer Sie seien, und was ich damals gelitten, Eugenie, als ich so einen ganzen schönen Lebenskranz, dessen Zierde Sie vielleicht geworden wären — o, lassen Sie mich zu Ihnen reden, wie es mir mein Herz eingibt — zerpflückt und zerrissen vor mir liegen sah, ist mir unmöglich Ihnen zu sagen. Sie würden es nicht begreifen."

„O doch, o doch!" seufzte sie leise in sich hinein.

„Da durchlebte ich Stunden, gegen welche die Qualen der Verdammten Seligkeit sein müssen. Ich war nur glücklich in dem Gedanken, daß Sie in mir nur den kranken Neffen des Jägers sahen, daß das Mitleid, welches Sie mir schenkten, meiner traurigen Person galt."

Eugenie legte ihre Hände zusammen, — sie nickte leicht mit dem Kopfe.

„Wenn es gekommen wäre, wie es den Anschein hatte, daß es kommen sollte, so wäre ich jetzt ruhig, wohl glücklich. Sie hätten vielleicht auf dieser Stelle einen Kranz gewunden und ihn auf mein Grab gelegt, Sie hätten vielleicht meinem Andenken hier und da eine freundliche Erinnerung geschenkt."

„Ich hätte Ihr Andenken gesegnet," gab das junge Mädchen, ohne aufzublicken, zur Antwort; „auch wenn es nicht so gekommen wäre, wie Sie edelmüthig genug waren, meiner zu gedenken. — Ich weiß das alles."

Der Graf machte eine abwehrende Bewegung mit der Hand und fuhr alsdann fort: „Da schien sich mein Schicksal ändern zu wollen, freundlich, selig sich zu gestalten; vom tiefsten Leid wagte ich es, aufzublicken zum höchsten Glücke, und dieses höchste Glück, Eugenie, lag für mich in Ihrem Herzen, in der Hoffnung Ihrer Liebe, wenigstens Ihrer Zuneigung zu mir."

Gewaltsam zwang er sich, ruhig zu bleiben, er drückte seine
Rechte vor die Augen, er blickte an den blauen Himmel empor; er
biß die Lippen auf einander, als er den glänzenden Sonnenschein
sah, der heute wie damals um das Häuschen spielte.

„Ich glaubte meinem Ziele, meinem Glücke, dem strahlendsten
Lichte nahe zu sein, da warf mich das Schicksal zurück in wilde
finstere Nacht."

Eugenie zitterte, sie verstand seine Worte nicht ganz, aber sie
ahnte, was er sagen wollte. Und diese Ahnung wurde ihr zur furchtbaren Gewißheit, als der junge Mann nun mit fast tonloser Stimme
und einer erschreckenden Ruhe fortfuhr: „Heute Nacht erschien George
von Breda unerwartet bei mir, ich erschrak, als ich in sein verstörtes
Gesicht blickte, aber ich fand sein Aussehen gerechtfertigt, als er mir
mit furchterregender Ruhe seinen Zustand geschildert, die Geschichte der
letzten Tage berichtet."

Das Mädchen machte eine gewaltsame Bewegung, als wolle sie
empor springen; doch legte der Graf die Hand sanft auf ihren Arm,
indem er sagte: „Bleiben Sie, Eugenie, seien Sie stark und muthig,
hören Sie mich bis zum Ende. — George von Breda hatte ja erfahren, wie unendlich ich Sie geliebt; er mußte daraus abnehmen,
welchen entzückenden Hoffnungen ich mich hingäbe, und er war mir
die ganze Wahrheit schuldig. — — — Lassen Sie mich einer Sache
erwähnen, Eugenie, wovon ich gern nicht gesprochen hätte, welche Sie
aber vorhin berührt. George von Breda wußte es, wie uneigennützig
meine Liebe zu Ihnen war, wie ich Sie, auch ohne alle Hoffnung für
mich, glücklich zu sehen wünschte. Deßhalb war er mir einen klaren
Blick in die Verhältnisse schuldig; er wußte, daß er sich in mir nicht
irren würde. — Schon früher sagte ich Ihnen, es sei nicht der Zufall, der mich hieher geführt — George war es selbst, der mich veranlaßt, Sie aufzusuchen."

„O George!" rief Eugenie auf's tiefste erschüttert. „Sprechen

Sie nicht weiter," wandte sie sich weinend an den Grafen; „ich bin jetzt nicht stark genug, Sie zu hören."

„Und doch muß ich gerade in diesem Augenblicke zu Ihnen reden, kalt und vernünftig zu Ihnen reden, und Sie müssen mich gerade so anhören. — O Eugenie," fuhr er mit einer Leidenschaft, die seine Worte Lügen strafte, fort, „wüßten Sie, wie ich Sie liebe, wüßten Sie, wie das schon allein meine größte Seligkeit ist, Sie sehen, den Blick in ihr gutes Auge senken zu dürfen, den Ton Ihrer Stimme zu hören, Sie würden mir behülflich sein, ruhig und vernünftig zu Ihnen zu sprechen, wie es der Ernst des Augenblickes verlangt.

„Wenn auch Alles gekommen wäre, wie es vor einem halben Jahre den Anschein hatte, daß es kommen müsse, mein Tod hätte Sie nicht glücklich machen können. Aber mein Leben kann es vielleicht, wenn ich es Ihnen nach alle dem, was vorgefallen, weihen dürfte, wenn Sie mir gestatten, als treuer Freund an Ihrer Seite zu gehen, wenn Sie sich auf diesen Arm stützen wollen, Ihre Hand in die meinige legen, damit ich Sie sanft durch das Leben führen kann, von der Vergangenheit mit Ihnen sprechend bis zu dem für mich so seligen Momente, der gewiß einstens kommen wird, wo Sie mir vielleicht Dank sagen für die heutige Stunde und hinzusetzen: sie war hart und schmerzlich, aber sie hat, wenn auch nicht unser Aller Glück, doch unser Aller Frieden gegründet. — George hat mich beauftragt, so mit Ihnen zu sprechen."

Sie saß unbeweglich da, den Kopf in ihre Hände gesenkt.

„Und nun bin ich zu Ende," sprach Graf Helfenberg nach einer Pause mit weicher Stimme. „Nun liegt unser Aller Schicksal in Ihren Händen; — darf ich noch hinzusetzen," fuhr er mit bebenden Lippen fort, „daß für mich Glück und Elend an Ihrem Ausspruche hängt? Darf ich es noch einmal wagen, Ihnen, Eugenie, ins Ge-dächtniß zurückzurufen, daß ich auch ohne Ihren Besitz in Frieden gestorben wäre bei dem Gedanken, Ihr Glück begründet zu haben, daß

Sie mir schon darum vertrauen dürfen, daß ich, ohne Sie der un-
glücklichste Mensch auf Erden bin, daß ich Sie nicht verlassen kann
und traurig und elend immer wieder Ihre Nähe suchen werde, wenn
Sie mich auch hundert Mal zurückstoßen? Ja, Eugenie, ich liebe Sie,
ich kann nicht von Ihnen lassen."

Er schwieg, in gewaltiger Aufregung ängstlich eine Antwort erwartend. Doch da sie unbeweglich saß wie vorhin, ohne aufzublicken,
ohne einen Ton ihrer Stimme hören zu lassen, so ward es rings um
die Hütte des Jägers so still, so entsetzlich still, daß der junge Mann
das Klopfen seines Herzens deutlich vernahm und daß ihm der leiseste
Lufthauch der über die Gräser strich, wie ein mächtiges Sausen
ertönte. — —

— — Da mit einem Male hörte man ein lauteres Geräusch,
den Schall herannahender Fußtritte auf dem dürren Laub, das vom
vergangenen Winter übrig geblieben war. Graf Helfenberg blickte tief
aufseufzend in die Höhe und sah Jemand den kleinen Abhang herab-
kommen, der den Stock, welchen er in der Hand trug, nicht zum
Aufstützen gebrauchte, sondern um damit allerlei Figuren in der Luft
zu beschreiben. Es war ein älterer Mann in einem ziemlich abge-
schossenen braunen Rock, der jetzt seine Stimme erhob und laut und
heiter ausrief:

„Da finde ich dich endlich, nachdem ich den halben Wald nach
dir durchforscht."

Kaum erkannte Eugenie den Ton dieser Stimme, so sprang sie
empor, flog dem Ankommenden entgegen und warf sich in seine Arme.

„Ei mein Kind," sagte Herr von Braachen, nachdem er mit
väterlicher Zärtlichkeit ihren Kopf an seine Brust gedrückt, wobei er
leicht mit der Hand über ihr volles Haar strich, „thust du doch gerade,
als fliehest du vor etwas Entsetzlichem. Und doch sehe ich so gar
nichts Erschreckliches hier," setzte er mit einem launigen Blicke auf den
Grafen hinzu, der sich mühsam gefaßt hatte und grüßend näher trat.
„Sollten Sie wohl glauben," wandte sich der alte Mann an ihn, „daß

dieses Mädchen, meine liebe Eugenie, ein kleiner toller Flüchtling ist? — Aber wie ich mit Vergnügen sehe, hat ihr die Flucht nichts genützt. — Nun, mir ist es nicht nur recht, Herr Graf, sondern ich will ehrlich sein und Ihnen nur gestehen, daß Sie in mir einen der glücklichsten Väter der ganzen Welt sehen. Wir wollen uns da kein Air geben. Was wahr ist, ist einmal wahr, und auch Eugenie — nicht wahr, mein Kind?"

Aengstlicher als vorher drückte diese ihren Kopf an die Brust des Vaters, und ein convulsivisches Zittern flog durch ihren Körper.

„Sie hat nicht ein Wort davon gesprochen," fuhr Herr von Braachen mit einem glückseligen Lächeln fort, „nicht einmal zu ihrer Mutter, die nach der Stadt fuhr und gleich darauf heim kehrte mit der großen Neuigkeit, die ihr Onkel George mitgetheilt."

Bei Nennung dieses Namens zuckte Eugenie zusammen; doch litt sie es geduldig, als Graf Helfenberg dicht an Vater und Tochter hintrat und sanft die Hand der letzteren von der Schulter des alten Mannes nahm.

„Onkel George," fuhr dieser fort, „hat mir auch in Ihrem Auftrage geschrieben, Herr Graf. Ich hatte freilich keine Ahnung," setzte er lachend hinzu, „daß Sie selbst so schnell da sein würden. Doch wo ist der Brief? — Ja, Kind, wenn du mich so umklammert hältst, so kann ich unmöglich diesen wichtigen Brief hervorholen.

Eugenie richtete sich auf mit halb geschlossenen Augen; sie sah entsetzlich bleich aus; doch duldete sie es, daß Graf Helfenberg sie sanft von ihrem Vater entfernte und liebreich unterstützte.

„Ja, hier ist er." sprach der alte Herr, indem er ein Papier entfaltete und daraus las: „Mein bester Freund, Graf Helfenberg — und so weiter," murmelte er, „und so weiter, Eugenie, was dir der Herr Graf selbst wohl gesagt haben wird. Schließlich schreibt Onkel George noch, er freue sich außerordentlich über diese Verbindung, sie erfülle alle Wünsche, die er haben könne und dürfe. — Und das sage ich auch von ganzem Herzen. — Und du, Eugenie — unartiges Kind, das also schon wieder Lust hat, mich zu verlassen, — willst du Gräfin Helfenberg werden?"

Sie preßte heftig die Lippen aufeinander, sie athmete tief und erhob ihren Blick von der Erde zu der Bank, wo sie eben gesessen, dann zu dem Fenster des kleinen Häuschens, wo sie ihre schönen Märchen geträumt, endlich empor an den Himmel, dessen dunkle Bläue sich in zwei Thränen wiederspiegelte, die ihre Augen füllten.

„Eugenie!" sprach Jemand neben ihr in bittendem Tone; und sie erwiederte leise:

„Du hast es gesagt, Vater."

Dreiundsechzigstes Kapitel.

Das Ende.

Die Liebe und Sorgfalt, mit welcher Doktor Flecker einen schwer verwundeten Freund behandelt, hatte wohl vermocht, dessen Schmerzen zu lindern und ihm erträgliche Stunden zu machen; doch war die Kunst des Arztes nicht im Stande, das Leben des edlen Spaniers zu erhalten, und er mußte den Bekannten desselben eingestehen, daß seine Tage nicht nur gezählt, sondern daß ihrer auch nicht mehr viele sein würden.

Der Kranke hatte übrigens zuerst diese Vermuthung ausgesprochen, und die Aussicht, eine Welt voll Trug und Heuchelei verlassen zu müssen, schien ihm nicht im Geringsten schmerzlich zu sein, besonders wenn er sich in der Verfassung befand, ruhig überlegen zu können. Zwischen diesen leichteren und für ihn und seine Umgebung angenehmeren Stunden kamen aber auch jene traurigen Episoden, wo er nach Schwert und Schild rief und wo man ihn kaum mit Gewalt abhalten konnte, sein Lager zu verlassen, um das Schlachtroß zu besteigen und die Dame seines Herzens aus den Klauen blutdürstiger Wüthriche und entsetzlicher Phantome zu befreien. Eigenthümlich war es dabei, daß er sich in den anderen ruhigen Stunden jener Raserei ziemlich bewußt war, nicht nur darüber sprach, sondern auch in der

Erinnerung an seine vergeblichen Mühen und Kämpfe lächeln konnte. Aber nicht bloß seine eingebildeten Thaten beschäftigten ihn in solchen Augenblicken, auch seine Abenteuer, die er in gutem Glauben bestanden, gingen alsdann an seinem Geiste vorüber, und er sprach häufig mit dem Armenarzt über diesen Gegenstand.

„Glauben Sie nicht, lieber Doktor," pflegte er zu sagen, indem er diesem die Hand drückte, „daß es mir den geringsten Kummer macht, was ich in den traurigen Mienen, mit denen Sie mich oft betrachten, über meinen Zustand lese. Meine Zeit, die schon lange vorbei war, ist nun wirklich dahin geschwunden, und ich bin vergnügt darüber, denn ich sehe es wohl ein, daß ich auf eine Art zu wirken versuchte, die nicht mehr für unser Jahrhundert paßt, und die, statt Nutzen zu bringen, nur Verwirrung für meine Freunde und mich erzeugte. Es ist schlimmer mit uns geworden," setzte er mit einem Seufzer hinzu, „denn unsere Verhältnisse sind so gestaltet, daß es nicht mehr möglich ist, dem Unrecht, das um uns her geschieht, mit offenem Visir entgegen zu treten. Kampf und Waffen haben sich geändert, und wo wir sonst dem wuthschnaubenden Drachen gerade auf den Leib gingen und ihm im glücklichen Falle das Schwert ins Herz stießen, müssen wir uns jetzt, um ihn zu bekämpfen, einen anderen Drachen abrichten, äußerlich jenem vollkommen ähnlich, oder uns selbst in einen solchen verwandeln, der ihn in seinem Schlupfwinkel aufsucht, da er sich nicht mehr ans Tageslicht wagt, und ihn dort, wo er im Finstern schleicht, bekämpfen. Dazu bin ich aber nicht der Mann und mußte deßhalb unter allen Umständen zu Grunde gehen. Wer wagt heut zu Tage noch einen Angriff Mann gegen Mann, Faust gegen Faust? — Wenige mehr. Man greift uns an mit den vergifteten tödtlichen Waffen der Heuchelei, der Lüge, der Verläumdung, und wer sich auf diesem Terrain nicht zu wehren versteht, ist bei aller Ehrlichkeit ein verlorener Mann. Schwert und Lanze waren zu gebrauchen gegen Schild und Rüstung; gegen die Waffen der Schlechtdenkenden aber, die heute mit uns kämpfen, müssen wir uns in den Schafpelz der Scheinheiligkeit, der Heuchelei

hüllen und ſtatt der ehrlichen Lanze zur Ab- und Gegenwehr unſerem
Gegner ein glattes, falſches Wort entgegen ſchleudern. Es iſt das
traurig, aber wahr."

Was den Unfall anbelangt, der den tapferen Spanier betroffen,
ſo ſchien es ihm unmöglich, ſich deſſelben genau zu erinnern, und
dieſes war der Moment, wo ſich, wenn er darüber ſprechen wollte,
ſeine Gedanken zu verwirren anfingen. Daß er einen Feind niedergeworfen, wußte er alsdann ganz genau, wer aber dieſer Feind ge-
weſen, das wollte ihm nicht mehr klar werden. Für ihn war dies
alsdann in ſeinen Phantaſien keine beſtimmte Geſtalt mehr, ſondern
es war das verkörperte Unrecht, der Inbegriff alles Böſen, dem er
eine tödtliche Wunde beigebracht, und wenn er mit halb geſchloſſenen
Augen davon ſprach, ſo konnte er lächelnd ſagen: „Das war keine
ſchlechte That, die ich begangen."

Die ſtill lauernde Gerechtigkeit ſah dies aber anders an, und
wenn Don Carlos nicht ſo hoffnungslos darnieder gelegen, ſo würde
man ſich um ihn ebenſo angelegentlich bekümmert haben, wie um den
Gärtner Andreas, der hinter Schloß und Riegel im Vorgeſchmack einer
ſehr ernſtlichen Unterſuchung ſich oftmals ſeufzend darüber befragte,
warum er nicht bei ſeinen Blumen geblieben.

Das Zimmer, in welchem Don Carlos lag, war ein freundliches
und ſonniges Gemach, und er liebte es außerordentlich, ſich in ruhigen Stunden in ſeinem Bette aufrichten zu laſſen, um über die Dächer
der Nachbarhäuſer hinweg nach den fernen Bergen zu ſchauen, die anfingen, ſich mit dem friſchen Grün des jungen Frühlings zu bekleiden.
Dem Kranken that Geſellſchaft außerordentlich wohl, und es war ihm
lieb, wenn es an ſeinem Lager nie leer wurde. Die Brenner'ſche Familie mußte ſich förmlich bei ihm inſtalliren, und wenn die Mutter
und Margarethe ſich ausſchließlich ſeiner Pflege widmeten und dieſe
mit der liebevollſten Sorgfalt verſahen, ſo verbrachte auch der jüngſte
Sprößling des Jägers alle ſeine Zeit, die nicht gerade für das Eſſen
und Schlafen beſtimmt war, in dem Zimmer des Spaniers. Dabei

war es bemerkenswerth, wie namentlich zu gewissen Stunden die Phantasie des Mannes und des Kindes zusammentraf und wie es den Ersteren beruhigte, wenn der Kleine in seine Erzählungen von Riesen und Drachen so bereitwillig einging und dieselben noch furchtbarer darstellte, als sie Larioz sich ausmalte.

Aber nicht nur seine näheren Bekannten und Freunde kamen häufig, um nach ihm zu sehen, sondern auch Andere, die ihm in den letzten Tagen ferner gestanden oder die vielleicht Ursache hatten, sich ihm zögernd zu nahen. So sein ehemaliger Chef, der Rechtsconsulent, der mit den sichtbarsten Zeichen von Rührung an sein Lager trat, einen freundlichen Händedruck mit ihm wechselte, und, indem er erschrecklich tief in seine Halsbinde niedertauchte, mit einer verzweifelten Anstrengung, freundlich auszuschauen, die Hoffnung aussprach, den Kranken bald hergestellt und dann wieder auf seinem Bureau zu sehen.

Don Larioz antwortete darauf durch ein mattes Lächeln und ein leichtes Schütteln mit dem Kopfe. „Wenn ich Ihnen auch für diesen Beweis des Wohlwollens erkenntlich bin," sagte er, „so werde ich doch dafür danken müssen. — Ich habe mein letztes Wort geschrieben, möchte aber Ihre Freundlichkeit für jene arme alte Person in Anspruch nehmen. Bei diesen Worten wandte er seine Augen gegen den Tiger, der hinter der Thür stand und mit seiner Schürze das Gesicht bedeckt hielt.

Doktor Plager schluckte heftig, nickte ein stummes Ja und verließ das Zimmer.

Auch Graf Helfenberg kam ein paar Mal bald mit dem Arzte, bald allein, und sein Besuch gewährte dem immer stiller werdenden Kranken eine der glücklichsten Stunden. Der Graf sprach die Hoffnung aus, Larioz bald wieder hergestellt zu sehen, stellte ihm aber alsdann nicht wie Doktor Plager die traurigen Mauern einer Schreibstube als angenehme Zukunft in Aussicht, sondern bot ihm aufs freundlichste einen Aufenthalt auf einem seiner Schlösser an, wo er

in der Eigenschaft eines Rechtskundigen seinen Neigungen und Wünschen leben könne, nämlich die Guten beschützen und die Schlechten
mit der Schärfe des Gesetzes verfolgen.

In dem Blicke des Spaniers leuchtete auf Momente jenes Feuer
wieder, das man in anderen, besseren Tagen an ihm bemerkt hatte,
wenn er sich lebhaft für etwas interessirte; er ergriff die Hand des
Grafen und drückte sie in stummer Rührung.

„Ich habe mir das genau überlegt," sagte Helfenberg, der alle
Kraft aufwenden mußte, um heiter zu scheinen, besonders da er die
sonderbar glänzenden Augen des Armenarztes sah; „und damit Sie
im Kreise Ihrer Freunde bleiben, die ich so liebreich um Sie beschäftigt sehe, so habe ich mit dem Baron von Breda die Uebereinkunft
getroffen, daß der Jäger Brenner, in dessen Hause Sie sich befinden
und der Ihnen mit seiner Familie lieb und werth ist, die Försterstelle
auf meinem Gute Stromberg übernimmt. Sie werden sehen, wie
angenehm sich Ihre Zukunft gestalten wird im Kreise von Leuten, die
Sie achten und lieben."

„Ja, ja," gab der Spanier nach einer Pause mit seltsamem Lächeln zur Antwort, „ich werde in ihrem Kreise leben, das heißt im
Kreise ihrer guten und lieben Erinnerungen. Dessen bin ich gewiß."
Er schloß eine Sekunde lang seine Augen, dann öffnete er sie plötzlich
wieder und fragte mit lauterer Stimme: „Und Gottschalk, was wird
mit ihm?"

„Doktor Flecker hat mich von seinem Wunsche in Kenntniß gesetzt," erwiderte Graf Helfenberg, „und ich verspreche Ihnen, daß ich
mich seiner aufs treulichste annehmen werde."

„Ihn zu einem ordentlichen und braven Menschen zu erziehen,"
sagte der Spanier, wobei er die Hand auf den Kopf des Knaben
legte, der still weinend sein Gesicht in die Kissen des Bettes vergrub.
„Ich wollte das auch thun," fuhr er fort, „fing es aber verkehrt an,
indem ich ihn in die Mauern der Schreibstube einschloß, die seine
ohnehin lebhafte Phantasie durch den äußern Druck, den sie auf die

selbe ausübte, noch mehr entflammte und ihm dadurch schädlich geworden wäre. — Ich habe ihn sehr, sehr geliebt, meinen kleinen Freund,
und ich bin glücklich über das Versprechen Eurer Erlaucht. Lassen
Sie ihn hinaus aus der dumpfigen Stube, aus der engen Stadt in
die weite, herrliche Natur, dort seinen Sinn und sein Herz erstarken,
damit er kräftig allen Stürmen des Lebens, die auch ihm nicht fehlen
werden, widerstreben kann." — —

Schon oft hatte sich eine unbekannte Persönlichkeit draußen in
der Küche aufs angelegentlichste nach dem Befinden des Herrn Larioz
erkundigt. Es war das ein untersetzter Mann mit starkem Haar,
krausem, wirrem Barte, lebhaftem Blicke und einer tiefen Baßstimme.
Bei den Nachrichten, die täglich schlechter lauteten, war er häufig mit
seinen Fingern an die Augen gefahren, hatte sich auch heftig in seinem
Barte gekratzt und seltsame Ausrufe gethan, als: „Oh! — den Teufel
auch! — kann's nicht begreifen! wehe! wehe!"

Gewöhnlich wurde dieser Mann von einem anderen, kleineren
und schmächtigeren begleitet, der ein kurzes Radmäntelchen trug, einen
grauen Hut zwischen seinen Fingern zerknitterte und unter blonden
struppigen Haaren ein blasses und eingefallenes Gesicht zeigte. Dieser
kleine Mann war immer mit den Zeichen bedeutender Angst und Aufregung an der Treppe stehen geblieben, hatte auf die Thür hingestarrt,
hinter welcher Larioz lag, und wenn der mit dem grausen Bart in
der Küche sein Oh! und Weh! ertönen ließ, so flossen diesem die
hellen Thränen über das blasse Gesicht, was dann, wenn der Andere
wieder heraus trat, diesen gewöhnlich zu der Bemerkung veranlaßte:

„Ich sage dir, Windspiel, es ist, hol' mich der Teufel, das letzte
Mal, daß ich dich mitnehme. Wenn du, der sein Freund war, wie
ein Schooßhund flennst, was soll dann ich machen, der mit an dem
ganzen abscheulichen Handel die Schuld trägt? Ich sage dir, ich bin
in der letzten Zeit wie gerädert, und wenn ich meinen Grabstichel in
die Hand nehme, so habe ich, statt auf dem Kupfer herum zu kratzen,
die entsetzlichsten Selbstmordgedanken."

Diesen Beiden begegnete Doktor Flecker eines Tages auf der Treppe, und ihr Benehmen erschien ihm so auffallend, daß er mit ihnen sprach und sie, als er erfahren, was sie hieher treibe, mit sich hinauf nahm.

Dem Kupferstecher Wurzel schlug das Herz bedeutend, als der Arzt in das Zimmer ging und ihm zu folgen winkte. Er trat mit zögernden Schritten ein, und sein sicheres Auftreten, wodurch er als Vorsitzender des berühmten Bundes so außerordentlich geglänzt, ließ ihn hier gänzlich im Stiche. Mit niedergeschlagenen Augen näherte er sich dem Bette, in welchem der Kranke lag, und als ihm dieser seine Rechte entgegen streckte, ergriff er sie mit beiden Händen, beugte sein Haupt nieder und brach in ein lauteres Weinen aus, als das war, welches er dem armen kleinen Kellner schon so häufig vorgeworfen.

„Grüßen Sie mir die Mitglieder des Bundes zum Dolche Rubens," sagte der Spanier mit einem matten Lächeln, „und wenn Sie nächstens eine Versammlung halten, so gedenken Sie meiner dabei in herzlicher Zuneigung und verfügen irgend etwas zum Besten eines Armen oder Bedrückten; dann will ich hier oder dort mit Freuden der Stunden gedenken, die ich in Ihrem Kreise verbrachte."

„O traurige Stunden!" sprach der Kupferstecher mit einer Stimme, die ihm häufig vor Rührung überschlug; „sehr traurige Stunden! Aber seien Sie versichert, Don Carlos, die edelmüthige Andeutung, welche Sie mir soeben gegeben, ist auf keinen unfruchtbaren Boden gefallen. Wir wollen den Bund zum Dolche Rubens, der bis jetzt nur in der Einbildung bestand, in eine feste Verbrüderung umwandeln zum Nutzen und Frommen und zu einem Asyl junger und alter Künstler durch heiteres, nutzbringendes Zusammenleben im Austausche guter Ideen."

Der kleine Kellner hatte sich bis jetzt hinter der Thür gehalten und den Rand seines Hutes in den Mund gestopft, um das ihn krampfhaft überfallende Schluchzen zu unterdrücken. Bei einem neuen gewaltigen Ausbruche aber wandte Don Carlos sein Gesicht nach ihm hin, erkannte ihn augenblicklich, und ein seltsames Lächeln flog über seine Züge. Er richtete sich, von dem Armenarzte unterstützt, mühsam in dem Bette auf, und in seinen Augen zeigten sich auch jetzt wieder Spuren des früheren Feuers.

„Ah!" sagte er mit einem eigenthümlichen Zucken der Finger auf der Bettdecke hin und her, „mein Knappe und Schildträger! Willkommen am Lager des sterbenden Ritters!"

Doktor Flecker beugte sich hinab und blickte besorgt in die Augen des Kranken, doch war der Glanz in denselben schon wieder verschwunden und hatte einem Ausdruck der Heiterkeit und des herzlichsten Wohlwollens Platz gemacht.

Der Spanier fuhr mit seinen zitternden Händen über den Arm des jungen Menschen herab, faßte seine Hand und sagte nach einem längeren Stillschweigen: Ich wußte wohl, daß ich meinen treuen Gefährten wiedersehen würde, ehe Alles vorbei ist. Es war das von jeher der Brauch, daß der Knappe mit Wehr und Waffen zum Bette seines Ritters trat, ehe dieser die Augen für immer schloß. — So auch — jetzt. — Ohne zu wanken, hast du — an mir gehangen — und hast mir beigestanden — in den gefährlichen — Lagen meines vergangenen Lebens. — Auf dich — vererbe ich meinen Degen, nicht zum Gebrauch — denn die Zeit — ist vorüber — sondern um ihn aufzubewahren — als Erinnerung an — einen treuen Freund. — Als Symbol der Kraft — im Dulden, denn das — ist die beste Waffe in unserer — armen Zeit. — Wenige Auserwählte — — — —"

— — Sein Haupt sank zurück, und Doktor Flecker machte, nach einem neuen prüfenden Blick in das Gesicht des edlen Spaniers, mit thränenden Augen den Freunden ein Zeichen, sich zu entfernen. Er selbst blieb mit Gottschalk und der übrigen Familie des Jägers bei dem Sterbenden.

Einige Stunden darauf, als Carlos ruhig und sanft entschlafen war, verließ der Armenarzt das Gemach, und er war in so tiefen und traurigen Gedanken, daß er nicht einmal daran dachte, seinem kleinen Hunde, der seine Freude über das endliche Erscheinen des Gebieters in höchst unmanierlicher Lebhaftigkeit kund gab, die durchaus nothwendige Zurechtweisung angedeihen zu lassen. Er stieg vielmehr, ohne um sich zu schauen, die knarrenden Treppen hinab und sah erst empor, da drunten an der Hausthür plötzlich die Stimme des Grafen Helfenberg fragte: „Wie steht es dort oben, Doktor?"

Der Armenarzt schüttelte leise den Kopf. „Euer Erlaucht werden mir zugeben," versetzte er, „daß ich in diesem Fall ein Recht habe, zu sagen: aufs beste! wenn ich mich als Arzt und Mensch auch anders ausdrücken und sprechen muß: es ist vorbei — item, er ist todt."

„Sie haben recht, lieber Freund," bemerkte der Graf und drückte die Hand des Andern, die er ergriffen, herzlich in der seinen; „wie der Spanier einmal war, so allein, wie er seinen wunderlichen Weg ging, mußte der Tod für ihn das beste sein, so schmerzlich wir den Mann auch vermissen werden."

Das Auge des Doktors war inzwischen auf seinen vierbeinigen Begleiter gefallen, der eben nicht abgeneigt schien, mit einem vorübertrabenden Pudel eine flüchtige Bekanntschaft anzuknüpfen, nun aber, da er bei einem Seitenblick die Stirn des Gebieters gerunzelt und den Arm mit dem Stock drohend erhoben sah, klüglich zurückeilte. „Das wollte ich dir auch gerathen haben, du Kreatur!" murmelte der kleine Mann, und indem er jetzt erst das Gesicht wieder zum Grafen Helfenberg erhob und dessen Worte aufnahm, sagte er: „Euer Erlaucht wollen mir verzeihen, daß ich ausspreche, was ich im Sinn habe, — es klingt nicht fein, — aber Sie werden mir zugeben, daß es richtig ist. Ich dressire nun an der Kreatur da seit einigen Jahren schon herum und kann ihr noch immer nicht die alte Natur, den Eigensinn und Eigenwillen abgewöhnen — item, die Kreatur bleibt eine Bestie. Unser todter Freund dort oben," fuhr er, die Achseln zuckend, fort, „war freilich ein Mensch, aber die alte Natur, die verwünschten Gewohnheiten, die abenteuerlichen Einfälle steckten so tief in ihm, wie in der

Keinen Bestie hier die ihren, und spotteten seiner eigenen bessern Ein-
sicht und des Raths und der Ermahnungen seiner Freunde. Ich habe
ihn lange gekannt, Euer Erlaucht, ich verkehrte viel mit ihm, denn er
interessirte mich, ich nahm Theil an ihm, item, ich hatte ihn lieb,
den thörichten Gesellen. Sie glauben nicht, welche Mühe ich mir mit
ihm gegeben, wie ich auf ihn eingeredet, wie ich versuchte, ihn Vernunft und Mores zu lehren, ihm all den vertrakten Unsinn aus dem
Kopf zu schaffen, den er sich hineingesetzt. Wie oft hab' ich ihm gesagt: „Verehrter Don, Ihr seid, salva venia, obstinat, item, wie
eins von Euren andalusischen Maulthieren! Item, Ihr werdet nichts
als Unannehmlichkeiten und Noth von all diesen Dingen haben!" —
und Euer Erlaucht werden mir zugeben, daß ein Mensch mit Fug
und Recht aus der Haut fahren könnte, wenn nach all seinen ver-
nünftigen Reden und Vorstellungen der Andere dann seine große Nase
stolz erhebt, die ächte Don-Miene aufsetzt und ernst zur Antwort giebt:
„Die alten Ritter haben auch nicht an ihr Glück und ihre Ruhe gedacht, Doktor, sondern nur an Ehre, Ruhm und Recht. Das hat
man vielfältig erlebt."

Sie waren von der Thür fort getreten und gingen langsam die
schmale Straße entlang, wo sich in der jetzigen Stunde kein anderer
Mensch sehen ließ; der Graf mochte noch nicht den ihm so lieb gewordenen Arzt verlassen, hinter dessen aufgeregten und barschen Worten er ohne Mühe die tiefe Erschütterung erkannte, welche derselbe vom
Sterbelager seines langen Freundes mit sich davon trug.

„Und das Verwünschteste ist," sprach jetzt plötzlich Doktor Flecker
heftig, und blieb stehen und stieß hart mit seinem Stock aufs Pflaster,
so daß der Hund erschreckt von einem Kehrichthaufen hinter seinem Herrn
zurückflog, „das Verwünschteste ist, daß in all dem Unsinn dennoch eine
Art von Sinn steckt, daß der obstinate, todte Gesell dort oben für all seine
Hartnäckigkeit doch einen Grund hatte, bei all seinen vertrakten Ansichten
und Extravaganzen in einem gewissen Recht war. Man möchte des Teufels werden!" setzte der cholerische Mann mit einem neuen Aufstoßen

des Stocks hinzu, und fuhr dann ebenso lebhaft fort: „Euer Erlaucht müssen mir schon zugeben, daß ich in meiner Stellung allerlei zu sehen kriege, wovon ihr andern Menschenkinder euch nichts träumen läßt, gräßliche Noth, gräßliches Elend, Laster und Schlechtigkeit, so daß man die Menschen verachten und hassen möchte. Denn sie toben gegen sich selbst und gegen einander wie die Thiere und ärger als dieselben. Man möchte krank werden vor Ekel — selbst unser Einer — und vor Verdruß und Verzweiflung aus der Haut fahren, wenn man sieht, wie sie leben, wie sie ringen, wie sie zu Grunde gehen oder zu Grunde gehetzt werden. Aber der Teufel soll mich holen, wenn ich es treiben möchte wie Don Larioz, unser edler Ritter — und anstatt gegen die leibliche Noth, gegen die geistigen Schäden, gegen das innere Elend der Menschen ankämpfen müßte. Das ist der Krebsschaden, Euer Erlaucht, der reine Krebsschaden, item unheilbar! — Und wenn ich an all die Formen denke, unter denen er auftritt, von denen die eine immer gräßlicher als die andere! Die Unredlichkeit und Falschheit, die Treulosigkeit und Unbarmherzigkeit, die Frechheit und Selbstüberhebung, Mißgunst, Verleumdung, Heuchelei, Neid, Eigennutz — Schmutz, nichts als Schmutz, was ich nenne, wohin ich sehe, greife! Es kann Einem die Haut schauern! Da thäte uns freilich ein Ritter noth, der mit Schwert und Lanze unerbittlich darauf einstürmte, oder ein Arzt, dessen Messer schonungslos hineinschnitte in das wilde Fleisch. Das wär' ein ander Amt, da wär' ein anderer Lohn zu verdienen, als für unser Einen! — Aber der Arzt schreibt nicht auf einem Bureau, der sitzt nicht im Grafenschloß, noch auf dem Königsthron, noch in der Welt. Item, der haust dort oben im Himmelreich und heißt unser Herrgott und steuert den Erdenbäumen, daß sie nicht zu ihm emporwachsen. Und nun wirst du das auch schon wissen, tapferer Don!" setzte er abbrechend mit einem seltsamen Lächeln hinzu.

Sie waren jetzt auf dem Blumenmarkt angelangt und der Arzt blieb stehen, fuhr sich, nachdem er den Hut abgenommen, über die

Stirn und sagte: „Euer Erlaucht wollen mir all das Geschwätz verzeihen. Aber diese Narrheiten haben das Ueble, daß in ihnen stets
etwas Ansteckendes ist. Wie käme ich sonst dazu, mir wie Don Larios
Gedanken über das zu machen, was mich Gott sei Dank nichts an-
geht?"

Der Graf drückte ihm die Hand. „Sehe ich Sie heute noch,
Doktor?" fragte er herzlich.

„Ja — ich werde wie immer kommen," erwiderte der Armenarzt,
und nach einem freundlichen Gruß gingen sie auseinander.

Wenige Tage später schritt Jemand langsam, stumm und in sich
gekehrt durch die enge Gasse, in welcher das Haus lag, das wir verlassen. Dieser blieb vor dem kleinen Laden stehen, an dessen Fenster
die gleichen Spielwaaren aufgestellt waren, deren wir schon vor einiger
Zeit gedacht, und betrachtete einen Moment die bunten hölzernen Figuren, die Bären und die Affen, die mit ihren stieren Augen in ewi-
ger Verwunderung auf die Straße blickten, die gestern und heute so
hinaus schauten, wie sie es nach Jahren noch eben so machen werden,
wenn sie unterdessen nicht verkauft und zerbrochen worden sind. „Das
bleibt sich alles gleich!" seufzte der Mann vor dem Laden; „nur in
unserem Leben der ewige, traurige Wechsel! Es wäre wahrhaftig ein
Glück, wenn man auch so einige Jahre, alles vergessend, in die Welt
hinaus starren könnte und dann wieder erwachen ohne alle Erinnerung."

Er wandte sich um, warf einen Blick an die Häuser hinauf und
trat in einen weiten Thorbogen, der unseren Lesern bekannt ist; er
ging die alte knarrende Stiege hinauf, bei den staubigen, halb erblin-
deten Fenstern vorüber in den zweiten und dritten Stock; dort blieb
er stehen, blickte fragend umher und trat endlich in ein kleines Zimmer, dessen Thür halb geöffnet war. Hier, in dem ärmlichen Gemache,
fand er eine alte Frau; sie hatte ein paar hölzerne Stühle und einen
alten Tisch an die Wand gerückt; auf letzterem lagen Kleidungsstücke:

ein großer Mantel, ein Hut, neben diesem ein langes spanisches Rohr. Obgleich das Zimmer, wie schon gesagt, klein und ärmlich war, so machte es doch keinen unfreundlichen Eindruck, denn das einzige große Fenster war weit geöffnet und ließ einen ganzen Strom von Sonne und Licht hereinstrahlen.

Der Fremde trat ein, als sich die alte Frau gerade damit beschäftigte, ein Portrait, welches umgekehrt an der Wand gestanden, abzuwischen und alsdann zu betrachten. Um ihre Aufmerksamkeit zu erregen, hustete er leicht, worauf sie sich rasch umwandte und dann ausrief: „Das hat mich erschreckt! ich hätte beinahe das Portrait fallen lassen."

„Hier wohnt die Familie Brenner?" fragte der Fremde; worauf die alte Frau erwiderte: „Ja wohl, aber eigentlich da drüben, hier wohnt Niemand mehr. Daß dich! — du lieber Gott! — der, welcher vor ein paar Tagen hier war, ist dahin gegangen, von wo man nicht wieder kehrt."

„So bin ich im Zimmer eines kürzlich Verstorbenen?" fragte düster der Fremde. „Wohnte hier vielleicht jener Mann, dessen Portrait Sie in der Hand halten?"

„Ob es sein Portrait ist, weiß ich nicht, aber geglichen hat es ihm sehr."

Der Mann, der eben eingetreten, näherte sich dem Tische und betrachtete das Bild.

„O ja," sagte er nach einer Pause, „ich habe ihn gesehen, vor kurzer Zeit noch. — Er ist todt? — Ihm ist wohl!"

„O ja, es wird ihm wohl sein, denn er war ein braver Mann," entgegnete die Frau, wobei sie sich keine Mühe gab, ihre Thränen zurück zu halten, die ihr über die eingefallenen Wangen flossen. „Eigentlich ist er umgebracht worden," fuhr sie nach einem kurzen Stillschweigen fort, „von dem Gärtner eines vornehmen Herrn. Der wird aber auch seinen Lohn noch bekommen."

„Wer? der Gärtner oder der Herr?"

„Meinetwegen Beide; doch wäre es mir lieber, sie hätten ihren Lohn früher erhalten, dann lebte vielleicht der arme Mann noch."

„Der Ansicht bin ich auch," sprach der Fremde, worauf er mit dem Kopfe nickte und hinzufügte: „Also da drüben wohnt die Familie Brenner?"

Er ging auf die bezeichnete Thür zu, klopfte an, und als man Herein! rief, trat er in das Zimmer.

Frau Brenner saß in der Fensternische unter dem Kanarienvogel, der lustig schlug. Sie hatte ein schwarzes Kleid an, und vor ihr stand das kleine Bübchen, welches sich vergeblich bemühte, das uns wohlbekannte alte hölzerne Pferd, dem nun aber alle vier Füße fehlten, zum Stehen zu bringen. Die blasse Frau fuhr fast erschrocken von ihrem Sitze empor, als sie den Eintretenden erblickte, der sich ihr aber freundlich näherte und die Hand reichte, indem er sprach: „Ich muß Sie doch zum Abschied begrüßen, um Ihnen zu sagen, daß ich mich recht sehr über die Veränderung freue, das heißt: freue für Sie, denn mir thut es aufrichtig leid, einen treuen Diener, wie mir Brenner seit langen Jahren war, zu verlieren."

„Ach, auch ihn hat es recht geschmerzt, gnädiger Herr," sagte die Frau, „und uns alle. Wir konnten uns nur darein finden, als mein Mann sagte, Sie wollten vielleicht ein paar Jahr abwesend sein und deßhalb Ihre Dienerschaft anderweitig versorgen."

„So ist es," gab George von Breda zur Antwort. „Wie ich schon vorhin bemerkte, so ist dieser Wechsel für Brenner ein angenehmer. Sollte es ihm je einmal nicht gefallen, was ich aber nicht glaube, oder sollten Sie sich nach der Stadt zurücksehnen, so steht ihm mein Haus später immer wieder offen. Das verspreche ich Ihnen."

„O, wie gut Sie sind, gnädiger Herr!" rief die Frau aus, und darauf wandte sie sich rasch nach dem Fenster, wobei sie mit der Hand ihre Augen verdeckte, — ihre Augen, mit denen sie in das so sehr ernst gewordene bleiche Gesicht des Barons forschend geblickt.

„Ich möchte auch gern Ihrer Mutter einen guten Tag sagen," sprach dieser. „Kann ich zu ihr eintreten?"

Frau Brenner nickte stumm mit dem Kopfe und ging alsdann voran nach der Thür des Nebenzimmers, die sie öffnete, und dabei sagte: „Der Herr Baron von Breda kommt, nach dir zu sehen, Mutter."

Die ehemalige Kammerfrau der Gräfin Eller saß wie immer in ihrem Stuhle, machte aber beim Eintreten des Barons eine Bewegung, als ob sie es versuchen wollte, sich zu erheben; doch legte ihr Herr von Breda sanft seine Hand auf die Schulter, indem er sie bat, mit ihm, dem langjährigen Bekannten, keine Umstände zu machen. — Eigentlich sollte ich sagen," fuhr er fort, während er einen Stuhl nahm und sich der Frau gegenüber niederließ, „Ihren Bekannten vor langen Jahren, denn es ist eine tüchtige Zeit her, daß wir uns nicht mehr gesprochen."

Wenn auch der Baron bei diesen Worten lächelte, so war dieses Lächeln doch ein sehr erzwungenes. Er blickte in der kleinen Stube umher und dachte dabei an sie, die vor Kurzem erst hier gewesen, und dann erinnerte er sich aufs lebhafteste jenes Tages, wo er drunten auf- und abgegangen, während es sich hier oben begeben, so ganz anders, als er gefürchtet, und doch in seinem Resultate wieder trauriger für ihn, als es sich die regste Phantasie nur hätte ausmalen können. — Da hatte sie gesessen, vielleicht auf derselben Stelle, wo er sich befand; hier hatte sie in die schönen klaren Augen der alten Frau geblickt und des Grafen Worten gelauscht. — Aber nicht mit der Liebe, sprach er zu sich selber, wobei sich seine Brust unter tiefen Athemzügen hob, mit welcher sie an mich gedacht. Ich hätte nicht geglaubt, daß mir das einen solchen Trost gewähren würde.

Die Fenster standen der angenehmen Witterung wegen offen, und als George von Breda nach einer langen Pause aus seinem tiefen Nachdenken erwachte, zeigte er auf einen Kastanienbaum vor dem Fenster, der in geschützter Lage schon anfing, seine frischen grünen Blätter zu entrollen, und sagte: „Ihnen wird die Veränderung angenehm

sein, die der Familie bevorsteht; Sie werden auf dem schönen Stromberg wohnen zwischen freundlichem Grün, umgeben von Blumen, in
angenehmer Erinnerung der glücklichen Tage einer früheren Zeit. —
Denken Sie auch zuweilen daran?"

„Ob ich daran denke!" entgegnete die alte Frau. „Was bliebe
mir in der Einsamkeit so vieler Stunden, wenn ich sie nicht mit
freundlichen Gestalten bevölkerte! — Neulich war ich glücklich," setzte
sie lebhaft hinzu. „Da trat die Vergangenheit aufs lieblichste verkör-
pert hier in mein kleines Stübchen."

„Ja, ja, Eugenie war hier," sprach der Baron, wobei er vor
sich niederblickte.

„Und sie ist so glücklich geworden, wie ich mit großer Freude
gehört."

George von Breda biß die Lippen zusammen, dann sagte er mit
einer Stimme, die sehr ruhig klang: „Ich glaube und hoffe so. Sie
hat erreicht, was für ein junges Mädchen das Wünschenswertheste
scheint; sie hat, wie man so sagt, eine vortreffliche Partie gemacht; sie
ist seit gestern Gräfin Helfenberg."

Der Baron sprach das anscheinend sehr gleichgültig, ja, vergnügt,
doch schien er den Blick der alten Frau nicht ertragen zu können,
denn er hob die Augen zum blauen Himmel empor und seine Stimme
zitterte ein wenig, als er den Namen seines Freundes aussprach. —
Ein furchtbares Geschick! klang es in seinem tiefsten Innern; aber da
ich es über mich vermocht, das ruhig zu sagen, was ich eben gesagt,
so wird es mir auch wohl gelingen, nach und nach das Gleichgewicht
wieder zu finden.

„Sie werden den Grafen und die — Gräfin auf Stromberg sehen," sagte er nach einer Pause; „sie wollen nach einer längeren Reise
dort leben."

„Und Sie, gnädiger Herr, Sie werden auch häufig hinaus kommen?" fragte die alte Frau. „O, wenn es mir erlaubt wäre, zu sagen, daß es mich glücklich machen würde, dort alle wieder vereinigt

zu sehen, deren ich mich aus den Zeiten der hochverehrten Gräfin Eller mit so vieler Liebe erinnere!"

„Vorderhand muß ich darauf verzichten," gab der Baron zur Antwort. „Ich bin im Begriff, eine größere Reise zu machen, die mich vielleicht ein volles Jahr von hier entfernt halten wird. Schon lange trug sich meine Frau mit dem Wunsche, fremde Länder zu sehen, weßhalb wir heute auf länger die Stadt verlassen."

Bei diesen Worten erhob sich der Baron rasch und reichte der alten Frau die Hand.

„Auf Wiedersehen also nach einiger Zeit!" sagte er, „Gedenken Sie meiner freundlich, wenn Sie auf Stromberg die Orte sehen, wo ich als Kind gespielt. Wenn ich zurückkomme, werden Sie mir hoffentlich viel Schönes und Angenehmes zu erzählen wissen."

Er drückte hastig ihre Hand und verließ das Zimmer, worauf er nach einem freundlichen Gruße gegen Frau Brenner die Treppe gewann und das Haus verließ.

Es war einer jener duftreichen Frühlingsvormittage, wo man die Spitzen der hohen Häuser und die Kirchthürme Morgens leicht verschleiert gesehen, bis der schon kräftige Strahl der Sonne alle Nebel hinabdrückte und diese als Thau das Straßenpflaster benetzten. Die Luft war so würzig und wohlthuend, daß man sie gern in vollen Zügen einathmete; der Himmel glänzte so klar, wie man ihn selten sah: Schatten und Licht waren aufs schärfste abgegrenzt.

George von Breda ging die enge Gasse hinab und trat auf den Blumenmarkt, der heute, namentlich rings um den alten Springbrunnen, seinen Namen rechtfertigte. Da sah man die ersten Kinder des Frühlings: Veilchen, Maiblumen, ja, selbst schon Rosen, glänzend im Morgenthau, süße Wohlgerüche ausströmend. Da herrschte auf dem Platze, den der Baron noch vor kurzer Zeit so öde und leer gesehen, ein reges Leben. Er blieb einen Augenblick bei der Fontaine stehen, und als er an das dachte, was er vor Kurzem hier erlebt, so freute er sich der heutigen Veränderung; es war ihm, als habe er seine Liebe

begraben und sehe nun ihren Grabhügel mit lieblichen Blumen bedeckt; er freute sich innig, den Platz, wo sich sein Leben gewendet, so
wieder gesehen zu haben; in diesem milden Gewande sollte ihm derselbe in Erinnerung bleiben — —

Der Baron wollte gerade den Blumenmarkt verlassen, als er
eines Bekannten ansichtig wurde, der ihm entgegen kam und schon
auf einige Schritte Entfernung an den Hut langte, um ihn zu begrüßen. Es war der Armenarzt Doktor Flecker, der ganz in seiner
alten Weise daher kam.

„Verehrter Herr Baron, ich wünsche Ihnen einen guten Morgen!" rief ihm dieser entgegen. „Wie ich vernommen, sind Sie im
Begriffe, abzureisen, und Sie werden mir erlauben, Ihnen zu bemerken, daß ich es für ein glückliches Ungefähr halte, Sie hier zu finden,
um Ihnen meine besten Wünsche zu sagen."

Beide reichten sich die Hände, worauf Herr von Breda sprach:
„Sie sind ein Wundermann, Herr Doktor, und Ihnen in dem Augenblicke zu begegnen, wo man im Begriffe ist, eine längere Tour anzutreten, muß als gute Vorbedeutung betrachtet werden. Wenn es Sie
nicht zu sehr aus Ihrem Wege entfernt, so würde ich Sie bitten, mich
ein paar Schritte zu begleiten. Ich muß nach Hause, denn ich habe
schon mit allerlei Gängen meine Zeit versäumt."

„Gewiß nicht," entgegnete der Doktor; „meine Wege führen mich
überall hin, denn in allen Theilen der Stadt warten meine armen
Freunde auf mich. — Item, gehen wir."

Sie verließen den Blumenmarkt, und im Weiterschreiten sagte
Baron von Breda: „Ich war eben in einem Hause, wo ich zufällig
vom Tode eines Mannes hörte, der Ihnen näher befreundet war, und
mit dem ich neulich auf eigenthümliche Art zusammentraf."

„Ah ja! ich erinnere mich," versetzte lächelnd der Armenarzt.
Doch verschwand dieses Lächeln wieder, als er hinzusetzte: „Da ist
uns ein edler Freund gestorben, sonst eine sonderbare Persönlichkeit,
die viel Gutes hätte wirken können, wenn sie nicht in dem Wahne be-

fangen gewesen wäre, es sei ihre Schuldigkeit, allen Menschen zu helfen."

„Und das können wir doch nicht, bester Herr Doktor," sagte George von Breda mit Betonung. „Was dem Einen zum Glücke ausschlägt, führt oft das Unglück eines Anderen herbei."

„So ist es, Herr Baron. Hängen wir doch mit unseren Nebenmenschen in Art einer Wage zusammen: was diesen erhebt, drückt Jenen hinab."

„Ja, das ist richtig," meinte Herr von Breda mit leiser Stimme.

„Bah!" rief der Armenarzt achselzuckend, „man muß darüber nicht nachgrübeln. Das hab' ich neulich an mir selbst gespürt — item, es ist Unsinn! Heute sinkt die Wagschale unseres Lebens, morgen steigt sie wieder."

„Und zu dem Steigen kann man das Seinige beitragen."

Der Doktor blickte den Baron fragend an.

„Man entledige sich so viel thunlich des Ballastes, der unsere Seele niederdrückt; man werfe alle thörichten Hoffnungen und Wünsche über Bord."

„Wer das kann."

„Ja, wer das kann!" sprach seufzend George von Breda. „Apropos," fuhr er nach einer Pause fort, während welcher Beide stillschweigend fortgeschritten waren, „man sagte mir, auch Sie würden die Stadt verlassen, um ganz bei Helfenberg zu bleiben. Ist dem so?"

Der Doktor schüttelte mit dem Kopfe. „Ich kann meine ‚Armen' nicht verlassen," sagte er. „Den Teufel auch! Sie werden mir zugeben, daß das nicht so leicht geht. Wenn meine Kranken reiche Leute wären, so würde ich mir nichts daraus machen, ihnen ein zierliches Circular zuzufertigen: Ihr bisheriger Hausarzt, Doktor Flecker, sieht sich veranlaßt u. s. w. u. s. w. Aber meinen Patienten darf ich nicht so kommen; item, wir sind lauter gute Freunde mit einander, wir bilden, so zu sagen, eine einzige, wenn auch mitunter etwas traurige, Familie, deren Oberhaupt ich zu sein die Ehre habe; und

diese Ehre ist mir viel zu groß, als daß ich sie so leichtsinnig weg-
werfen sollte. Ich versichere Sie, Baron Breda, meine armen Kranken,
namentlich die Kinder, sind meistens ein dankbares Volk; sie schauen
zu mir wie zu etwas recht Hohem empor, und das schmeichelt."

„Ich beneide Sie um Ihre Beschäftigung und um Ihren Humor,
Doktor," versetzte Herr von Breda. „Und Sie haben vollkommen
Recht; Helfenberg bedarf ja, Gott sei Dank, Ihrer Hülfe jetzt nicht
mehr."

„Nein, er bedarf ihrer jetzt nicht mehr," antwortete der Armenarzt in eigenthümlichem Tone. „Gott hat mir gnädigst gestattet, ihn
herzustellen; aber —"

„Leben Sie wohl, Doktor!" rief hastig der Baron; „meine Zeit
drängt. — Auf fröhliches Wiedersehen!"

Damit verließ er den einigermaßen erstaunten Arzt und hatte in
Kurzem seine Wohnung erreicht, wo ein bepackter Reisewagen stand,
an den so eben die Pferde gespannt wurden.

George von Breda hatte nur noch wenig in seinen Zimmern zu
thun. Mit einem unaussprechlich traurigen Gefühle nahm er seine
Brieftasche hervor, in der sich jene Rose und das Goldstück befanden,
legte das alles in ein Kästchen, und als er dieses zuschloß, sprach er
leise zu sich selbst: Welche Gedanken werden mich bewegen, wenn ich
es wieder öffne?

Vierundsechzigstes Kapitel.

Zwei Jahre später.

Zwei volle Jahre später als jene Zeit, in der unser letztes Kapitel schließt, sah man des Morgens gegen 10 Uhr auf der Landstraße die nach der Stadt zuführte, eine fremd gewordene und dadurch fast seltsame Erscheinung; es war ein schwerer, aber eleganter Reisewagen, und er nahm sich um so eigenthümlicher aus, als neben der Straße, auf der er fuhr, freilich mehr in der Tiefe, gerade ein Eisenbahnzug desselben Weges brauste. Der Postillon, der auf dem Sattelpferde des Gespanns saß, welches diesen Reisewagen zog, — er war festlich gekleidet, trug eine saubere Uniform, auf dem Hute einen Federbusch und an der Brust einen mächtigen Blumenstrauß — hatte seine Peitsche auf den linken Arm herübergelegt und blickte sinnend auf die schnelle, riesenhafte, gelenkige, feuerspeiende Schlange, welche da unten durch das Thal hinschoß, fort und fort auf der langen Eisenspur, eingehüllt in Rauch und Qualm. — „Das schneidet allerdings unser Grundwasser ab," sprach er kopfnickend, „aber man mag sagen was man will, mir soll kein Mensch weis machen, daß nicht nach langen, langen Jahren alte Leute von heute sprechen werden und es bedauern, daß die lustigen Extraposten nimmer zu sehen sind. —

Ja, pfeif nur! — Für einen vornehmen Herrn muß es doch ein jämmerliches Vergnügen sein, so eingepfercht zu sitzen. Und dann, wenn sie ankommen, das Gewühl, der Lärm — pfui Teufel!"

Und als wollte er sich beruhigen, steckte er die Peitsche in seinen Stiefel, machte das Horn aus der Schnur auf dem Rücken los, brachte es an seine Lippen und blies, vielleicht angeregt durch den grünen dichten Wald, der nun die Chaussee auf beiden Seiten einrahmte, die Melodie des bekannten Liedes:

> Der Jäger von Churpfalz,
> Der stolpert über'n Haselstrauch
> Und bricht beinah' den Hals.

Angenehm für den Virtuosen war es, daß es gerade bergauf ging, was auch die vier Pferde benutzten, um schweifwedelnd im langsamsten Schritt zu gehen. Wie aber Alles auf dieser Welt ein Ende nimmt, so auch das Blasen des Postillons und der ziemlich lange Berg. Auf der Höhe desselben sah man die Stadt vor sich liegen, weiterhin die Häusermassen, näher einzelne Gebäude, unter diesen hervor erblickte man ein ziemlich hohes Dach mit einer rothen Fahne.

In diesem Momente legte sich eine junge Dame ein klein wenig aus dem Wagenschlag, schaute dort hinab und sagte dann zu Jemand, der neben ihr saß:

"Ich habe das Haus gesehen mit seiner rothen Fahne."

Der Postillon that jetzt einen lauten Zungenschlag, seine lange Peitsche berührte mit einem Zickzackhieb fast zu gleicher Zeit alle vier Gäule, und da nun der Wagen rasch abwärts flog, so verschwand auch die Stadt wieder und ebenso das Haus mit der rothen Fahne. Unten angekommen, wo die Landstraße wieder aufstieg, erhob sich einer der Bedienten, die hinten auf saßen und rief dem Postillon zu: "Jetzt mußt du rechts fahren, aber thu's langsam, der Weg ist dort nicht ganz sauber."

"Er ist ja gemacht worden," sagte der andere Bediente mit einem

bedeutsamen Kopfnicken, „und wie gemacht worden! Ihre Erlaucht
wird sich wundern."

Und Ihre Erlaucht, die junge und schöne Gräfin Helfenberg, die
neben dem Grafen im Wagen saß, wunderte sich in der That, als
nun der Reisewagen von der Chaussee weg in den ihr wohlbekannten,
früher so verwilderten Weg einlenkte und da sanft fortrollte.

Wie war das hier anders geworden! eine breite, mit weichem
Sand bedeckte Straße zog sich wie unter einer Laube dahin, denn
wenn auch Gräben und Einfassungen rechts und links wieder hergestellt waren, so hatte man doch Bäume und Sträucher geschont, und
diese berührten sich von beiden Seiten und bildeten ein breites
Schattendach.

Eugenie sah den Grafen an, der mit dem Ausdrucke innigster
Liebe ihren Blicken begegnete, dann legte sie ihre Hand in die seinige
und verbarg einen Augenblick das Gesicht an seiner Brust. Als sie
wieder aufschaute, lächelte sie durch Thränen und sagte:

„Wie dankbar bin ich dir, lieber Hugo, daß du Alles das hier
so werden ließest! Weißt du wohl, daß ich mich vor dem öden
Wege, den umgestürzten Bänken, der halb verfallenen Brücke und
namentlich vor den Steinfiguren im Grase gefürchtet habe? Erschien
mir doch alles das in der Erinnerung wie ein gespensterhafter Traum,
und ich zitterte fast, wenn ich daran dachte, nun seine Wirklichkeit
durchleben zu müssen."

„Das fühlte ich für dich, mein Kind," erwiderte der Graf, indem
er mit der Hand leicht über ihr glänzendes Haar strich und, da er
einmal so beschäftigt war, ihren Kopf sanft umwandte und sie auf
die Lippen küßte. „Sage mir ehrlich," fuhr er alsdann fort, „erscheint dir wirklich Manches von der Vergangenheit wie ein gespensterhafter Traum, den du weit hinter dir wünschest? — Wenn dem so
ist, du liebe Träumerin, so sage mir, wann bist du eigentlich erwacht,
und verkünde mir ohne Rückhalt, ob dein Erwachen wirklich ein fröhliches war."

Der Blick, mit dem sich die junge Frau nach diesen Worten an ihn schmiegte, hatte etwas Verschämtes; auch dauerte es eine kleine Weile, ehe sie zur Antwort gab:

„Um ganz ehrlich zu sein, will ich dir nicht verschweigen, daß, als wir zum letzten Mal diesen Weg fuhren — wir hatten uns von Mutter und Vater verabschiedet — ich in dem bösen Traum noch ziemlich befangen war. Dabei will ich noch hinzufügen, daß das Erwachen sogar sehr langsam von Statten ging. — — Nie, mein guter Hugo,“ setzte sie alsdann mit vor Rührung zitternder Stimme hinzu, „werde ich aber dabei vergessen, wie liebevoll, wie zart du die Schläferin, die Träumerin, die Nachtwandlerin behandeltest, wie du sie nie durch ein lautes Wort erschreckt, wie du ruhig zusahst, als sich so nach und nach ein Band um das andere löste, die ihr Gemüth, ja, warum soll ich's läugnen, auch ihr Herz gefangen hielten.“

„Das war ja meine Schuldigkeit, liebes Kind; ich war Egoist, weiter nichts.“

„Verkleinere nicht das, was du gethan, Hugo!“ bat sie mit dem herzlichsten Tone ihrer Stimme. „Wußte ich doch damals, wie innig du mich liebtest, und wie es dir durch die Seele schnitt, daß ich noch eine Zeit lang so düster fortträumte.“

„Und als du erwachtest?“ fragte Hugo mit einem treuherzigen Lächeln.

„O da fühlte ich mich glücklich, selig wie eine Gefangene es nur sein kann, deren Fesseln sich lösen, die aus dumpfigem Kerker nun mit einem Male an die frische, freie Himmelsluft, an den hellen, glänzenden Tag tritt.“

„Und dieser Tag, Eugenie?“ sagte der Graf nach einer kleinen Pause, während welcher er ihre Hand an seine Lippen gedrückt hatte, „erschien er dir glücklich? Dachtest du wirklich nicht mit einer kleinen Sehnsucht an die Vergangenheit?“

Statt aller Antwort schlang sie hastig ihre beiden Hände um

seinen Hals, drückte sich fest an ihn und versetzte erst nach einer längeren, süßen Pause:

„Du böser, böser Mensch! Wenn du noch einmal solche Fragen stellst, so schließe ich die Augen und schlafe ein, um nichts von alle dem zu sehen, was du hier gemacht. — — — Aber nein, nein," fuhr sie darauf lustig fort, indem sie wie ein tolles Kind von ihrem Sitze emporsprang, und sich dann wieder tief in die Kissen des Wagens fallen ließ, „damit wäre ja nur ich gestraft, und zur Strafe für dich will ich recht lustig sein. — Nicht wahr," sprach sie schelmisch lächelnd, „ich sollte wohl hier ganz still und nachdenklich sein? — O Gott! das kann ich ja nicht," rief sie aus, indem Thränen ihre Augen füllten, „komme ich ja hier in meine Heimat zurück, in meine gute, liebe Heimat, in meine süße Heimat — da den Baum kenne ich wieder — und den auch! Was, sogar Blumen hinter den alten Steinbänken? — Dort ist auch die früher so verfallene Brücke! — — Ah! das ist lieb, Hugo, daß das graue Gemäuer mit Schlingpflanzen verziert wird. O wenn du nur fühlen könntest, wie in diesem Augenblicke mein Herz schlägt!"

„Ich fühle es, meine Eugenie."

Nun sprach sie nichts mehr; sie beugte sich vornüber, sie schaute mit starrem, eigenthümlich funkelndem Auge hinaus und man sah, daß ihre Gedanken den Blicken weit vorauflogen.

Jetzt rollte der Wagen über die Brücke, kurze Zeit darauf bog er links und nun hatten sie die Avenue erreicht, wo vordem die herabgestürzten Steinfiguren gelegen. Diese waren verschwunden, und das Ganze hatte sich ein wenig verändert; rechts und links sah man Gebüsche und einzelne Bäume weggenommen und so, was stehen geblieben, von dem anderen isolirt, daß nun das Buschwerk in zierlichen Gruppen auf der Ebene vertheilt war. Der Boden war mit einem saftig grünen Rasen bedeckt, und der ehemalige Fußpfad hatte sich in einen breiten, sanft geschlungenen Fahrweg, mit welchem Sande beschüttet, verwandelt.

Das alles bemerkte Eugenie wohl, aber sie gab durch kein Zeichen
zu erkennen, daß sie es sah; ihre Blicke bohrten sich zwischen die
Bäume hinein, und jetzt zuckte es in wehmüthiger Freude auf ihrem
Gesichte auf. — Da in einiger Entfernung wurde ja das kleine Schloß
sichtbar, in dem sie ihre Jugend verlebt; da sah man seine rothen
Mauern durch das Grün der Gebüsche hervorglänzen; da erblickte
man die spitzen Dächer der Erker auf den Seiten stolz über dieselben
emporragen. Und die Dächer hatten recht, stolz zu sein, denn nachdem sie Jahre lang sehr vernachläſſigt worden, hatte man ihnen jetzt
ein neues Kleid von glänzenden grünen und blauen Ziegeln ange-
zogen. — Und was für stattliche Wetterfahnen sie trugen! — — —

Auf dem weichen Weg und unter dem angenehmen Schatten der
Bäume trabten die vier Pferde munter dahin, und der Postillon
wickelte abermals sein Horn los und blies, diesmal aber nicht den
Jäger aus Churpfalz, sondern:

Ueber's Jahr, über's Jahr, wenn i wiederum komm,
Kehr' i ein, mein Schatz, bei dir.

Dann warf er eilig sein Horn auf den Rücken, nahm die Zügel
kürzer, die Peitsche sauste über das ganze Gespann, und er that sein
Mögliches, um mit einem recht flotten Zuge vor die beiden Obelisken
hin zu gelangen, die heute noch wie damals den Eingang zum Hof
bildeten.

Aber auch die Obelisken sahen freundlicher aus; aus ihren nach-
gemachten Hieroglyphen hatte man Staub und Moos entfernt, und
sie standen stattlich da und würdig des nicht nur reinlich hergestellten,
sondern auch zierlichen Hofes. Hier bildete ein neues Pflaster eine
glatte Fläche, und in der Mitte bemerkte man ein großes Rondel,
freundlich eingehegt und mit einer Gruppe prachtvoll blühender Blumen
versehen.

Zwischen den Obelisken stand ein kleiner, alter, gebückter Mann,
der beim Herannahen des Wagens seine beiden Hände erhob und eifrig

mit dem Kopfe nickte. So schnell sich auch in diesem Augenblicke die
Bedienten vom Bock herabgestürzt hatten, um den Schlag zu öffnen,
so war ihnen doch Graf Helfenberg zuvor gekommen. So leicht und
gewandt wie nur in früheren Zeiten sprang er auf den Boden, nahm
alsdann Eugenie in seine Arme und ließ sie erst wieder dicht vor
dem alten Vater auf den Boden. Es war dies eine rührende Scene
des Wiedersehens, und der alte Herr betrachtete sein Kind, nachdem
er es innig abgeküßt, von allen Seiten, worauf er mit einigem Stolze
meinte, Eugenie sei viel schöner geworden.

„Ein Compliment,“ sagte lachend Graf Helfenberg, „für das
auch vielleicht ich ein klein wenig Ursache habe, mich zu bedanken,
aber —“

„Wo ist denn Mama?“ fragte die junge Gräfin mit einer etwas
besorgten Miene.

„Vollkommen wohl,“ erwiderte der alte Herr; „aber ihr wißt
wohl, Kinder, wie sie sich bei allen Dingen aufregt; heute Morgen —
nun ihr könnt euch denken, daß wir seit vierzehn Tagen von eurer
Ankunft sprechen — da hatte. sie mit der größten Entschlossenheit alle
möglichen guten Vorsätze; zuerst wollte sie auf die Eisenbahnstation
fahren, um euch dort in Empfang zu nehmen; dann meinte sie, es
sei besser, wenn sie sich erst am Ende unseres Waldweges zeige, aber,“
— unterbrach sich der Baron eifrig, „was stehen wir hier auf dem
Hofe? Kommt geschwind herein! Mama wird es mit Recht für un-
verzeihlich halten, daß wir nicht zu ihr eilen.“ — Damit faßte er
den Grafen mit seinem rechten und die Tochter mit dem linken Arm
und schritt mit ihnen, so schnell es ihm möglich war, dem Hause zu.
— „Ja, was habe ich vordem sagen wollen?“ sprach er währenddem.
— „Richtig! Je näher es gegen Mittag kam, um so kürzer bestimmte
sie den Weg, den sie euch entgegen gehen wolle, nicht aus Mangel an
Freude — nun, das denkst du auch nicht, Eugenie, aber weil sie sich
vor einer heftigen Aufregung fürchtete. Nun also, vor einer Stunde
noch, da wollten wir euch bei der Brücke empfangen, dann unten am

Hofe — aber wie ich vor kurzem oben am Fenster stehend das Rollen des Wagens und das Klatschen der Peitsche vernahm, da trieb sie mich allein hinunter. Ich wette, sie sitzt droben in ihrem Stuhle und weint, aber aus purer Freude," setzte er mit glückseligem Blick hinzu; „wie könnte das auch anders sein!"

Eugenie flog die wohlbekannte Treppe hinan; oben aber mäßigte sie tief athemholend ihren Schritt und trat leise in die Thüre des Boudoirs ihrer Mutter, wo sie dieselbe wirklich auf ihrem Fauteuil sitzen sah.

„Mama, ich bin wieder hier."

Nach diesen Worten sank sie vor der Mutter auf den Boden nieder und drückte einen Augenblick ihr Gesicht in deren beide Hände, aber nur einen Augenblick, dann hob sie ihr Haupt empor, blickte ihre Mutter durch die herabstürzenden Thränen lächelnd an und sagte: — —

„— — Mama, ich bin sehr — — sehr glücklich."

Diese paar Worte schienen mit belebender Kraft auf die Baronin zu wirken, denn sie erhob sich plötzlich, umschlang heftig ihr Kind mit beiden Armen, küßte sie auf die Stirn, auf die Augen, auf das Haar und rief zu wiederholten Malen aus:

„Gott sei gelobt! so viel Segen habe ich nicht erwartet."

Graf Helfenberg, der diese Scene nicht stören wollte, that dem alten Herrn den Willen, sich in ein Zimmer zu ebener Erde nöthigen zu lassen, wo dieser mit leuchtenden Blicken am Eingange stehen blieb und mit einer Handbewegung sagte:

„Sind Sie mit der Aufstellung zufrieden?"

Was hier aufgestellt war, kann sich der geneigte Leser, der unserer wahrhaftigen Geschichte mit einiger Aufmerksamkeit gefolgt ist, wohl denken. So sehr sich auch der Graf freundlicher Weise das Ansehen gab, Alles dies scheinbar aufs höchste überrascht zu bewundern, so kannte er doch einen großen Theil dieser Vasen, Krüge, Lampen aufs allergenaueste, denn er hatte sie dem eifrigen Sammler durch allerlei

Zwischenträger zukommen lassen, offizieller Sendungen nicht zu gedenken, die er ihm hatte aus Italien schicken lassen.

Nachdem die Sammlung gehörig bewundert war, stiegen auch sie
die Treppen hinauf, wo sie oben auf dem Gange die Baronin fanden,
die sich jetzt wieder so weit gefaßt hatte, um ihren Schwiegersohn zu
bewillkommnen. Sie that das mit wenig Worten, aber als sie mit
vor Rührung zitternder Stimme hinzusetzte: „Wie ist Eugenie so froh,
so glücklich zurückgekehrt!" Da wallte ihm das Herz auf, er preßte
seine Lippen heftig auf einander, und aufgeregt, wie auch er war,
mußte er unwillkürlich mit den Augen zwinkern.

–––– –––– –––– ––––

Drunten hatte unterdessen der Postillon ausgespannt, sein reichliches Trinkgeld empfangen, auch noch einen kühlen Labetrunk aus
einem dickbäuchigen irdenen Kruge, den er wiederholt an die Lippen
setzte, um ihn gänzlich zu leeren, was ihm als am heutigen festlichen
Tage unumgänglich nothwendig vorgestellt wurde und wozu es auch
nicht vieler Ueberredungskunst bedurfte. Zum Danke dafür half er
dem Kutscher des Grafen den prächtigen Viererzug Brauner einspannen,
welcher die Herrschaft von hier nach Stromberg führen sollte. Daß
er von den edlen glatten Thieren hinweg, die mit den Hufen ungeduldig im Sande scharrten und mit den Köpfen schüttelten, fast mitleidig
zu seinen müden Gäulen hinüberschaute, welche ihre Häupter hängen
ließen, ist wohl begreiflich; doch mischte sich nicht die Spur von Neid
in diese Betrachtungen. Als er sich von den Stallleuten verabschiedet
hatte und in den Sattel sprang, ritt er zufrieden durch den duftigen
Wald der Landstraße zu und dachte an sein kleines Haus mit der
Bank davor, wo er heute Abend sitzen werde, die Beine weit ausgestreckt, seine Pfeife rauchend und dabei den Kindern erzählend von
dem nobeln Herrn und der wunderschönen Dame, die er heute Nachmittag geführt.

Als der Reisewagen des Grafen eingespannt war, erschien einer
der Bedienten, mit der Meldung: Seine Erlaucht wollten mit der

Gräfin nach Stromberg fahren in dem kleinen Phaeton, der für den Baron und die Baronin bestimmt sei, diese aber würden sich in den Reisewagen setzen.

Ob der seine Hieb, den der Kutscher nach Anhörung dieser Botschaft dem Vorläufer=Handpferd, das allerdings ein wenig ungeduldig hin und her trat, mit der äußersten Spitze der langen Peitsche versetzte, wirklich dieser Unart galt oder ob der Unmuth, die Herrschaft an diesem wichtigen Tage nicht führen zu dürfen, seinen Arm gelenkt hatte, lassen wir dahingestellt sein, — genug, die Sache wurde ausgeführt wie vorhin befohlen.

Wenige Augenblicke nachher erschien Graf Helfenberg, die Baronin führend, und trat an seine Pferde, nachdem er den Kutscher freundlich gegrüßt, und klopfte jedem der Thiere wohlgefällig auf den schlanken Hals.

„Wie geht's, Joseph? — immer wohl gewesen?"

„Danke, Erlaucht, ja, ja, freuen uns Alle auf den heutigen Tag; hatte sehr gehofft —"

„Hm! hm!" machte einer der Bedienten, der hinter dem Kutscher stand, wobei er ihn freundschaftlich in die Rippen stieß.

Der alte Herr folgte nun mit Eugenien, und wir müssen schon gestehen, daß die sämmtliche, hier versammelte Dienerschaft mit noch größerem Interesse auf ihre neue Herrin blickte, als sie vorhin den Grafen betrachtete.

Der Baron und die Baronin bestiegen den Reisewagen; ehe der Kutscher aber davon fuhr, wandte er sich um und sagte mißmuthig zu den Bedienten: „Wir haben da droben verabredet, daß, wenn die Herrschaft im Wagen ist, einer von euch schon von weitem mit einem weißen Tuch winken soll. Das unterbleibt nun natürlicher Weise — verstanden?"

Da keine Widerrede erfolgte, nahm der Kutscher seine Zügel kunstgerecht zusammen, ließ einen leichten Zungenschlag hören und dahin rollte der Wagen auf dem weichen Waldwege mit dumpfem

Geräusch; ein paar Sekunden lang galoppirte jedes der vier ungedul-
digen Thiere, bis ihnen der verdrießliche Kutscher auf seine Weise
zu verstehen gab, was sich für ein wohlgesittetes herrschaftliches Pferd
gezieme.

Einige Minuten nachher folgte der leichte Phaeton mit zwei sehr
raschen, aber vertrauten Pferden aus dem Stalle des Grafen bespannt,
weßhalb dieser nach dem Einsteigen lächelnd die Zügel der Gräfin
reichte und ihr sagte:

„Liebe Eugenie, du mußt mir schon den Gefallen thun, wenigstens
eine Zeit lang den Wagen zu führen, erstens kenne ich deine Liebhaberei,
und dann will ich dir auch gestehen, was ich damals, als ich noch
sehr, sehr unglücklich war, schon für eigenthümliche Phantasien erfand,
um mich zu quälen. Dazu aber mußt du den Weg rechts nehmen."

Eugenie ergriff Zügel und Peitsche und lenkte mit einer außeror-
dentlichen Sicherheit in den schmalen Weg ein, der an dem stillen
See vorbeiführte, welcher hinter dem Hause lag.

„Siehst du dort, Eugenie, dicht am Wasser jenen umgestürzten
Stein? Dort saß einst — der Neffe des Jägers und dachte natürlicher
Weise an dich; du warst damals in der Stadt, und quälte sich und
träumte und phantasirte, bis er zuletzt weinend vor tiefem Schmerz
seinen Kopf in die Hände verbarg und dann — — — — sehnsüchtig
nach dem stillen, verlockenden Wasser blickte. Da war es dem Neffen
des Jägers, als steige ein leichter Dunst über dem Wasser auf und
trennte den glänzenden Spiegel desselben. Und als er den Kopf erhob
und darauf hinblickte, meinte er, sich ein Bild im Wasser wiederspiegeln
zu sehen — das Bild eines leichten Wagens wie dieser, die Gestalt
zweier Pferde wie jene, und in dem Wagen die eine, die er überall
sah, selbst die Zügel lenkend, da neben ihr, wie jetzt hier, ein Müssig-
gänger saß, dessen ganzes, seliges Geschäft darin bestand und besteht,
ihr in die lieben, guten, süßen Augen zu blicken. — O Eugenie,
mein Weib, hätte ich denken können, daß jener Traum in Erfüllung
gehen werde!"

„Ich danke dir für die allerliebste Geschichte," versetzte die junge Gräfin nach einer Pause. „Aber ich bitte Seine Erlaucht jetzt dringend, sich ruhig zu verhalten, denn der Weg ist hier sehr schmal, und bei der geringsten Unvorsichtigkeit liegen wir beide in dem vielfach gepriesenen See. — Also Ruhe, Herr Graf."

„Gewiß, Frau Gräfin, Ruhe, und wenn Sie erlauben, mit Hintansetzung aller Poesie — — eine Cigarre."

„Zugestanden. — Dorthin," sagte die Gräfin nach einer Pause, — „weißt du auch, was dort hinaus liegt?"

„Ob ich es weiß, Eugenie! Gerne hätte ich dich vorüber geführt, aber ich habe mir gedacht, wir fahren in den nächsten Tagen dahin und bleiben einen Tag da — der Neffe des Jägers und sein Weib."

„Das ist prächtig, Hugo; ich besorge die Küche, nach dem Essen schlafe ich in dem alten Stuhle ein und du erscheinst wie damals am Fenster."

„— Der Neffe des Jägers."

So fuhren die Beiden dahin, glücklich, selig. Es war ordentlich, als wenn der Wald lauschte bei ihrem fröhlichen Lachen und als ob das Echo sich ein wahres Vergnügen daraus mache, dieses Lachen immer weiter und weiter unter die alten Stämme zu bringen.

— — — Das Schloß Stromberg lag an einem Abhange, dessen Plateau ein prächtiger Wald bedeckte mit uralten Bäumen, der mit dem feinsten Geschmack und der größten Sachkenntniß zu einem der herrlichsten Parke umgeschaffen war, den man nur sehen kann. Klares, kühles, reichliches Wasser strömte von einer anstoßenden, höher liegenden Bergkette herab, bildete hier einen Wasserfall, der schäumend über die Felsen in einer wilden Waldpartie herab toste, um sich dann langsam durch eine Wiese zu schlängeln, die mit dichtem Gebüsch umgeben war, an deren Saume zuweilen ein mächtiger Edelhirsch erschien, um, wenn rings Alles ruhig und still war, seine Kühe auf die saftige Weide zu führen.

Das Schloß war ein mächtiges Gebäude, aber im heiteren Styl

erbaut; auch wurde das Strenge seiner Massen gemildert durch Säulen=
gänge unten, Balkons und Terrassen oben. Vor dem Hauptthor be=
fand sich·eine so kolossale Veranda, daß sie weit über die Rampe, wo
die Wagen auffuhren, hinüber auf eine weite Terrasse reichte, die mit
Steingeländer eingefaßt war und von der aus man eine wunderbare
Aussicht auf den in der Tiefe vorbeifließenden breiten Strom, sowie
auf und abwärts auf das Donauthal selbst hatte, welches hier mit
malerisch geformten, wenn auch ziemlich flach ansteigenden Bergen
begrenzt war, die an verschiedenen Stellen Kapellen, kleine Dörfer,
Schlösser oder auch alte Burgruinen zeigten.

Auf der Terrasse, von der wir eben sprechen, stand ein großer,
etwas starker, aber dabei wohl gewachsener Mann neben einem Lehn=
stuhle, in welchem eine Dame saß, die ein aufgeschlagenes Buch auf
den Knieen liegen hatte. Sie las aber nicht in demselben, sondern
blickte zu dem Herrn auf, der den Hut abgenommen hatte, sich mit
der Hand durch das blonde Haar fuhr, dann an seinem horizontal ab=
stehenden Schnurrbarte drehte und hierauf langsam seine Uhr her=
vorzog.

„Sie werden,“ sagte er darauf mit einer tiefen, wohlklingenden
Stimme, „die Eisenbahn bis zur Station D. benutzen und kommen
dort um zehn Uhr an; dorthin hat Hugo seinen Reisewagen bestellt,
fährt alsdann zu deiner Schwester, was mit dem Aufenthalt dort min=
destens zwei Stunden wegnimmt; von da hierher brauchen sie wieder
zwei Stunden, können also um zwei Uhr anlangen. Jetzt ist es ein
Uhr.“

„Du wolltest ihnen ja entgegen reiten, George.“

„Ja, ich wollte wohl, doch weiß ich nicht recht; aber du weißt,
Julie, daß ich dergleichen Ueberraschungen nicht liebe.“

„Das ist aber keine Ueberraschung,“ entgegnete die Dame. „Du
kannst dir denken, daß meine Schwester Alles aufs umständlichste be=
richtet, von unserem Hiersein, von der Art, wie du alle Verbesserungen,
die Helfenberg gewünscht, unter deinen Augen machen ließest, wie sehr

du dich freuest, Beide wiederzusehen, und nach alle dem würden sie es seltsam von dir finden, wenn du ihnen nicht entgegen kämst."

„Ich denke fast, du hast Recht," sagte George von Breda, während er langsam seinen Hut aufsetzte. Der Baron hatte in den vergangenen Jahren ein klein wenig gealtert; man hätte sagen können, er halte sich nicht mehr so außerordentlich aufrecht wie früher. Doch zeigte sein Gesicht einen angenehmen Zug von Zufriedenheit und seine Augen blickten ruhig und heiter. — „So will ich denn reiten," sagte er; „wenn ich nur genau wüßte, welchen Weg ich nehmen soll; ich kann mir nicht recht denken, daß Hugo vom Gute deiner Schwester nach der Chaussee einbiegen läßt; ich glaube immer, er fährt den Waldweg." ·

„Mit dem schweren Reisewagen? — wo denkst du hin!"

„Ich habe für Henriette einen Phaeton hinausgeschickt; du wirst sehen, den benutzt er selber mit Eugenien."

Er sprach diesen Namen freundlich, ruhig und wohlwollend aus, ohne daß sich ein Zug in seinem Gesichte geändert hätte. Dann beugte er sich über das Geländer hinab und rief: „Lassen Sie Lord vorführen!" Er reichte seiner Frau die Hand, stieg die Treppen der Terrasse hinab, schwang sich unten auf sein Pferd und ritt langsam auf der breiten Straße dem Thale zu.

Wie wir vorhin das Schloß Stromberg flüchtig beschrieben, so sah es zu gewöhnlichen Zeiten aus, heute aber bemerkte man an seinem Aeußeren, daß sich hier etwas ganz Absonderliches begab. Da war am Fuße des Berges, wo der Weg sich bog, aus grünem Laub eine Triumphpforte gebaut; da sah man die Straße entlang bis zum Schlosse zu beiden Seiten hohe Stangen, an denen lustige Flaggen in Weiß und Blau, den Farben des Helfenberg'schen Hauses, prangten; da waren die Fenster oben mit Blumenguirlanden geschmückt, über die Ballustrade des breiten Balkons herab hingen buntfarbige Teppiche, und hoch oben auf dem Dache war die große Fahne mit dem Wappen aufgezogen.

Vor der Terrasse dehnte sich eine Strecke weit den Berg hinab eine weite Rasenfläche mit den verschiedensten Blumenpartieen, in deren Mitte sich ein großes Bassin befand, aus dem ein dicker Wasserstrahl hoch empor sprühte. An dem Wasserbassin sah man neugierige kleine Mädchen stehen in weißem Anzuge und Knaben im Sonntagsstaate — die Schuljugend des zur Herrschaft gehörigen Dorfes, welche, den Lehrer an der Spitze, gekommen war, den Grafen und die Gräfin gehörig zu begrüßen.

Unterhalb dieses Rasenplatzes sah man Zurüstungen zu allerlei Feuerwerk gemacht, auch führte von dort ein kleiner geschlängelter Pfad nach einer Art Bastei, die sich zur Seite befand, wo der Berg ziemlich steil in das Donauthal abfiel. Diese Bastei war mit kleinen Kanonen und Böllern besetzt; in der Mitte erhob sich eine Stange, ebenfalls mit weiß und blauer Fahne, und an der kleinen Mauer, welche das Ganze hier umgab, lehnte ein Mann mit dichtem Barte und brummte in tiefem Baß vor sich hin:

„Ihr Constabler auf der Schanze,
Spielet auf zu diesem Tanze
Mit Karthaunen groß und klein.

„Ja, ja,“ unterbrach er darauf sein Lied, „wenn es nur bald einmal losginge! Es ist nichts langweiligeres, als hinter einem so geladenen Ding zu stehen, und eine Ewigkeit warten zu müssen. Wie ist's denn eigentlich mit Ihm?“ wandte er sich an eine kleine dünne Person, die neben ihm stand, und mit zusammengelegten Händen auf den stillen Fluß hinabschaute und dabei ein Mal um das andere Mal ausrief: „Ach wie schön, wie außerordentlich schön und poetisch; fast unerträglich schön!“

„Wie steht's denn eigentlich mit der Schießcourage, Windspiel? Können wir darin etwas leisten, oder fallen wir beim ersten Schuß um, wie eine ohnmächtig gewordene Fliege?“

„Wir sollten uns doch lange genug kennen, Herr Wurzel, als daß Sie nöthig hätten, an meinem Muthe zu zweifeln. Ich denke, ich

habe Ihnen bewiesen — damals — es war eine harte, eine poetische
Zeit, es war eine traurige Zeit."

„Allerdings," gab der Kupferstecher zur Antwort, indem er mit
der Hand über das Gesicht fuhr und sich dann in dem dichten Barte
zauste, „reden wir nicht davon, ich muß so oft genug daran denken."

„Ja, ja," seufzte der kleine Kellner, „das hätte er noch mit er=
leben sollen, hier der schöne Tag auf der Schanze, das Schießen mit
den Kanonen, es hätte ihn unsäglich gefreut — Gott hab' ihn selig."

„Das wird er, ohne alle Frage," meinte der Andere, „es wäre
sonst keine Gerechtigkeit da oben; er war eine gute, treue und ehrliche
Seele; so vom Schlage der alten, biedern Ritter."

Während unsere beiden Freunde dieses kleine Zwiegespräch hielten
und dabei fleißig nachspähten, ob sich auf dem Wege nichts sehen ließe,
stand am Fuße der Terrasse, von der wir oben gesprochen, ein großer
Mann, im Anzug eines herrschaftlichen Försters. Er war stattlich an=
zusehen in seinem grünen Rocke, der mit silbernen Knöpfen und eben
solchen Litzen versehen war. Er hatte einen Hirschfänger umgeschnallt
und hielt seinen Hut in der Hand. Es macht uns einige Mühe, den
Herrn Brenner wieder zu erkennen, denn er hatte seinen vollen Kinn=
bart abgeschnitten und, wie sich für einen herrschaftlichen Förster ge=
ziemte, nur den Schnurrbart stehen lassen. Die kleinere Persönlichkeit
neben ihm erkennen wir augenblicklich, denn in dessen Gesichte hatte
sich außerordentlich wenig verändert; Gottschalk war indessen ziemlich
gewachsen und sah außerordentlich gut aus in der Kleidung, wie sie
die Zöglinge der königlichen Forstakademie trugen.

Die beiden eben Erwähnten standen vor einem Dritten, der auf
einem Steine am Fuße des Berges saß und jetzt seine Brille fester an
die Augen schob und dabei nach der kleinen Schanze hinabblickte.

„Sie werden mir zugeben, lieber Brenner," sagte der Mann mit
der Brille, „daß es durchaus nichts schaden kann, wenn wir den bei=
den sonderbaren Artilleristen da unten noch Jemand vom Fache zu=

geben — der Kupferstecher, sonst ein braver Mann, er hat bei der Decoration im Schlosse auf's Allerbeste geholfen, und der kleine Kellner sind mir nicht genügend, um ihnen da unten die Kanonen allein anzuvertrauen. — Sie werden mir erlauben, daß ich diese Bemerkung gegen Sie ausspreche, item Sie bitte, noch Jemand dahin abschicke."

„Gewiß, Herr Doktor, es soll geschehen, wie Sie sagen, Klaus kann hinab und Gottschalk auch."

„So ist's recht," erwiderte der Armenarzt, „Sie werden mir die Bemerkung nicht verübeln, daß ich gar keine Lust habe, heute mein Verbandzeug auszupacken. Ich bin zu etwas ganz Anderem daher gekommen, das werden Sie mir zugeben."

„Der Kupferstecher ist sonst ein ganz gewandter Mann und außerordentlich gefällig und bereitwillig. Ist er doch mit seinem Hauswirthe, dem Zimmermaler Klein, ohne alle Aufforderung hergegangen, um mitzuhelfen. Hat er doch den kleinen Kellner mitgebracht, der ebenfalls Alles gethan, um sich nützlich zu machen. Heute früh," fuhr Herr Brenner mit leiser Stimme fort, wobei er sich gegen den Doktor niederbeugte, „haben sie drunten in dem Saale, wo die Dienerschaft speisen soll, das alte Bild des Herrn Larioz aufgehängt und außerordentlich schön mit Grün decorirt."

„Ah, das alte Bild aus seinem Nachlasse?"

„Dasselbe, ist aber doch wohl sein Portrait; die Gesellschaft im Reibstein hat es angekauft, und mir erklärte der Kupferstecher, mit Bewilligung seiner Erlaucht wolle er es hieher auf's Schloß stiften, und am heutigen Tage dürfe es nun einmal keinenfalls fehlen."

„Ja, ja, er hat schon Recht!" meinte der Doktor kopfnickend, „und da es sich nun doch einmal nicht anders wird thun lassen, als daß ich häufig hier oben bin, so werde ich es mir auf mein Zimmer hängen lassen, und wenn mich dann der Gottschalk da besucht, um mir," setzte er mit einem gewissen Blinzeln der Augen hinzu, „von seinen Fortschritten zu erzählen, item, seine guten Zeugnisse vorzulegen, so kann ich mich dann dabei einer Zeit erinnern, die ich mit zu der besten meines Lebens rechnen darf — ja, mit zu der glücklichsten, wenn der Schluß desselben einestheils nicht so traurig gewesen wäre."

P—r—r—r—dauz! — knallte es jetzt unten auf der Schanze, und man sah den Kupferstecher, sowie das Windspiel umherspringen, als wenn beide närrisch geworden wären.

P—r—r—r—dauz, bum, bum, krachte es wieder und Alles gerieth in Bewegung.

Gottschalk eilte mit dem alten Jäger Klaus, der aus dem Nebengebäude herankam, nach der Schanze hinab, um dort die beiden Künstler zu unterstützen, welche darauf losknallten, als müßten sie einen toll heranstürmenden Feind abwehren. Die Kinder, die um das Baffin standen, kamen in Bewegung, stellten sich in Reih' und Glied und ordneten ihre Blumenguirlanden, während ihnen der Lehrer in aller Eile noch einige Instruktionen gab.

Aus den Nebengebänden kam die Dienerschaft zahlreich herbei in der großen Galalivree und stellte sich am Eingange der Terrasse auf. Der Haushofmeister, die Kammerdiener, der wohlgenährte Portier, Leibjäger und Lakaien; Herr Brenner stand mit den übrigen Beamten auf der Terrasse selbst. — Zwischen den glänzenden Livreen bemerkte man ein mageres Männchen mit unverkennbaren Zeichen großer Unruhe im Gesichte, eilig hin- und her rennend, um dort einen Rock schärfer in die Taille hinabzuziehen, hier einer Troddel oder Quaste ihren richtigen Platz anzuweisen, dort die Maschen einer weißen Halsbinde auszubreiten, um dadurch dem ganzen Anzug des Betreffenden mehr Glanz zu verleihen — es war Herr Schwörer, der sich also bemühte, und der nun zurücktretend und das Ganze mit Kennerblicken überschauend, sich selbst eingestehen mußte, daß er mit Kunst, Geschmack und Eleganz gearbeitet!

P—r—r—dauz — bum — bum.

„Die haben doch unter der Schanze nicht recht aufgepaßt," sagte Herr Brenner mit besorgtem Blick; „der Reisewagen seiner Erlaucht fährt dort freilich herauf, aber keiner von den Bedienten gibt ein Zeichen. Die Kerle sitzen so stocksteif da, als wenn sie angefroren wären; was ist nun das schon wieder?" Drunten sah man indessen Gott-schalk auf der Mauer der Bastei stehen und nun ein Zeichen geben, eifrig mit dem Schießen fortzufahren.

P—r—r—r—dauz, bum, bum, P—r—r—r dauz — bum.

Jetzt war der Wagen unten an die Terrasse gefahren und der alte Herr von Braachen mit seiner Gemahlin ausgestiegen, beide freundlich grüßend, worauf der erstere eifrig hinter sich wies.

Da wurde denn auch, jetzt schon über dem Triumphbogen der leichte Phaeton sichtbar, der sich in raschem Lauf der Pforte näherte; neben der linken Seite desselben, wo jetzt die junge Gräfin saß, ritt der Baron von Breda.

Die Begrüßung der neuen Gutsherrschaft ging nun vor sich, wie das bei ähnlichen Veranlassungen zu geschehen pflegt. Die Schuljug-gend sang so richtig, als es nur möglich war, irgend einen beliebigen Choral. Dann überreichte eines der Mädchen den gewissen Blumen-strauß, der Lehrer selbst das unvermeidliche Gedicht, die Beamten machten ihre Verbeugungen, wurden einzeln der jungen Gräfin vorge-stellt und von seiner Erlaucht mit freundlichem Handschlag begrüßt. Herr Brenner, als er das junge glücklichaussehende Paar vor sich sah, konnte sich nicht enthalten, in diesem feierlichen Momente zu sich selbst zu sagen: Schäme dich, alter Narr! Dabei mußte er unwill-kürlich die Lippen zusammenbeißen und es war ihm gerade, als sei ihm etwas ins Auge geflogen, das ihn sehr incommodirte.

Der Baron George von Breda hatte sich während des Empfangs in den anstoßenden Park verloren, und kam erst einige Zeit später wieder zu der Gesellschaft, als diese schon zu dem kleinen Familien-diner im Saale des ersten Stockes, wo man vom Balkon die wun-derbare Aussicht hatte, versammelt war. Dort draußen an der Balustrade lehnte Eugenie und sah mit feuchtem Blick und einem milden Lächeln auf den Zügen in die herrliche Fernsicht, die sich von hier oben weit weit ihrem Blicke öffnete. Als der Baron neben sie trat, legte sie zutraulich ihre Hand auf seine Schulter und sagte ganz im herzlichen Tone früherer Zeiten: „Onkel George, wie es hier so schön ist! — — — —"

Der Kupferstecher und Windspiel hatten sich in eine wahre Wuth hineingeschossen, und man mußte sie, als es nun auch für alle die Eingeladenen Zeit zum Essen war, fast gewaltsam von ihren Kanonen und Böllern wegziehen. Der kleine Kellner hatte das Krachen der Geschütze und das Hinziehen des kräuselnden Rauches über alle Beschreibung poetisch gefunden, und als er in dieser weichen, gerührten Stimmung in das Gemach trat, wo er das Portrait seines Freundes und Gönners nun mit frischem Grün bekränzt, wieder erblickte, da fing er an zu schluchzen, und Herr Wurzel mußte ihn derb schütteln, um ihn wieder zur Besinnung zu bringen und in eine gehörige Verfassung zu setzen.

Bei dem Mahle, das hier unten stattfand und wozu sich die Köche keine schlechte Mühe gegeben hatten, da es galt, ihre Collegen zu bewirthen, führte der Haushofmeister, — eine würdige und ernste Persönlichkeit in untadelhafter weißer Halsbinde, — er schlug häufig die Augen nieder und stieß leicht mit der Zunge an, — den Vorsitz. Es war ein großes allgemeines Diner, zu welchem sich Herr Wurzel und Herr Brenner, sowie noch ein paar andere Kunstgenossen, die hier oben beschäftigt waren, freiwillig und mit großer Lust gesellt, obgleich für sie ein Extradiner befohlen war.

Gegen das Ende der Mahlzeit erschienen der Graf und die Gräfin und gingen rings um den Tisch, um jedem der Anwesenden ein paar freundliche Worte zu sagen. Ihnen war der kleine Armenarzt gefolgt, der aber zurückblieb, nachdem der Herr des Schlosses mit seiner Gemahlin das Gemach verlassen, gefolgt von jubelndem Lebehochruf und Klirren der Gläser.

Als es wieder stille geworden war und die eifrig beschäftigten Küchenjungen und Stallbuben die Gläser wieder gefüllt hatten — wir können hierbei nicht umhin, zu bemerken, daß in Windspiels Gliedern häufig die heftigste Begierde zuckte, ihnen zu helfen — erhob sich Meister Jonathan, der dicke Portier, nachdem er vorher pflichtschuldigst den Vorsitzenden um Erlaubniß gefragt, hielt sein Glas vor das rechte Auge und sagte alsdann: „So viel ich mich erinnere, meine Herren und Collegen, ist es noch nie vorgekommen, daß man auf den lieben Herrgott einen Toast ausgebracht; wenn er aber Dinge thut die an's Wunderbare grenzen, und wir dürfen ihn denn doch selbst nicht leben lassen, so müssen wir uns dafür an die halten, die er auserwählt, seinen göttlichen Willen zu erfüllen. Da ist nun in erster Reihe zu nennen" — hier verdrehte der Portier beinahe seinen dicken Hals, um den Armenarzt anzuschauen, der sich bei beginnendem Trinkspruch scheu zurückgezogen hatte — „der würdige Herr Doktor Flecker, den ich zu meinem Leibmedicus machen würde, wenn ich König wäre — ein braver Mann, ein weiser Mann, denn er besorgt seine Wunderkuren nicht mit den scheußlichen Tropfen aus der Apotheke, sondern mit Hausmitteln; ja, verehrteste Herren, Freunde und Collegen —" hier zitterte seine Stimme vor Rührung — „mit den einfachsten Hausmitteln — und deßhalb soll er leben" — — brüllte er nun mit aller Kraft seiner immensen Lungen — „leben — der Herr Doktor Flecker und alle Hausmittel — hoch — hoch — und abermals hoch!"

Der Doktor konnte mit der Ovation, die ihm dargebracht wurde, zufrieden sein, denn ihm gellten die Ohren davon und die Fenster klirrten ordentlich darnach.

Um seinen Dank auszusprechen, trat er nah zum Tische, ließ sich ein volles Glas reichen und sagte, nachdem er einen Augenblick die Brillenstange mit dem Daumen- und Zeigefinger gefaßt:

„Meine verehrten, lieben Herren und Freunde, da wir einmal bei dem Kapitel sind, um den Ursachen nachzuspüren, die mithelfen, um, wie sich mein verehrter Vorredner schmeichelhaft für mich ausdrückte, ein Wunder zu bewirken, so werden Sie mir erlauben, daß ich allerdings die Hausmittel gelten lasse. Ich muß aber in vorliegendem Falle, werden Sie mir zugeben, noch weiter zurückgreifen, um eines Mannes zu gedenken, der es mir möglich machte, der, wollte ich sagen, mich in den Fall setzte, Hausmittel anwenden zu können; mit einem Worte eines Mannes, der mir, wenn auch als willenloses Werkzeug diente, die Bekanntschaft mit dem Herrn Grafen von Helfenberg zu machen, item eines braven Mannes, den manche unter euch gekannt, geschätzt, geliebt." —

Herr Wurzel blickte mit einer finsteren Schwermuth vor sich nieder; Windspiel wurde, wie man im gewöhnlichen Leben sagt, vom Bocke gestoßen, und Herr Brenner, der Portier und manche Andere nickten zustimmend mit dem Kopfe.

„Dieser Mann," fuhr der Doktor fort, „unser geliebter Freund, ist todt, und da Sie mir zugestehen müssen, daß es sich nicht ziemt, ein Lebehoch auf einen Todten auszubringen, so will ich mir nur erlauben, seiner hier, vor dem Bild dorten, das Freundeshand mit Grün geschmückt, bestens zu gedenken, und bitte Sie, darauf Ihre Gläser zu leeren. — Es war ein Mann, der gekämpft und gelitten, der das Gute gewollt mit redlichem Herzen, aber zur Vollbringung desselben nicht immer die richtigen Mittel anwandte, er focht mit begeistertem Worte, mit kräftigem Arme gegen Phantome und Gespenster, gegen Sünden und Lächerlichkeiten, die ihm im Leben entgegentraten und die er, anstatt sie mit gleichen Waffen bekämpfen zu wollen, mit Schwert und Lanze zu vertilgen hoffte — — ein anderer Don Quixote — — ein ungleicher Kampf! — — gegen eingebildete Riesen. Sie werden mir zugeben, daß er gegen den Schatten sausender Windmühlen, item gegen ungreifbare Dinge unterliegen mußte — der neue Don Quixote; aber in dem Herzen seiner Freunde, die ihn gekannt, geliebt und verehrt, möge er fortleben, möge ihm bewahrt bleiben eine gute, eine freundliche, eine herzliche Erinnerung." — — — —

Denkt vielleicht der geneigte Leser ebenso? —

Inhaltsverzeichniß.

www.ingramcontent.com/pod-product-compliance
Lightning Source LLC
Chambersburg PA
CBHW020355030726
47496CB00007B/2154